Mais pourquoi y a-t-il quatre mousquetaires dans ce roman?
Allons demander à l'auteur...

HOP!
HOP!

Français

Aaaaah...
Ooooh...

Bonjour M. Dumas!

SOMMAIRE

Pour suivre ton avancement :

mets une croix dans la case quand tu as appris le cours

entoure-la quand tu as fait les exercices

Grammaire

Comprendre le fonctionnement de la phrase simple

Comprendre le fonctionnement du groupe nominal

Comprendre le fonctionnement de la phrase complexe

Conjugaison et orthographe

Employer un verbe au temps et au mode qui conviennent

Maîtriser les règles d'accord

Lecture et expression

Lire des textes et documents variés

S'exprimer à l'écrit et à l'oral

Employer un lexique adapté

La petite bibliothèque

Reconnaître une phrase 1

Une phrase est un groupe de mots ayant un sens. Elle commence par une majuscule et se termine par une ponctuation forte.

Le cours

1 Phrase verbale, phrase non verbale

▶ En général, une phrase est construite autour d'un ou de plusieurs verbes conjugués : on parle de **phrase verbale**.

La nuit **tombait**, Robinson **était accablé** de tristesse et de fatigue.

▶ Parfois la phrase ne comporte pas de verbe conjugué (**phrase non verbale**). Elle s'organise alors autour d'autres éléments, par exemple un nom (**phrase nominale**) ou un adjectif.

Impossible d'imaginer quitter cette île déserte !

2 Phrase simple, phrase complexe

▶ Une **phrase simple** est une phrase qui ne comporte qu'un seul verbe conjugué, donc une seule proposition (proposition indépendante).

[Robinson et l'Indien **passèrent** la nuit dans la forteresse].

La phrase simple minimale est composée d'un sujet et d'un groupe verbal :

Sujet + **Groupe verbal**

- verbe d'état (*être, sembler, demeurer, rester*…) + attribut du sujet
- ou verbe d'action + complément d'objet

[Robinson] [est un aventurier téméraire]. [Il] [a délivré Vendredi].

▶ Une **phrase complexe** comporte plusieurs verbes conjugués, donc plusieurs propositions. Celles-ci sont liées entre elles par juxtaposition, coordination ou subordination (→ FICHES 11 À 13).

UN SCHÉMA POUR RETENIR

phrase simple
- un seul verbe conjugué
- une proposition indépendante

phrase complexe
- plusieurs verbes conjugués
- plusieurs propositions

La méthode

Identifier des compléments de temps et de lieu

COMMENT FAIRE ?

Les compléments de temps et de lieu servent à **situer l'action.**

1. Pose-toi les bonnes questions : le CC de temps répond à la question « quand ? » ; le CC de lieu, à la question « où ? ».

2. Ne confonds pas complément circonstanciel et complément du nom : les CC complètent une phrase, et non pas un nom.

L'EXEMPLE COMMENTÉ

Pour mieux comprendre le cadre du récit, Louna doit souligner les compléments de temps et de lieu dans l'extrait suivant.

Pour départager ses trois fils, épris de la même jeune femme, un sultan promet la main de la princesse à celui qui lui apportera l'objet le plus extraordinaire. Le dernier de la fratrie se met en route...

Le prince Ali, qui avait projeté de voyager en Perse [*voyager où ? en Perse.* → CC de lieu] pour se conformer à l'intention du sultan des Indes [complément du nom « sultan »], avait pris la route avec une caravane [...]. Après une marche de près de quatre mois, il arriva enfin à Schiraz, [*il arriva enfin où ? à Schiraz.* → CC de lieu ; *quand ? après une marche...* → CC de temps] qui était alors la capitale du royaume de Perse.

D'après ***Les Mille et Une Nuits***, « Les trois princes amoureux » (IXe siècle), trad. A. Galland.

Grâce aux CC, Louna comprend que le prince Ali a eu une longue route à faire pour atteindre la Perse.

Je m'entraîne

Recopie et complète le texte en y insérant les CC proposés.

jusqu'au jour où il retrouva Tenn, le chien de l'équipage • Un jour • des années plus tard • En 1759 • pendant vingt-huit ans • au large du Chili

............, le navire sur lequel Robinson était embarqué – la *Virginie* – fit naufrage .... Robinson échoua alors sur une île. Il se pensait seul .... Il reprit espoir et commença à s'organiser. ...., ..., il rencontra un Indien qu'il baptisa Vendredi. Dès lors, les deux hommes se lièrent d'amitié. Robinson resta sur l'île ....

CORRIGÉS p. 115

Reconnaître et construire une phrase interrogative

3

Il existe trois types de phrase (déclaratif, impératif ou interrogatif). Alors que la phrase déclarative énonce un fait, la phrase interrogative pose une question.

Le cours

1 La phrase interrogative

▶ Lorsque la question porte sur la phrase entière, on parle d'interrogation **totale**. Elle appelle une réponse par « oui » ou par « non ».

> Y a-t-il un pilote dans l'avion ?

Lorsque la question porte sur un élément de la phrase, on parle d'interrogation **partielle**. La phrase est introduite par un mot interrogatif (voir 2).

> Quel est ton jeu vidéo préféré ?

▶ Selon le **niveau de langue** utilisé, la phrase interrogative peut se construire de trois façons différentes.

> Ton thé t'a-t-il ôté ta toux ? [soutenu : inversion du pronom sujet]
>
> Est-ce que ton thé t'a ôté ta toux ? [courant : utilisation de la locution *est-ce que*]
>
> Ton thé t'a ôté ta toux ? [familier : conservation de l'ordre des mots de la phrase déclarative]

2 Les mots interrogatifs

On distingue :

- le **déterminant** interrogatif : *quel* ;

> Quels identifiants as-tu choisis ?

- les **pronoms** interrogatifs : *qui, que, quoi, lequel* ;

> Qui est volontaire ? Laquelle de ces deux chansons préfères-tu ?

- les **adverbes** interrogatifs : *où, quand, comment, pourquoi…*

> Comment s'appelle cet endroit ?

UN SCHÉMA POUR RETENIR

- phrase interrogative
  - totale … réponse par « oui » ou par « non »
    En es-tu certain ? – Oui.
  - partielle … réponse par un élément précis
    Qui en est certain ? – Moi.

La méthode

Ne pas oublier l'adverbe négatif *ne/n'*

COMMENT FAIRE ?

1. Assure-toi d'avoir deux éléments pour former la négation.
2. Respecte les règles de placement de la locution négative :
   - elle encadre un auxiliaire ou un verbe conjugué ;
   - elle se place avant un verbe à l'infinitif.

L'EXEMPLE COMMENTÉ

En début d'année, Mme Jélu propose un questionnaire à ses élèves pour mieux les connaître. Voici les réponses de Léa.

1. *Comment qualifierais-tu tes résultats scolaires dans l'ensemble ?*

Mes résultats sont moyens parce que ~~j'ai pas~~ je n'ai pas assez travaillé l'année dernière.

La négation sans *ne* relève du langage oral et familier.

2. *Quel est le dernier livre que tu as lu ?*

~~J'ai lu~~ Je n'ai lu que des BD et quelques mangas.

3. *Quel métier aimerais-tu faire plus tard ?*

~~J'en ai~~ Je n'en ai aucune idée ! C'est difficile de choisir.

4. *Qu'attends-tu de cette année de cinquième ?*

Je ne sais pas, j'ai peur de ne pas réussir mon année. J'espère ~~qu'on aura~~ qu'on n'aura pas trop de devoirs !

Attention : à cause de la liaison, il est facile d'oublier le *n'* entre *on* et un verbe qui commence par une voyelle !

Je m'entraîne

Transforme ces phrases affirmatives en phrases négatives.

1. La déléguée de classe défend toujours les élèves en difficulté.

....

2. À la cantine, les repas sont excellents et j'aime tout, surtout les frites.

....

3. Devrait-on annuler la sortie de ski prévue ?

....

4. Zineb a une bonne moyenne et les félicitations de ses professeurs.

....

Pour la phrase 1, deux réponses sont possibles.

↗ CORRIGÉS p. 115

? Quiz express 5

Vérifie que tu as bien retenu les points clés des **fiches 1 à 4**

Comprendre le fonctionnement de la phrase simple

1 Phrase simple ou phrase complexe ? fiche 1

Précise si les phrases suivantes sont simples (S) ou complexes (C).

	S	C
1. Il avait chaud, alors il s'arrêta pour se désaltérer à la rivière.	❑	❑
2. Chut, j'ai entendu un bruit dans le buisson !	❑	❑
3. Respectez la nature, arrêtez de jeter vos déchets n'importe où.	❑	❑
4. L'eau est de plus en plus rare dans les pays chauds.	❑	❑
5. Quand l'eau viendra à manquer, les populations devront migrer.	❑	❑

2 Verbe d'état ou verbe d'action ? fiche 1

Souligne en rouge les verbes d'état, en bleu les verbes d'action.

1. Il semble que la situation s'améliore dans le Sahel.

2. L'augmentation des précipitations produit des effets positifs.

3. Les scientifiques remarquent des zones de verdure dans des endroits d'ordinaire arides.

4. La responsabilité des hommes est avérée.

3 Complément d'objet ou circonstanciel ? fiche 2

Souligne en bleu les compléments circonstanciels et en rouge les compléments d'objet.

1. Les puits étaient asséchés depuis longtemps.

2. Tous les villageois avaient quitté leurs habitations.

3. Ils marchaient maintenant vers des terres plus généreuses.

4. L'espoir revint quand ils virent les premières végétations.

4 Les types de phrase fiche 3

Relie chaque phrase au type qui convient.

1. Il y a dix ans, il y avait des buissons et des troupeaux.	•	• impératif
2. Admets que la sécheresse a eu raison de tout cela.	•	• interrogatif
3. Que comptes-tu faire ?	•	• déclaratif

5 Construire une phrase interrogative fiche 3

Indique à quel niveau de langue appartient chacune de ces phrases : soutenu (S), courant (C) ou familier (F).

1. J'ai beaucoup aimé le film *Home*. → ....

2. Et toi, t'en as pensé quoi ? → ....

3. J'aime pas ce genre de documentaires qui font peur ! → ....

4. Cela permet de sensibiliser les citoyens que nous sommes, ne crois-tu pas ? → ....

5. Il a le mérite de susciter des échanges et des débats sur le thème de la préservation de la planète. → ....

6 La phrase négative fiche 4

Barre les phrases négatives mal construites.

1. Je n'ai pas le choix.

2. Il veut plus rester à attendre.

3. Je ne saurais dire ce qu'il faut faire.

4. Rien te fait réagir !

5. Est-ce que tu devais pas passer par la maison ?

ÉNIGME

Déchiffre cette phrase mystère en prenant l'alphabet à l'envers (A = Z, B = Y…).

E R E V   O Z   T I Z N N Z R I V!

_ _ _ _   _ _   _ _ _ _ _ _ _ _ _ _!

Vive la grammaire !

↗ **Reporte-toi aux CORRIGÉS p. 116 et calcule ton score.** Score : .../26

Analyser un groupe nominal 6

Un nom (commun ou propre) et les mots qui l'accompagnent forment le groupe nominal (GN).

Le cours

1 Le fonctionnement du groupe nominal

▶ Le groupe nominal (GN) est un ensemble de mots construit autour d'un **nom noyau**.

▶ Un nom commun (ou un nom propre) et son déterminant constituent un **GN minimal**. Celui-ci peut être enrichi par des expansions du nom : on parle alors de **GN étendu**.

[l'épée] [GN minimal] → [l'épée magique du roi Arthur] [GN étendu]

2 Les expansions du nom

On distingue trois types d'expansions du nom.

▶ **L'adjectif qualificatif** : il est placé devant ou derrière le nom qu'il qualifie ; sa fonction est épithète (→ FICHE 8).

[Un monstre horrible] se dresse devant [la belle Guenièvre].

▶ **Le groupe prépositionnel** : c'est souvent un GN introduit par une préposition (*à, de, en*…) ; sa fonction est complément du nom.

Les chevaliers partent à [la quête du Graal].
[groupe prépositionnel introduit par *de*, complément du nom *quête*.]

▶ **La proposition subordonnée relative** : elle est introduite par un pronom relatif (→ FICHE 9) qui reprend le nom noyau (l'antécédent) ; sa fonction est épithète.

[L'écuyer qui tient la lance du chevalier] rêve de prouesses.
[prop. sub. relative, introduite par *qui*, épithète du nom *écuyer*.]

UN SCHÉMA POUR RETENIR

GN étendu

GN minimal
déterminant + nom

+

Expansions du nom :
- épithète (adjectif qualificatif, proposition relative)
- complément du nom (groupe prépositionnel)

La méthode

Faire les accords dans le groupe nominal

COMMENT FAIRE ?

1. Identifie le nom noyau et délimite le GN par des crochets.
2. Détermine le genre et le nombre du nom (aide-toi du déterminant).
3. Assure-toi que le déterminant et l'adjectif sont accordés en genre (masculin/féminin) et en nombre (singulier/pluriel) avec le nom.

L'EXEMPLE COMMENTÉ

Dans le compte rendu de son voyage à Londres, Mariama relate en détail sa journée préférée. Elle se relit pour vérifier les accords dans les groupes nominaux.

Le mardi a été [ma journée préférée]. Nous avons d'abord pris [un délicieux petit déjeuner anglais] dans [la cafétéria animée de [notre belle auberge de jeunesse]], puis nous sommes tous montés dans [un bus rouge à [deux étages]]. Direction le « London Eye » ! [Les petites cabines vitrées dans lesquelles nous nous sommes installés] nous ont permis de prendre [de magnifiques photos de [la ville vue du ciel]]. C'était [une expérience exceptionnelle] !

1. Mariama repère les GN entre crochets et souligne les noms noyaux.

2. et 3. Pour chaque GN, elle s'assure que tous les éléments sont bien accordés en genre et en nombre avec le nom noyau.

Je m'entraîne

À toi de compléter le texte de Mariama en faisant les accords nécessaires.

Nous avons ensuite pique-niqué : des chips au vinaigre trop salé........, une salade composé........ et un gâteau au........ fruits confit........ pas très appétissant........ L'après-midi, nos professeur........ enthousiaste........ nous ont fait une visite guidé........ de la National Gallery. Le soir, à Picadilly Circus, j'ai été éblouie par les écran........ lumineu........ et multicolore........ sur lesquels défilaient des publicités varié........

Pour bien accorder les adjectifs, détermine d'abord quel nom ils qualifient.

↗ CORRIGÉS p. 116

Reconnaître un déterminant

7

Un déterminant introduit un nom.
Il forme avec lui un groupe nominal minimal (→ FICHE 6).

Le cours

1 Les différentes catégories de déterminants

Les déterminants **précèdent un nom** et ne peuvent pas être supprimés.

Types de déterminants	Exemples
articles	le, la, les [définis] ; un, une, de, des [indéfinis] ; du, de la, des [partitifs]
dét. possessifs	mon, ton, son, notre, votre, leur...
dét. démonstratifs	ce, cette, ces...
dét. indéfinis	aucun, quelques, plusieurs, tout, chaque...
dét. numéraux	un, dix, cent, mille...
dét. interrogatifs et exclamatifs	quel, quelle, quels, quelles

2 Le déterminant démonstratif

▶ Le déterminant démonstratif introduit un nom désignant un être ou une chose **que l'on montre** ou dont on vient de parler.

> « Je choisis ce destrier », dit le chevalier. [il montre l'animal]
>
> Le chevalier a combattu vaillamment. Arthur demanda qu'on laisse se reposer ce héros. [On connaît le héros dont il est question : *le* devient *ce*.]

▶ Il peut être renforcé par *-ci* ou *-là* ajouté après le nom : *-ci* exprime la proximité dans le temps ou l'espace, et *-là* l'éloignement.

> En ce temps-là, les filles se mariaient jeunes. [éloignement dans le temps]
>
> Cette épée-ci est dotée de pouvoirs exceptionnels. [proximité dans l'espace]

UN SCHÉMA POUR RETENIR

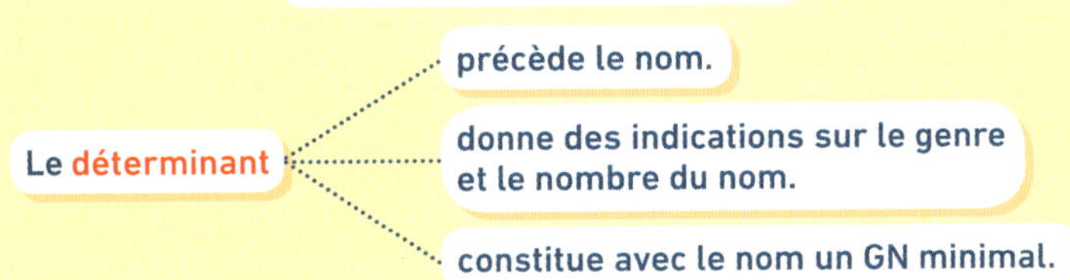

La méthode

Enrichir une description avec des adjectifs

COMMENT FAIRE ?

1. Représente-toi le personnage, le lieu ou l'objet que tu veux décrire.
2. Note au brouillon les adjectifs qui te viennent à l'esprit pour le caractériser. Dans le cas d'un portrait, essaie de qualifier la silhouette du personnage, l'expression de son visage, son attitude.
3. Utilise dans ta rédaction les adjectifs que tu as listés.
4. En te relisant, contrôle l'accord des adjectifs (→ FICHE 6).

L'EXEMPLE COMMENTÉ

Lis une première fois la description suivante sans lire les adjectifs en rose. Puis relis le texte complet.

> Elle avait un large chapeau de paille, avec des rubans roses qui palpitaient au vent derrière elle. Ses bandeaux noirs, contournant la pointe de ses grands sourcils, descendaient très bas et semblaient presser amoureusement l'ovale de sa figure. Sa robe de mousseline claire, tachetée de petits pois, se répandait à plis nombreux.

■ Gustave Flaubert, ***L'Éducation sentimentale***, chapitre 1 (1869).

Tu constates que la description, enrichie d'adjectifs, est plus évocatrice : l'auteur veut faire naître dans l'esprit du lecteur une image précise de la femme qu'il décrit.

Je m'entraîne

Voici la description de Blanchefleur, qui conquit le cœur de Perceval. Complète-la avec ces 4 adjectifs : *vermeille, souriants, droite, lisse*.

> Elle avait le front blanc, haut et .... comme s'il avait été poli à la main, œuvre d'un artiste qui l'aurait sculptée dans la pierre, l'ivoire ou le bois. Les sourcils tiraient sur le brun, à bonne distance l'un de l'autre, et sa face était éclairée par des yeux .... , vifs, légèrement bridés. Son nez formait une ligne bien ...., et sur son visage la couleur .... contrastait avec le blanc mieux que sinople[1] sur argent.

■ Chrétien de Troyes, ***Perceval ou le Conte du Graal*** (XIIe siècle), traduit de l'ancien français par D. Poirion,

1. **sinople :** émail vert (utilisé sur les blasons).

Aide-toi du sens mais également des marques d'accord des adjectifs.

↗ CORRIGÉS p. 116

Reconnaître et classer les pronoms

9

Le plus souvent, un pronom remplace un nom ou un GN afin d'éviter une répétition.

Le cours

1 Les différentes catégories de pronoms

Types de pronoms	Exemples
personnels	je, tu, il... [sujet] ; me, te, se, lui... [complément] ; moi, toi, soi, lui... [forme accentuée]
possessifs	le mien, la tienne, les siens, le vôtre...
démonstratifs	celui, celle, ceux, celles, celui-ci, cela...
indéfinis	aucun, nul, tous, personne, rien, quelqu'un, autrui, la plupart, certain(s), plusieurs...
interrogatifs	qui, que, lequel...
relatifs	qui, que, quoi, dont, où, lequel...
adverbiaux	en, y

2 Le pronom relatif

▶ Un pronom relatif met en relation deux propositions. Il introduit une proposition subordonnée relative (→ FICHE 12).

La fille [qui m'a dit bonjour] est dans ma classe.

▶ Le nom ou le GN que représente le pronom relatif est appelé son **antécédent**.

Tu te souviens de la fille [que nous avons croisée] et [à laquelle j'ai parlé] ?

[*que* et *à laquelle* reprennent le GN *la fille*, qui est leur antécédent.]

UN SCHÉMA POUR RETENIR

Le pronom
- **renvoie à un élément de la situation d'énonciation (*je, tu, il, nous, vous*...).**
- **remplace un mot ou un groupe de mots déjà cité (l'antécédent).**

La méthode

Faire un bon usage des pronoms personnels

COMMENT FAIRE ?

1. Utilise des pronoms personnels pour éviter les répétitions (par exemple, les noms des personnages dans un récit).
2. Assure-toi que le pronom n'est pas ambigu (il ne doit pas y avoir de doute sur l'élément qu'il remplace).
3. En cas d'ambiguïté, remplace le pronom personnel par un GN ou un pronom d'un autre type.

L'EXEMPLE COMMENTÉ

Les 5e 3 devaient imaginer une scène de combat. Lucas retravaille sa copie pour supprimer les répétitions que son professeur a barrées.

« Il » renvoie au sujet de la phrase précédente, *Messire Jacques*.

Messire Jacques arriva avec son destrier devant la grotte du dragon. ~~Il~~ Celui-ci commença à cracher du feu mais il rata messire Jacques, ~~messire Jacques~~ qui prit alors sa lance et l'enfonça dans la patte droite du dragon. Sous l'effet de la douleur, ~~le dragon~~ le monstre rugit violemment en direction de messire Jacques, mais ~~il~~ le courageux chevalier tira son épée de son fourreau et la lui enfonça dans le cœur.

Les pronoms relatifs permettent de relier des phrases entre elles.

Utiliser des GN permet d'enrichir la description des personnages.

Je m'entraîne

Voici le début du devoir de Lison, sur le même sujet. Recopie son texte en remplaçant les répétitions barrées.

Utilise au moins un pronom démonstratif et un pronom relatif.

Messire Louis était un chevalier du Moyen Âge. Il était né en France, dans un château qui se nommait Roche-Marine. ~~Messire Louis~~ avait grandi ~~dans ce château~~ et connaissait chaque noble, chaque serf et chaque vilain de son fief. Rien ne pouvait échapper ~~à Messire Louis~~ et il était au courant de toutes les rumeurs qui circulaient au château. Un jour, ~~ces rumeurs~~ lui apprirent qu'une jeune demoiselle était prisonnière dans une tour ~~et que~~ le gardien ~~de la tour~~ était un hippogriffe…

↗ CORRIGÉS p. 116

Quiz express 10

Vérifie que tu as bien retenu les points clés des **fiches 6 à 9**

Comprendre le fonctionnement du groupe nominal

1 Identifier un GN étendu fiche 6

Souligne tous les GN étendus.

1. Mes parents préfèrent manger des légumes de saison.
2. Le réchauffement climatique a augmenté la sédentarisation de certains oiseaux.
3. Yann Arthus-Bertrand a su photographier la planète comme personne.
4. Les ours blancs risquent de disparaître si l'homme ne fait rien.

2 Reconnaître les expansions du nom fiche 6

Dans les GN en rose, souligne les expansions du nom, puis relie chaque phrase à la nature de cette expansion.

1. Tous les dimanches, Pierre se rend dans le jardin de son grand-père. •
2. Il aime voir pousser les graines qu'il a plantées. •
3. C'est une chose magique ! •
4. Il admire les jolies fleurs. •
5. Plus tard, il sera un horticulteur dont son grand-père sera fier. •

• adjectif qualificatif
• groupe prépositionnel
• proposition subordonnée relative

3 Les homophones grammaticaux fiche 7

Entoure la forme correcte.

1. Les ordures ménagères, ce/se son/sont tous les déchets produits par les ménages.
2. Les nouvelles réglementations recommandent le tri sélectif et/est les gens ont l'air d'y adhérer.
3. La marée noire a/à causé des dégâts importants.

4 Déterminant ou pronom ? fiches 7 et 9

Le mot en rose est-il un déterminant (D) ou un pronom (P) ?

	D	P
1. Adèle n'aime que quelques fruits et légumes.	☐	☐
2. Elle adore les bonbons, surtout ceux à la guimauve.	☐	☐
3. Le nutritionniste lui a expliqué qu'il fallait manger équilibré.	☐	☐
4. Ses parents cuisinent de bons petits plats.	☐	☐

5 L'adjectif qualificatif fiche 8

Coche les adjectifs qualificatifs qui pourraient compléter ces GN.

1. des pommes
- ☐ **a.** juteuses
- ☐ **b.** acidulés
- ☐ **c.** croquante
- ☐ **d.** parfumées

2. un livre
- ☐ **a.** rare
- ☐ **b.** abîmée
- ☐ **c.** intéressant
- ☐ **d.** populaire

3. des robes
- ☐ **a.** jolie
- ☐ **b.** bleu
- ☐ **c.** vert foncé
- ☐ **d.** élégantes

6 Les fonctions de l'adjectif fiche 8

L'adjectif en rose est-il épithète, apposé ou attribut ?

	épithète	apposé	attribut
1. Ces fruits me semblent délicieux.	☐	☐	☐
2. Inquiet de tousser autant, Yann consulte son docteur.	☐	☐	☐
3. La classe de 5e C paraît agitée.	☐	☐	☐
4. Il deviendra un très bon jardinier.	☐	☐	☐

ÉNIGME

Déchiffre ce rébus.

groupe nominal (grrr – houx – p' – nos – mine – al)

↗ Reporte-toi aux CORRIGÉS p. 117 et calcule ton score.

Score : .../23

FRANÇAIS

Juxtaposer ou coordonner des propositions

11

Une phrase complexe contient plusieurs propositions, qui peuvent être juxtaposées ou coordonnées, ou encore subordonnées (→ FICHE 12).

Le cours

1 La proposition indépendante

▶ On appelle proposition indépendante une proposition **qui se suffit à elle-même** : elle ne dépend d'aucune proposition et aucune proposition ne dépend d'elle.

▶ Lorsqu'une phrase complexe contient plusieurs propositions indépendantes, celles-ci sont soit juxtaposées, soit coordonnées.

2 La juxtaposition

Les propositions sont juxtaposées lorsqu'elles sont séparées par un **signe de ponctuation** : la virgule, le point-virgule ou les deux-points.

[Les élèves sont tout excités] : [ils partent bientôt en voyage scolaire] !

3 La coordination

▶ Les propositions sont coordonnées lorsqu'elles sont reliées par une **conjonction de coordination** : *mais, ou, et, or, ni, car.*

[Les élèves sont tout excités] car [ils partent bientôt en voyage scolaire].

▶ Elles peuvent également être reliées par un **adverbe de liaison** : *ainsi, alors, donc, cependant, d'ailleurs, enfin, pourtant, puis…*

[Les élèves partent en voyage scolaire], alors [ils sont excités].

UN SCHÉMA POUR RETENIR

proposition indépendante 1

juxtaposition : , : ;

coordination :
mais, ou, et, or, ni, car
ainsi, alors, donc, enfin, cependant…

proposition indépendante 2

La méthode

Construire une phrase complexe

COMMENT FAIRE ?

1. Juxtapose ou coordonne les propositions liées logiquement.
2. Utilise une subordonnée relative pour apporter des précisions sur un nom et des subordonnées circonstancielles pour détailler les circonstances d'une action.
3. Ne fais pas des phrases trop longues (3 propositions maximum).

L'EXEMPLE COMMENTÉ

Voici l'introduction rédigée par Jessica pour répondre au sujet suivant : « Après une tempête, vous vous retrouvez sur une île. Racontez vos impressions et décrivez le cadre qui vous entoure. »

J'ouvris doucement les yeux et regardai autour de moi [les deux actions s'enchaînent]. Où étais-je ? Que s'était-il passé ? Soudain, je me rappelai… Nous étions en croisière en catamaran avec mes parents lorsqu'une tempête éclata. Ma mère, qui se trouvait à l'avant, était passée par-dessus bord… Oh non ! Maman ! Papa ! Les reverrais-je un jour ? Je me retrouvai sur cette plage de sable blanc, seule, dans une île que je ne connaissais pas et qui semblait déserte [Jessica a bien utilisé les pronoms relatifs qui conviennent, selon leur fonction dans la relative]. J'avais le visage plein de sable, les cheveux et les vêtements mouillés. Je me relevai péniblement : j'avais des étourdissements [les deux-points introduisent une explication]. Il fallait que je sache ce qu'il y avait sur cette île.

On distingue des propositions indépendantes juxtaposées ou coordonnées, et des propositions subordonnées relatives et circonstancielles.

Je m'entraîne

Transforme ces phrases simples en des phrases complexes comprenant une subordonnée.

1. Marco aime raconter ses voyages. Ses voyages lui ont fait découvrir le monde.
2. Il était plongé dans ses pensées. Un terrible brouhaha lui fit tourner la tête.
3. Il saisit la dague accrochée à sa ceinture. Il voulait faire peur à son ennemi.
4. Le seigneur tartare tomba malade. Il faillit périr.

Dans la phrase 4, utilise l'adverbe d'intensité *si*.

↗ CORRIGÉS p. 117

Utiliser une subordonnée de but ou de conséquence

13

Les propositions subordonnées circonstancielles sont facultatives (→ FICHE 12) ***et apportent des précisions sur les circonstances de l'action.***

Le cours

1 La proposition subordonnée de but

▶ La proposition subordonnée circonstancielle de but est introduite par : *pour que, afin que, de crainte que, de peur que…* Elle exprime **l'intention**, l'objectif visé ou au contraire le risque évité.

> Nous devons changer nos comportements [pour que la Terre aille mieux].

Pour que le réchauffement climatique s'arrête, il suffit d'éteindre les radiateurs. Non ?

▶ Elle est toujours au **subjonctif** puisqu'elle exprime une intention et non un fait certain (→ FICHE 22).

> Elle a organisé une réunion [afin que chacun <u>puisse</u> proposer des mesures en faveur du développement durable].

2 La proposition subordonnée de conséquence

▶ La proposition subordonnée circonstancielle de conséquence est introduite par : *de sorte que, si bien que, tellement/si… que…* Elle exprime le **résultat** d'un événement ou d'une action.

> Les élèves sont tellement préoccupés par le réchauffement climatique [qu'ils ont décidé d'agir].

▶ Contrairement à la subordonnée de but, elle est à l'**indicatif**.

> La réunion a été menée efficacement, [de sorte que chacun <u>a pu</u> proposer des mesures en faveur du développement durable].

UN SCHÉMA POUR RETENIR

proposition subordonnée circonstancielle
- de **but** ⋯ [*pour que, afin que…* + **subjonctif**] avant ou après la principale
- de **conséquence** ⋯ [*de manière que, de sorte que, si … que…* + **indicatif**] après la principale

La méthode

Exprimer un but négatif

COMMENT FAIRE ?

1. Le but négatif s'exprime à l'aide des locutions conjonctives *de peur que* ou *de crainte que…*
2. Si tu utilises *pour que*, ajoute une négation autour du verbe. N'emploie pas l'expression fautive *pour pas que*.
3. Pense à mettre le verbe de la subordonnée au subjonctif.

L'EXEMPLE COMMENTÉ

Mamadou retranscrit sur le blog du collège l'interview qu'il a menée auprès de deux de ses camarades, fondateurs de l'action « Des gestes pour la planète ». Il se relit pour corriger ses erreurs.

MAMADOU : Comment est venue l'idée de cette action ?

CLAIRE : Mme Esvété nous a montré un reportage sur le gaspillage pour qu'on ~~voit~~ voie comment nos déchets contribuent à polluer la planète. Ça nous a fait réagir : on s'est demandé comment faire ~~pour pas qu'on participe~~ pour qu'on ne participe pas à ce gâchis. On a remarqué par exemple qu'on jetait beaucoup de stylos ; alors, ~~pour plus qu'ils aillent~~ pour qu'ils n'aillent plus à la poubelle, on a décidé de les recycler.

> Dans une subordonnée de but, on utilise le subjonctif.

> La négation encadre le verbe : les deux parties de la locution *pour que* ne doivent pas être séparées.

MAMADOU : Comment avez-vous réussi à vous organiser ?

JULIAN : Au début, on n'osait pas exprimer nos idées de peur que les adultes ne nous découragent. On a fini par en parler à la CPE qui nous a aidés.

> Ici, *ne* n'a pas de valeur négative. Il n'est pas indispensable mais rend la phrase plus élégante.

Je m'entraîne

Souligne les locutions conjonctives et conjugue les verbes proposés.

> Deux verbes sont à conjuguer au subjonctif (→ FICHE 22).

1. Vous ne prenez que rarement des bains, de sorte que vous .... (*économiser*) de l'eau.
2. Il s'est engagé à nettoyer la plage de crainte qu'on ne le .... (*contraindre*) à payer une amende.
3. Je ne jette pas mes détritus dans la forêt afin que la nature .... (*être*) préservée.

↗ CORRIGÉS p. 117

Quiz express 14

Vérifie que tu as bien retenu les points clés des **fiches 11 à 13**

Comprendre le fonctionnement de la phrase complexe

1 Construire une phrase complexe **fiches 11 et 12**

Comment les phrases suivantes sont-elles construites ? Par juxtaposition (J), coordination (C) ou subordination (S) ?

	J	C	S
1. Lorsque ma chambre est propre, je peux jouer.	❑	❑	❑
2. Je garde les bouchons des bouteilles et je les donne à une association d'handicapés.	❑	❑	❑
3. J'aime m'investir dans des projets ; c'est gratifiant !	❑	❑	❑
4. Louise regarde trop la télévision : elle connaît les publicités par cœur !	❑	❑	❑
5. Max adore qu'on lui fasse des compliments.	❑	❑	❑

2 Quelle conjonction utiliser ? **fiche 11**

Relie chaque paire de phrases à la conjonction qui convient.

1. Perceval a vu le Graal. •
Il n'a pas osé poser de questions.

2. Yvain a vaincu le chevalier Esclados le Roux. •
Il a épousé sa veuve Laudine.

3. L'amour se glissa dans le cœur de Tristan et Iseult. •
Ils avaient bu un philtre magique.

• puis
• car
• mais

3 Conjonctions de coordination et homophones **fiche 11**

Entoure la forme correcte.

1. Il est/et content car il fait beau.

2. Mais/Mes il n'écoute rien !

3. Je lui ai/est/et demandé de rester là.

4. Où/Ou étais-tu passé ?

4 Les propositions subordonnées fiche 12

Encadre ce que complètent les propositions en rose.

1. Ses yeux qui semblaient être deux étoiles diffusaient une lumière éblouissante.

2. Amour qui le conduit calme et soigne ses souffrances.

3. Quand il était sur l'autre rive, il lui sembla avoir vu deux lions.

4. Lancelot comprend qu'il a été trompé par un enchantement.

5 Les subordonnées de but et de conséquence fiche 13

Les propositions en rose expriment-elles le but (B) ou la conséquence (C) ?

	B	C
1. Lancelot est si amoureux de Guenièvre qu'il est prêt à risquer sa vie.	❑	❑
2. Dès le début du combat, il commence à si bien faire que nul ne peut l'arrêter.	❑	❑
3. Pour qu'il obtienne les faveurs de sa dame, il se comporte comme un couard.	❑	❑
4. Il réussit si bien à tromper les autres que la reine en est ravie.	❑	❑

ÉNIGME

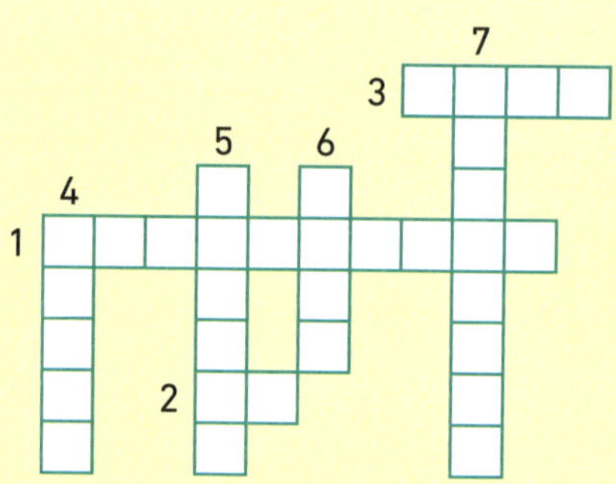

1. Lier des propositions avec une conjonction de coordination.
2. Conjonction de coordination ou métal précieux.
3. Conjonction de coordination exprimant l'opposition.
4. Outil de comparaison.
5. Remplace un nom.
6. Homophone d'un déterminant possessif.
7. Accompagne un nom pour exprimer une qualité.

1. coordonner 2. or 3. mais 4. comme 5. pronom 6. sont 7. adjectif.

↗ **Reporte-toi aux CORRIGÉS p. 118 et calcule ton score.**

Score : .../20

Conjuguer un verbe au présent de l'indicatif

15

Le présent exprime en général une action qui a lieu au moment où l'on parle.

Le cours

1 Les terminaisons types du présent

Les terminaisons dépendent du groupe auquel appartient le verbe.

▶ Verbes du 1er groupe : *-e, -es, -e, -ons, -ez, -ent.*

jouer : je joue, tu joues, il joue, nous jouons, vous jouez, ils jouent

▶ Verbes du 2e groupe et la plupart des verbes du 3e groupe : *-s, -s, -t, -ons, -ez, -ent.*

finir : je finis, tu finis, il finit, nous finissons, vous finissez, ils finissent

partir : je pars, tu pars, il part, nous partons, vous partez, ils partent

2 Quelques terminaisons particulières (3e groupe)

▶ Au singulier :

• les verbes *valoir*, *vouloir* et *pouvoir* se terminent par *-x, -x, -t* ;

je vaux, tu vaux, il vaut • je veux, tu veux, il veut • je peux, tu peux, il peut

• les verbes en *-dre* (sauf ceux en *-indre* et *-soudre*) se terminent par *-ds, -ds, -d.*

je prends, tu prends, il prend

mais je résous, tu résous, il résout

je crains, tu crains, il craint

▶ Au pluriel, attention à ces deux formes irrégulières :

dire → vous dites • faire → vous faites.

UN SCHÉMA POUR RETENIR

Les principales valeurs du présent

- **présent**
  - **d'énonciation** ······ *« Que fais-tu ? – Je regarde une série. »*
  - **de narration** ······ *Je lisais dans ma chambre, quand soudain ma sœur entre en hurlant.*
  - **de vérité générale** ······ *Le présent simple a plusieurs valeurs.*

La méthode

Ne pas confondre les terminaisons *-é, -er* et *-ait/-aient* dans un récit au passé composé

COMMENT FAIRE ?

1. Vérifie que tu as conjugué les verbes qui expriment les actions principales au **passé composé** (participe passé en *-é* pour les verbes du 1er groupe).

2. Pour distinguer les différentes terminaisons en [e], utilise le verbe *prendre* :

- si tu peux remplacer par *prendre*, le verbe est bien à l'**infinitif** et s'écrit *-er* ;
- si tu emploies *pris(e)*, il s'agit d'un **participe passé** en *-é* (› FICHE 26) ;
- si tu utilises *prenai-*, le verbe est à l'**imparfait** (*-ais, -ait* ou *-aient*).

L'EXEMPLE COMMENTÉ

Sandra participe à la rédaction du journal du collège. Elle est chargée de relire et de corriger l'article que Nicolas a écrit.

les classes de 5e ont pris : il s'agit d'un participe passé

Certains ne prenaient pas... : c'est un imparfait

Jeudi dernier, les classes de 5e ont ~~participer~~ participé au projet « Collège au cinéma ». Les élèves ont pu visionner l'épisode IV de *Star Wars*. Certains ne ~~connaissé~~ connaissaient pas la saga. Tous ont adoré l'histoire, les acteurs, les effets spéciaux, à tel point qu'ils ont décidé de ~~présenté~~ présenter le film aux autres classes la semaine prochaine.

ils ont décidé de prendre : il s'agit d'un infinitif en *-er*

Je m'entraîne

Complète cet article de journal avec les terminaisons qui conviennent.

Après un voyage dans l'espace de plus de dix ans, le robot Philae a ét........ largu........ en novembre 2014 par la sonde Rosetta sur la comète Tchouri, à un demi-milliard de kilomètres de la Terre. Avant d'entr........ en hibernation, le robot-laboratoire a collect........ de nombreuses données sur la comète entre le 12 et le 14 novembre 2014. Les chercheurs européens ont commenc........ à les analys........ .

Commence par repérer les trois verbes au passé composé.

↗ CORRIGÉS p. 118

Utiliser les temps du récit : le passé simple et l'imparfait 17

Le passé simple et l'imparfait sont souvent employés ensemble dans un récit au passé.

Le cours

1 Distinguer les deux temps

▶ Les premières phrases d'un récit au passé sont souvent à l'imparfait.

> Alice commençait à se sentir lasse d'être assise près de sa sœur sur le talus et de ne rien avoir à faire.

L'imparfait sert à décrire les circonstances, à présenter un lieu, un personnage, des actions qui servent de décor.

▶ Quand l'action démarre, elle est rapportée au passé simple.

> Elle en était donc à se demander comment s'occuper quand soudain un lapin blanc avec des yeux roses passa près d'elle en trottant.

C'est en effet **le passé simple** qui **permet de raconter**, de rapporter les actions successives qui forment la trame de l'histoire.

> Alice se leva et le suivit, elle traversa le pré à ses trousses et arriva juste à temps pour le voir s'engouffrer dans un grand terrier.
>
> ■ D'après Lewis Carroll, ***Alice au pays des merveilles***, 1865.

2 Ne pas se tromper sur les terminaisons

▶ Les terminaisons de l'**imparfait** sont : *-ais, -ais, -ait, -ions, -iez, -aient.*

▶ Celles du **passé simple** dépendent du groupe du verbe (→ FICHE 18).

Verbes du 1er groupe	-a, -èrent	il accéléra, ils accélérèrent
Verbes du 2e groupe	-it, -irent	elle grandit, elles grandirent
Verbes du 3e groupe	-it, -irent -ut, -urent -int,-inrent	elle vit, elles virent il sut, ils surent elle vint, elles vinrent

UN SCHÉMA POUR RETENIR

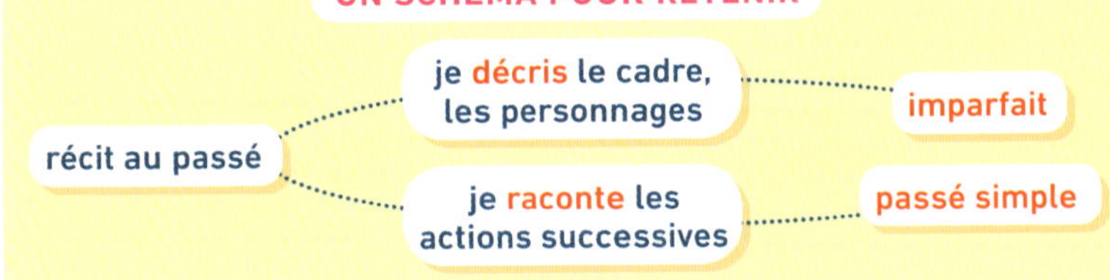

La méthode

Employer le plus-que-parfait dans un récit

COMMENT FAIRE ?

1. Utilise le passé simple et l'imparfait comme temps de base (→ FICHE 17).
2. Utilise le plus-que-parfait pour les actions qui se sont déroulées avant celles exprimées au passé simple et à l'imparfait.

L'EXEMPLE COMMENTÉ

Passionné par *Star Wars*, Clément a commencé à écrire une *fan fiction* inspirée de la saga. En voici un extrait, dans lequel il retrace une journée de la vie de son héros.

Ce jour-là, comme à son habitude, le jeune Anakin se rendit chez Watto, son employeur. Sur le chemin, il pensa au speeder qu'il était en train de construire : cela le mettait de bonne humeur. Obtenir certaines des pièces nécessaires n'avait pas été de tout repos mais il avait quasiment achevé son œuvre. Il comptait sur son bolide pour gagner la prochaine course ! Mais il était loin de se douter qu'une rencontre allait bientôt changer sa vie...

Clément utilise le passé simple et l'imparfait pour les actions qui se sont déroulées « ce jour-là », tandis que le plus-que-parfait lui permet d'évoquer des actions antérieures.

Je m'entraîne

Complète cet extrait de *L'Île au trésor* en conjuguant les verbes entre parenthèses aux temps du passé qui conviennent.

Nous pénétrâmes dans la grotte. [...] Sur le sol de sable, devant un grand feu, ... (*reposer*) le capitaine Smollett ; et dans le fond, où .... (*atteindre*) à peine quelques reflets du foyer, j'.......................... (*entrevoir*) d'énormes empilements de monnaies et des pyramides de lingots d'or. C'.......................... (*être*) là ce trésor de Flint que nous .... (*venir*) chercher si loin, et qui .... déjà .... (*coûter*) la vie à dix-sept hommes de l'*Hispaniola*.

Tu dois employer deux verbes au plus-que-parfait.

■ Robert Louis Stevenson, ***L'Île au trésor***, VIe partie, chapitre 33 (1883), trad. D. Serval adaptée par D. Lanni, © Hatier, coll. « Classiques & Cie Collège » 2011.

↗ CORRIGÉS p. 119

Utiliser le conditionnel présent

21

« Si j'aurais su, j'aurais pas venu », dit le Petit Gibus* dans La Guerre des boutons. *On pourrait lui rétorquer que s'il avait su, il ne se serait pas trompé dans la formation et l'emploi du conditionnel !

Le cours

1 Conjuguer un verbe au conditionnel présent

▶ Pour former le conditionnel, tu as besoin du **radical du futur** et des **terminaisons de l'imparfait** : *-ais, -ais, -ait, -ions, -iez, -aient.*

> chanter → je chanterai [futur] → je chanterais, tu chanterais…
> finir → je finirai [futur] → je finirais, tu finirais…
> venir → je viendrai [futur] → je viendrais, tu viendrais…

▶ Attention ! Il ne faut pas confondre le futur et le conditionnel à la 1re personne du singulier (→ LA MÉTHODE).

2 Utiliser le conditionnel présent

Le conditionnel peut avoir la valeur d'un temps ou d'un mode.

▶ Comme temps, il sert à exprimer une **action future dans un contexte au passé** : c'est un futur dans le passé (→ UN SCHÉMA POUR RETENIR).

> Lancelot pense qu'il lui faudra marcher longtemps. ❶
> → Lancelot pensait qu'il lui faudrait marcher longtemps. ❷

▶ Comme mode, il sert à formuler une **hypothèse**, notamment avec une condition introduite par *si*.

> Si je connaissais la réponse [condition],
> je te la donnerais volontiers.

UN SCHÉMA POUR RETENIR

Comprendre la valeur temporelle du conditionnel, « futur du passé »

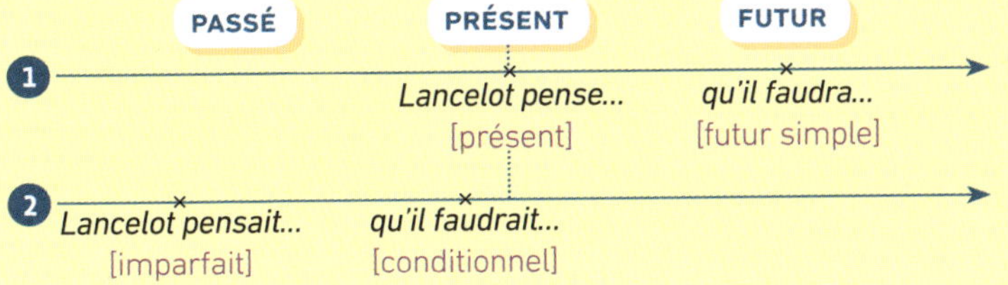

La méthode

Distinguer les terminaisons *-rai* et *-rais*

COMMENT FAIRE ?

1. Demande-toi si le verbe exprime une action à venir ou s'il exprime une action hypothétique.
2. Vérifie en mettant le verbe à la 2e personne du singulier :
- si tu obtiens *-as*, le verbe est au futur et se termine en *-ai* ;
- si tu obtiens *-ais*, le verbe est au conditionnel et se termine en *-ais*.

L'EXEMPLE COMMENTÉ

Au début de l'année, un professeur principal demande à ses élèves de formuler un projet professionnel en utilisant le futur et le conditionnel. Voici ce qu'a écrit Oriane.

= *tu seras* : c'est donc un futur.

Quand je serai adulte, j'aimerais être avocate. Après le bac, j'entrerai à la faculté de droit pour faire une licence. Si j'échouais [hypothèse introduite par *si*], je m'en consolerais difficilement… À moins que je ne décide de partir à l'étranger [hypothèse introduite par *à moins que*] : je pourrais alors m'engager pour des missions humanitaires, ce serait une autre manière de travailler à un monde plus juste.

= *tu aimerais* : c'est donc un conditionnel.

Je m'entraîne

Soufiane écrit un mail à son professeur d'EPS pour lui proposer d'organiser une sortie : complète-le en conjuguant les verbes proposés.

Utilise le futur, le conditionnel ou l'imparfait.

Bonjour Monsieur,

J'................................ (*aimer*) vous proposer d'organiser une sortie sportive pour les 5e 6.

Nous .... (*pouvoir*) aller à la patinoire : ce .... (*être*) facile à organiser car ma mère y travaille. Je vous la .... (*présenter*) à la réunion parents-profs et elle vous .... (*expliquer*) tout. Je pense que tous les élèves .... (*adorer*) si cette sortie .... (*pouvoir*) avoir lieu !

En espérant que ma proposition vous .... (*intéresser*),

Cordialement,

Soufiane P., 5e 6

↗ CORRIGÉS p. 120

Utiliser le subjonctif présent

22

***Le subjonctif est le plus souvent introduit par* que.**

Le cours

1 Conjuguer un verbe au subjonctif présent

▶ Pour obtenir le **radical** du subjonctif présent, on prend le verbe à la 1re personne du pluriel au présent de l'indicatif et on retire la terminaison *-ons*.

chanter : nous chant~~ons~~ → que je chante, que tu chantes...
prendre : nous pren~~ons~~ → que je prenne...

▶ Les **terminaisons** du subjonctif sont les mêmes pour tous les verbes : *-e, -es, -e, -ions, -iez, -ent,* sauf pour *être* et *avoir*.

être		avoir	
que je sois	que nous soyons	que j'aie	que nous ayons
que tu sois	que vous soyez	que tu aies	que vous ayez
qu'il soit	qu'ils soient	qu'il ait	qu'ils aient

▶ Certains radicaux sont irréguliers :

aller → que j'aille
faire → que je fasse
pouvoir → que je puisse
savoir → que je sache

2 Utiliser le subjonctif présent

▶ L'indicatif est le mode du réel. Le subjonctif, lui, est le mode de **l'éventuel** : il exprime un fait qui peut *éventuellement* se produire.

Demain, il va chez le médecin. [indicatif : c'est un fait certain.]
Demain, j'aimerais bien qu'il aille chez le médecin. [subjonctif : il ne s'agit que d'un souhait.]

▶ On l'emploie le plus souvent dans des **propositions subordonnées**.

[Quoique l'année vienne juste de commencer], Léo voudrait [que ce soit déjà les vacances].

UN SCHÉMA POUR RETENIR

fait réel → indicatif → *Il pleut.*
fait éventuel → subjonctif → *Je veux qu'il fasse beau.*

La méthode

Choisir entre *est, ai, aie/ait*

COMMENT FAIRE ?

1. ***Être* ou *avoir*** ? Conjugue la forme à l'imparfait : si tu obtiens *était*, c'est le verbe *être* → il s'écrit *est*.

2. Si c'est le verbe *avoir*, est-il **à l'indicatif ou au subjonctif ?** Remplace-le par un verbe du 3e groupe, comme *savoir* :
- si tu obtiens *je sais*, il s'agit de l'indicatif → tu écris *ai* ;
- si tu obtiens une forme en *sach-*, il s'agit du subjonctif. Identifie le sujet pour choisir la forme qui convient : *aie, aies, ait* ou *aient*.

L'EXEMPLE COMMENTÉ

Après sa leçon sur les homophones, Sacha a une évaluation sous forme de dictée. Le voici qui se relit et se corrige.

Mon voisin est [= était] un vieil homme étrange. J'ai toujours pensé [= je sais (indicatif)] qu'il était un peu fou. C'est [= C'était] un personnage solitaire qui vit dans un manoir délabré. Je ne pense pas qu'il ~~est~~ ait jamais laissé quiconque y pénétrer et, bien que je l'~~ai~~ aie parfois salué de loin, il ne m'a jamais adressé la parole. Je dois avouer qu'il m'intrigue : que s'est-il passé [= que s'était-il passé ?] dans sa vie pour qu'il ~~est~~ ait choisi de vivre ainsi en ermite ?

Impossible de remplacer par « était », il s'agit donc du verbe *avoir* au subjonctif.

Je m'entraîne

Complète les phrases ci-dessous avec la forme qui convient.

1. Je crois qu'il .... treize heures.

2. J'................ peur qu'elles .... trop mangé.

3. Sais-tu s'il .... déjà parti ?

4. Il faut que j'................ ta réponse pour demain.

5. Je lui .... écrit pour qu'il .... envie de venir.

6. Ce n'................ pas moi qui l'................ cassé !

Garde en tête les deux questions clés :
1. *être* ou *avoir* ? 2. indicatif ou subjonctif ?

↗ CORRIGÉS p. 120

Utiliser l'impératif présent 23

Le mode impératif s'emploie dans les phrases de type impératif, pour exprimer un ordre, une interdiction ou un conseil.

Le cours

1 Conjuguer un verbe à l'impératif présent

▶ Un verbe à l'impératif n'a pas de sujet exprimé. C'est sa terminaison qui nous indique à quelle personne il est conjugué (2e du singulier, 1re ou 2e du pluriel).

▶ Le radical est celui du présent de l'indicatif, auquel on ajoute les terminaisons *-e*, *-ons*, *-ez* (verbes en *-er*) ou *-s*, *-ons*, *-ez*.

chante, chantons, chantez • finis, finissons, finissez • cours, courons, courez

▶ Retiens l'impératif de ces quatre verbes, formé sur le subjonctif :

avoir : aie, ayons, ayez	savoir : sache, sachons, sachez
être : sois, soyons, soyez	vouloir : veuille, veuillez

2 Utiliser l'impératif présent

▶ À la forme affirmative, l'impératif exprime **un ordre ou un conseil.**

Range ta chambre !
Réfléchissons bien avant de prendre une décision.

Les pronoms compléments sont reliés au verbe par des traits d'union.

Si tu n'as pas envie d'aller chez Miguel, dis-le-lui.

▶ À la forme négative, l'impératif sert à formuler **une défense.**

Ne marchez pas sur la pelouse !

Les pronoms compléments sont placés entre la négation et le verbe.

Ne me cache pas la vérité. Ne me la cache pas.

UN SCHÉMA POUR RETENIR

La 2e personne du singulier de l'impératif présent

- terminaison
  - verbes en *-er* → -e, sauf : *va*
  - autres verbes → -s, sauf quelques exceptions : *aie, sache, veuille, offre, ouvre…*

4 Est, ai ou aie/aies/ait/aient ? fiche 22

Entoure la forme qui convient.

1. J'est/ai/aie bien peur qu'ils n'est/ait/aient pas compris.
2. Il n'est/ai/ait pas trop tard pour travailler ce que je n'est/ai/aie pas encore révisé.
3. Que tu es/aie/aies eu beaucoup de chance, cela est/ai/ait certain.
4. C'est pour nous faire plaisir qu'il s'est/aie/ait intéressé à ce film.
5. Tu penses qu'il est/ait/aie timide et pourtant c'est rare qu'il est/ait/aie peur de s'exprimer.

5 La conjugaison de l'impératif fiche 23

Coche la forme verbale qui convient.

1. ❑ Sache ❑ Saches que je suis là si tu as besoin de moi.
2. Ne ❑ crois ❑ croit pas tout ce qu'on te raconte.
3. ❑ Reprends ❑ Reprend donc une part de gâteau.
4. ❑ Écoute ❑ Écoutes la correction de l'exercice si tu veux comprendre tes erreurs.
5. ❑ Relie ❑ Relis ce paragraphe à haute voix.

6 Les valeurs de l'impératif fiche 23

Relie chaque phrase impérative à l'idée qu'elle exprime.

1. Reposez-vous quelques jours. •	• ordre
2. Écoutez-moi bien. •	• conseil
3. Puisqu'il pleut, allons au cinéma. •	• interdiction
4. N'entre pas dans cette pièce. •	• proposition

ÉNIGME

Déchiffre ce rébus.

le plus-que-parfait (plus – queue – part – fée)

Reporte-toi aux CORRIGÉS p. 120 et calcule ton score.

Score : .../30

Accorder le verbe avec son sujet

25

Un verbe s'accorde toujours avec son sujet, que l'on identifie en posant la question « Qu'est-ce qui / Qui est-ce qui + verbe ? »

Le cours

1 Trouver le sujet

▶ Le sujet est en général placé avant le verbe, mais il peut aussi être placé après : on parle alors de **sujet inversé**.

La Russie est le plus grand pays du monde. Viennent ensuite le Canada, les États-Unis et la Chine. [*Qu'est-ce qui vient ensuite ?* « le Canada, les États-Unis et la Chine ».]

▶ Il peut aussi être **séparé du verbe** par un pronom COD ou COI intercalé.

Elma adore les chansons de cet album, elle les chante sans arrêt.

[*Qui est-ce qui chante ?* « elle », c'est-à-dire Elma.]

2 Singulier ou pluriel ?

▶ Lorsque le verbe possède **plusieurs sujets**, il s'accorde au pluriel.

Mon oncle et ma tante viendront me rendre visite la semaine prochaine.

▶ Avec les **pronoms indéfinis**, retiens les règles suivantes.

Pronoms	Accord	Exemple
on, tout le monde	singulier	Tout le monde sait qu'il a menti.
aucun, chacun	singulier	Aucun de nous n'a trouvé la réponse.
beaucoup, la plupart	pluriel	La plupart ont cru à son histoire.

▶ Quand le sujet est une expression désignant un ensemble d'éléments, le verbe s'accorde soit au singulier, soit au pluriel.

[Un groupe d'élèves] a fait du chahut dans le couloir.

[Un groupe d'élèves] ont fait du chahut dans le couloir.

UN SCHÉMA POUR RETENIR

1. Trouver le sujet *Qui est-ce qui ? Qu'est-ce qui ?* .... 2. Déterminer le nombre du sujet (singulier ou pluriel) .... 3. Accorder le verbe avec le sujet

La méthode

Relire son texte à l'aide d'un correcteur orthographique

COMMENT FAIRE ?

1. Fais un clic droit sur les mots soulignés pour voir les suggestions.
• Si le mot est souligné en rouge, il est mal orthographié : le correcteur possède un dictionnaire intégré, tu peux lui faire confiance !
• Si le mot est souligné en vert, il est mal accordé : vérifie la proposition du correcteur en te posant les questions nécessaires.
2. Relis attentivement ton texte car le correcteur ne repère pas toutes les erreurs grammaticales.

L'EXEMPLE COMMENTÉ

Ryan prépare un exposé sur Barbe Noire. Après avoir saisi son texte dans un fichier Word, il corrige les mots soulignés par le logiciel puis relit l'ensemble.

Barbe Noire ~~et~~ est né en 1680 à Bristol, en Angleterre. Il est d'abord ~~engager~~ engagé sur un navire anglais pendant la guerre de succession d'Espagne. C'est en 1716 qu'il devient pirate. Un an plus tard, il ~~reçois~~ reçoit le ~~comandement~~ commandement d'un navire français. En 1718, ~~ces~~ ses trois cents hommes et lui-même ~~ravage~~ ravagent les côtes de Caroline en ~~pilliant~~ pillant plus de ~~quarantes~~ quarante navires.

Grâce aux suggestions du logiciel, Ryan peut corriger des fautes d'orthographe et deux fautes de conjugaison. Mais heureusement qu'il s'est relu attentivement car trois autres erreurs avaient échappé au correcteur !

Je m'entraîne

Voici le début de l'exposé de Julie sur les femmes pirates. En t'aidant des soulignements du correcteur orthographique de son logiciel, réécris le texte au brouillon sans faire de faute.

Anne Bonny et Mary Read son les deux femmes pirates les plus célèbre de l'histoire. Toutes les deux se font passé pour des hommes en se disimulant sous des vêtements masculins. Elles travaille avec Jack Rackham. Tous trois sont très vite recherché par les autorité et sont capturé en 1721.

Attention, cinq erreurs ont échappé au correcteur !

↗ CORRIGÉS p. 121

Quiz express 29

Vérifie que tu as bien retenu les points clés des **fiches 25 à 28**

Maîtriser les règles d'accord

1 Identifier le sujet d'un verbe fiche 25

Dans chaque phrase, souligne le sujet du verbe en rose.

1. Les films qui les intéressent sont trop violents pour moi.
2. Il la dépose au travail tous les matins.
3. Nager est le moyen de locomotion des poissons.
4. Dans le ciel arrivent enfin, toutes ailes au vent, les hirondelles.
5. Il le lui a promis sans hésiter.

2 Accorder le verbe avec son sujet fiche 25

Relie chaque phrase à la forme du verbe *aller* qui convient.

1. Ton frère et toi ...... en vacances chez votre tante. •	• vas
2. ......-nous nous laisser abattre ? •	• irez
3. Où qu'il ......, il ne pourra pas m'échapper ! •	• allons
4. C'est toi qui ...... préparer le repas aujourd'hui. •	• va
5. Quand l'appétit ......, tout va. •	• aille

3 Accorder un participe passé fiche 26

Coche la forme du participe passé qui convient.

1. Ma mère et ma sœur sont ❑ parti ❑ partis ❑ partie ❑ parties tout à l'heure.
2. J'ai oublié tous les livres que j'ai ❑ lu ❑ lus ❑ lue ❑ lues.
3. Ses sœurs ont ❑ décidé ❑ décidés ❑ décidée ❑ décidées de lui offrir un vélo pour son anniversaire.
4. Avec tout le chocolat qu'ils ont ❑ mangé ❑ mangés ❑ mangée ❑ mangées au goûter, ils n'auront plus faim pour le dîner.
5. Voici les fleurs qu'il lui a ❑ offert ❑ offerts ❑ offerte ❑ offertes pour sa fête.

4 Reconnaître un adverbe fiche 27

Coche l'intrus dans les listes ci-dessous.

1. ❑ **a.** appartement ❑ **b.** généralement
   ❑ **c.** ululement ❑ **d.** cheminement
2. ❑ **a.** dans ❑ **b.** pour ❑ **c.** autour ❑ **d.** sans
3. ❑ **a.** rapide ❑ **b.** vite ❑ **c.** pressé ❑ **d.** vif

5 Choisir la terminaison qui convient fiche 28

Ajoute si nécessaire les terminaisons manquantes.

Dans ma classe, il y a deux jumeau..... qui s'appelle..... Myriam et Michael. L'année dernière, ils sont parti..... faire un voyage autour..... du monde avec leur..... parent...... Ils ont vécu..... sur un bateau et ont suivi..... des cour..... par correspondance...... Depui..... qu'ils sont rentré....., ils ne rêve..... que de repartir !

6 Choisir le bon homophone fiche 28

Coche la forme qui convient.

1. Il ❑ a ❑ à terminé ce qu'il avait ❑ a ❑ à faire.
2. Depuis qu'elle ❑ et ❑ est partie, elle nous écrit ❑ et ❑ est nous appelle souvent.
3. C'est ❑ ce ❑ se téléphone qu'il veut ❑ ce ❑ se faire offrir pour son anniversaire.
4. ❑ Ces ❑ Ses traces de pas sont bien la preuve que Gabriel a oublié d'ôter ❑ ces ❑ ses chaussures.
5. ❑ On ❑ Ont croit toujours connaître ce que les autres ❑ on ❑ ont en tête.

ÉNIGME

Les propos du professeur de français ont été cryptés ! Pour découvrir quel conseil il donne à ses élèves, remplace chaque lettre par celle qui la suit dans l'alphabet.

M'ntakhdy ozr cd untr qdkhqd !

....

¡ ǝɹılǝɹ snoʌ ǝp sɐd zǝıʅqnoˈN

↗ Reporte-toi aux CORRIGÉS p. 121 et calcule ton score.

Score : .../41

Identifier les principales caractéristiques d'un texte

30

Pour mieux comprendre un texte, il est nécessaire de déterminer à quelle catégorie il appartient.

Le cours

1 Utiliser le paratexte

▶ Un texte est toujours accompagné des **références de l'œuvre** dont il est extrait : le nom de l'auteur, le titre de l'ouvrage et la date de publication.

▶ Dans un manuel, chaque texte est également associé à un **titre** et à une **courte introduction** ajoutés par l'éditeur, qui te donnent des indications sur le thème du texte.

2 Définir le genre et la visée du texte

▶ Une première lecture rapide du texte te permet de savoir si tu as affaire à un **texte de fiction**, racontant une histoire inventée (roman, dialogue de théâtre…), **ou non** (article de presse, interview, texte documentaire…).

> Par exemple, l'extrait de *L'Île au trésor*, dans la FICHE 51, est un texte de fiction. Ce n'est pas le cas du texte sur le réchauffement climatique dans la FICHE 53.

Fiction vient d'un mot latin qui signifie « façonner, inventer ».

Un **texte poétique**, lui, se reconnaît en général à sa disposition particulière sur la page (→ FICHE 52).

▶ Demande-toi ensuite quelle est la visée du texte :

- texte **narratif** : raconter un voyage, une enquête, une histoire… ;
- texte **descriptif** : décrire un lieu, des personnages… ;
- texte **explicatif** : expliquer un phénomène, un mécanisme… ;
- texte **argumentatif** : défendre un point de vue.

UN SCHÉMA POUR RETENIR

1. Quand ? De quand date le texte ? ···· 2. Quoi ? De quoi parle le texte ? ···· 3. Quel genre ? Texte de fiction ou non ? ···· 4. Quelle visée ? Raconter, décrire, expliquer ou argumenter ?

La méthode

Présenter un texte

COMMENT FAIRE ?

1. Lis le texte et le paratexte.
2. Prélèves-y les informations te permettant de répondre à 4 questions :
• **Quand ?** De quand date le texte ?
• **Quoi ?** De quoi parle le texte ?
• **Quel genre ?** Poésie, roman, théâtre, article de presse…
• **Avec quelle visée ?** Quel est le but de l'auteur ?
3. À l'oral ou à l'écrit, synthétise les réponses en une ou deux phrases.

L'EXEMPLE COMMENTÉ

Julien doit présenter à ses camarades de classe le texte ci-dessous.

> C'est sur les instances de M. le chevalier Trelawney, du docteur Livesey et de tous ces messieurs en général, que je me suis décidé à mettre par écrit tout ce que je sais concernant l'île au trésor, depuis A jusqu'à Z, sans rien excepter que la position de l'île, et cela uniquement parce qu'il s'y trouve toujours une partie du trésor. Je prends donc la plume en cet an de grâce 17…, et commence mon récit à l'époque où mon père tenait l'auberge de l'Amiral-Benbow, en ce jour où le vieux marin, au visage basané et balafré d'un coup de sabre, vint prendre gîte sous notre toit.
>
> ■ Robert Louis Stevenson, ***L'Île au trésor***, chapitre 1 (1883), *op. cit.*, © Hatier 2011.

Ce texte constitue le début d'un roman paru en 1883 intitulé *L'Île au trésor*. [En s'appuyant sur le paratexte, Julien répond aux deux premières questions.] Le narrateur explique comment il a été conduit à écrire le récit qui va suivre. [Le début de ce roman est donc explicatif.]

Je m'entraîne

Lis le texte ci-dessous et présente-le en une ou deux phrases.

> À la mort soudaine de Billy Bones, Jim découvre, dans les affaires du défunt, une carte indiquant l'emplacement d'un trésor sur une île déserte… C'est le début d'une formidable quête, finalement couronnée de succès, malgré toutes les embûches dressées par les pirates survivants. Un roman d'aventures inoubliable.
>
> ■ Extrait de la 4e de couverture de ***L'Île au trésor*** de Robert Louis Stevenson, © Hatier 2011, Classiques & Cie collège.

Sur la 4e de couverture d'un livre figure une présentation du texte écrite par l'éditeur.

↗ CORRIGÉS p. 122

Lire un texte narratif

31

Que se passe-t-il en toi quand tu lis un récit, qu'il s'agisse d'un roman ou d'une nouvelle ?

Le cours

1 Comprendre l'histoire

▶ Lorsque tu lis un récit, tu collectes inconsciemment un certain nombre d'**informations** sur le narrateur, les personnages, le cadre spatio-temporel et l'intrigue, qui te permettent de comprendre l'histoire.

▶ Quand l'auteur crée des effets de suspense, tu t'interroges sur la suite et formule des hypothèses : que va-t-il se passer ?

> Soudain [Vendredi] s'arrête : que faire de la pipe qu'il tient toujours dans sa main ? Il la jette de toutes ses forces dans le fond de la grotte, là où sont rangés les tonneaux de poudre.
>
> ■ Michel Tournier, ***Vendredi ou la Vie sauvage***, 1971, © Éditions Gallimard.
>
> [Le narrateur glisse des indices sur la suite : tout laisse craindre une explosion.]

2 Analyser ses impressions

▶ La lecture d'un récit est également source d'**émotions**.

▶ Pour devenir un lecteur averti, essaie de mettre des mots sur tes impressions et d'en analyser les causes.

> Un claquement retentit. Robinson a donc sorti son fouet. Sans doute s'est-il enfin aperçu de la disparition du barillet de tabac ? Vendredi se lève et marche vers le châtiment qui l'attend.
>
> ■ Michel Tournier, ***Vendredi ou la Vie sauvage***, *op. cit.*
>
> [Le narrateur nous fait entrer dans les pensées de Vendredi afin que nous partagions ses inquiétudes.]

UN SCHÉMA POUR RETENIR

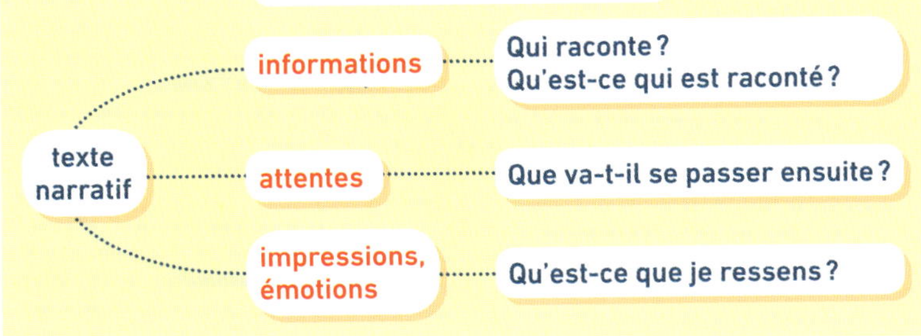

La méthode

Étudier le début d'un récit

COMMENT FAIRE ?

Pose-toi les questions suivantes.

1. Qui raconte ?
2. Où et quand l'action se déroule-t-elle ?
3. Qui sont les personnages ?
4. Quelle intrigue se met en place ?

L'EXEMPLE COMMENTÉ

Étudions le début de ce conte tiré des *Mille et Une Nuits*.

> À l'époque du calife Haroun al-Rachid, il y avait, dans la ville de Bagdad, un bon homme qui possédait une très belle épouse. Il l'aimait avec tant de passion, qu'il ne la perdait de vue que le moins qu'il pouvait.
>
> Un jour que des affaires pressantes l'obligeaient à s'éloigner d'elle, il alla dans un endroit où l'on vendait toutes sortes d'oiseaux. Il y acheta un perroquet, qui non seulement parlait fort bien, mais qui avait même le don de rendre compte de tout ce qui avait été fait devant lui. Il l'apporta dans une cage au logis, pria sa femme de le mettre dans sa chambre et d'en prendre soin pendant le voyage qu'il allait faire ; après quoi il partit.
>
> ■ ***Les Mille et Une Nuits***, « Histoire du mari et du perroquet » (IXe siècle), *op. cit.*

1. Le texte est écrit à la 3e personne du singulier. Le narrateur n'est pas un personnage de l'histoire. Ici, c'est Shéhérazade qui raconte.
2. L'histoire se déroule à Bagdad sous le règne de Haroun al-Rachid. [Les compléments circonstanciels de temps et de lieu permettent de situer l'action.]
3. Les personnages sont : un homme, son épouse et un perroquet. [Ici les personnages n'ont pas de nom : ils sont désignés par des GN.]
4. L'épouse est si belle que son mari est jaloux et achète un perroquet pour la surveiller pendant son absence : que va-t-il apprendre à son retour ?

Je m'entraîne

Lis le début de récit ci-dessous et réponds aux 4 questions de la méthode.

> Il y avait autrefois un pêcheur très pauvre qui pouvait à peine gagner de quoi faire vivre sa femme et ses trois enfants. Il allait tous les jours à la pêche mais il s'était fait une règle de ne jeter ses filets que quatre fois seulement.
>
> ■ ***Les Mille et Une Nuits***, « Histoire du pêcheur et du génie » (IXe siècle), *op. cit.*

↗ CORRIGÉS p. 122

Lire du théâtre

32

Le théâtre est un genre littéraire destiné à être joué sur scène, devant un public.

Le cours

1 Le langage théâtral

▶ Parce qu'il est fait pour être interprété et mis en scène, un texte théâtral comporte deux types d'énoncé :

- d'une part, les **répliques** (paroles prononcées par les personnages) ;
- d'autre part, les **didascalies** (indications de mise en scène en italique).

▶ Au théâtre, les propos échangés par les personnages s'adressent aux autres personnages présents sur scène mais aussi aux spectateurs : on parle de **double énonciation**.

▶ Pour dévoiler les pensées des personnages, le dramaturge peut utiliser l'**aparté** (le personnage s'adresse uniquement au public) ou le **monologue** (seul sur scène, le personnage y livre ses pensées et ses sentiments).

2 Les genres théâtraux

On distingue deux genres principaux dans le théâtre classique :

- la **tragédie**, où des personnages de haut rang, mythologiques ou historiques, poursuivis par une sorte de fatalité, connaissent de grands malheurs ;
- la **comédie**, où des personnages de la vie quotidienne sont confrontés à des problèmes ordinaires et dont le dénouement est toujours heureux.

UN SCHÉMA POUR RETENIR

La double énonciation au théâtre

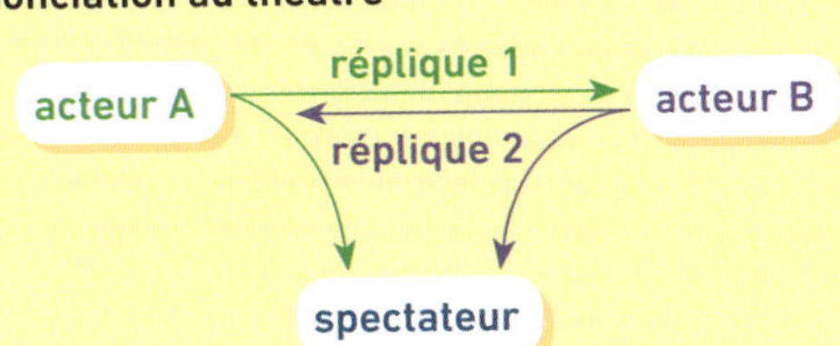

La méthode

Interpréter un rôle

COMMENT FAIRE ?

1. Lis plusieurs fois la scène que tu dois jouer pour te l'approprier.
2. Analyse ton personnage : qui est-il ? que pense-t-il ? que ressent-il ?
3. Travaille le ton, les gestes et les déplacements ; utilise éventuellement un accessoire.

L'EXEMPLE COMMENTÉ

Samuel doit préparer ce monologue pour le jouer en classe.

Lomov vient tout juste de demander la jeune Natalia en mariage. Il énumère ses raisons.

LOMOV. – [...] Premièrement, j'ai déjà trente-cinq ans, un âge, comme on dit, critique. Deuxièmement, il me faut mener une vie tranquille et réglée... J'ai un souffle au cœur, des palpitations sans arrêt, je suis impulsif et je me mets constamment dans tous mes états... Ainsi, en ce moment, j'ai les lèvres qui tremblent et la paupière droite qui saute... Mais, le plus terrible, chez moi, c'est le sommeil. À peine suis-je au lit, à peine je commence à m'endormir, que soudain, du côté gauche, vlan ! Un coup de poignard ! Et ça file tout droit dans l'épaule et dans la tête... Je saute du lit comme un fou, je marche un peu de long en large, je me recouche, mais à peine le sommeil me prend, que ça recommence, vlan ! Un coup de poignard dans le côté... Et comme ça, vingt fois de suite...

■ Anton Tchekhov, ***La demande en mariage***, (1888), scène 2, trad. A. Coldefy-Faucard, Éditions Laffont, coll. « Bouquins », 1996.

1. et 2. Lomov veut se marier mais pas parce qu'il est amoureux. C'est un personnage égoïste, hypocondriaque et parfaitement ridicule !

3. Samuel repère les indications de mouvement : il va joindre le geste à la parole et forcer le trait pour faire rire.

Je m'entraîne

Lis le texte ci-dessous et propose une interprétation.

MONSIEUR A, *laissant libre cours à ses sentiments.* – Non ! Non ! C'est vrai ! Je ne puis plus me ! Il y a trop longtemps que ! Ah ! Si vous saviez ! C'est comme si je ! C'est comme si toujours je ! Enfin, aujourd'hui, voici que, que vous, que moi, que nous !

■ Jean Tardieu, ***Finissez vos phrases !***, 1951, in *Le Professeur Frœppel*,

↗ CORRIGÉS p. 122

Lire un poème 33

Un poème est un texte dans lequel le choix et l'agencement des mots font naître l'émotion.

Le cours

1 La disposition et le rythme

▶ Un poème se reconnaît le plus souvent à sa disposition particulière, en **vers** et en **strophes** :

• Un vers ne correspond pas forcément à une phrase ; on l'identifie en comptant le nombre de syllabes qu'il comporte (octosyllabe, décasyllabe, alexandrin…).

• Une strophe est un ensemble de vers (distique, tercet, quatrain…).

> Je / m'en / al/lais,/ les / poings / dans / mes / po/ches / cre/vées ; [12]
> Mon / pa/le/tot / au/ssi / de/ve/nait / i/dé/al ; [12]
> J'al/lais / sous / le / ciel, / Mu/se ! et / j'é/tais / ton / fé/al ; [12]
> Oh ! / là / là ! / que / d'a/mours / splen/di/des / j'ai / rê/vées ! [12]
>
> ■ Arthur Rimbaud, « **Ma Bohème** » (extrait), ***Poésies***, 1870.
>
> [Cette strophe est un quatrain (4 vers) d'alexandrins (12 syllabes).]

▶ Cette disposition crée un rythme particulier à chaque poème.

2 Les sonorités

▶ La puissance d'évocation d'un poème naît des mots et des images, mais aussi des effets sonores que le poète tire du langage.

▶ On parle de **rimes** lorsque des vers se terminent par le ou les mêmes sons. Selon leur disposition, les rimes sont dites **plates** (AABB), **embrassées** (ABBA) ou **croisées** (ABAB).

▶ La répétition d'une même voyelle (au sein d'un vers ou d'une phrase) est une **assonance** ; la répétition d'une même consonne est une **allitération**.

UN SCHÉMA POUR RETENIR

La méthode

Justifier sa réponse

COMMENT FAIRE ?

1. Repère bien les questions qui demandent une justification :
- question suivie de *Justifie ta réponse* ;
- question commençant par *En quoi ?*
- consigne comportant les impératifs *Montre* ou *Explique*.

2. Pour justifier, formule une explication avec tes propres mots ; intègres-y des citations.

L'EXEMPLE COMMENTÉ

Ricardo étudie un texte de Jules Verne. Il doit répondre à la question : en quoi la description de la déesse Kâli la rend-elle inquiétante ?

> *Alors qu'ils se trouvent en Inde, Phileas Fogg et ses compagnons voient passer une étrange procession avec la statue de la déesse Kâli.*
>
> Cette statue avait quatre bras ; le corps colorié d'un rouge sombre, les yeux hagards, les cheveux emmêlés, la langue pendante, les lèvres teintes de henné et de bétel. À son cou s'enroulait un collier de têtes de mort, à ses flancs une ceinture de mains coupées.
>
> ■ Jules Verne, ***Le Tour du monde en quatre-vingts jours***, 1872.

La déesse a un aspect monstrueux (« quatre bras ») ; elle porte des attributs évoquant la mort (« collier de têtes de mort », « ceinture de mains coupées »). [Ricardo donne deux raisons en s'appuyant sur le texte.]

Je m'entraîne

Voici la suite du récit.

> Autour de la statue s'agitait, se démenait, se convulsionnait un groupe de vieux fakirs zébrés de bandes d'ocre, couverts d'incisions cruciales qui laissaient échapper leur sang goutte à goutte.
>
> ■ Jules Verne, ***Le Tour du monde en quatre-vingts jours,*** *op. cit.*

Retrouve la question correspondant à chaque réponse ci-dessous, puis développe celle-ci en t'aidant des indications entre parenthèses.

1. C'est un texte descriptif. (emploi de l'imparfait)

2. Les fakirs suscitent l'inquiétude. (« se convulsionnait », « incisions »)

3. Les trois verbes sont accordés à la 3e personne du singulier. (sujet singulier)

↗ CORRIGÉS p. 123

Exprimer son avis sur un livre ou un film

37

Critiquer un livre ou un film ne se résume pas à dire « j'aime » ou « je n'aime pas » : l'important est d'expliquer pourquoi.

Le cours

1 Se poser des questions

▶ Interroge-toi d'abord sur ton **ressenti** : le livre a-t-il suscité en toi des émotions ? as-tu appris quelque chose ? quels aspects t'ont plu ou déplu ?

▶ Réfléchis ensuite au **contenu de l'œuvre** : à quel genre appartient-elle ? que raconte-t-elle ? est-elle porteuse d'un message ?

▶ Pense enfin à la **manière dont l'histoire est racontée** : y a-t-il du suspense ? quel est le ton adopté ? que peux-tu dire du style littéraire ou de la mise en scène ?

2 Formuler son avis par écrit

▶ Lorsque tu rédiges une critique, assure-toi qu'elle donne des **renseignements sur l'œuvre** et pas simplement sur tes goûts personnels.

~~*Star Wars VII* m'a plu car j'adore Star Wars.~~

→ *Star Wars VII* m'a plu car j'aime beaucoup les films de science-fiction, en particulier l'univers de *Star Wars*, que le réalisateur a très bien respecté.

▶ Utilise des **adjectifs précis et variés.**

émouvant, effrayant, comique, épique, tragique, pathétique, poétique…
Ou au contraire : décevant, creux, plat, répétitif, soporifique, exagéré…

▶ Organise tes arguments grâce à des **connecteurs logiques.**

tout d'abord, de plus, de même, en outre, par ailleurs, enfin…

UN SCHÉMA POUR RETENIR

Donner son avis

Avoir un avis
J'aime
ou
je n'aime pas

Justifier son avis
- Qu'ai-je ressenti ?
- Que raconte l'œuvre ?
- Comment le raconte-t-elle ?

Formuler son avis
- *Premièrement…*
- *Par ailleurs…*
- *Pour finir…*

La méthode

Nuancer un avis négatif

COMMENT FAIRE ?

Tu as le droit de ne pas aimer une œuvre, mais comment formuler un avis qui ne se résume pas à « C'est nul » ?

1. Identifie un ou deux aspects de l'œuvre qui t'ont quand même plu. Tu peux faire un tableau « j'ai aimé / je n'ai pas aimé ».

2. Utilise des mots de liaison exprimant l'opposition (*mais, cependant, toutefois, en revanche*…) ou la concession (*même si, quoique, malgré*…).

L'EXEMPLE COMMENTÉ

Fiona a lu en lecture cursive *Vendredi ou la Vie sauvage*. Dans sa fiche de lecture, elle exprime un avis nuancé sur l'œuvre.

> L'histoire est facile à lire et à comprendre, mais le déroulement des événements est trop lent pour moi. Il y a trop de descriptions. Néanmoins, j'ai été touchée par la solitude de Robinson et l'amitié qui naît entre Vendredi et lui. Dans l'ensemble, j'ai trouvé le livre intéressant même si le rythme était lent par moments et que je n'ai pas vraiment compris la fin.

1. Au brouillon, Fiona avait fait un tableau : les éléments soulignés en vert étaient dans la colonne « j'ai aimé… », ceux soulignés en rouge dans la colonne « je n'ai pas aimé… ».

2. Au propre, elle utilise des mots de liaison pour organiser sa réponse.

Je m'entraîne

Voici une critique du film *The Kid*.
Remets les éléments dans l'ordre et ajoute des mots de liaison.

(…) Elle connaît un grand succès, ... le scénario est simple :

(…) ...., le jeu des acteurs est très travaillé.

(…) un vagabond, ... pauvre, recueille un orphelin.

(…) *The Kid* est une comédie dramatique réalisée par Charlie Chaplin en 1921.

(…) Ce long-métrage est .... considéré comme l'un des plus grands films du cinéma muet.

La phrase d'introduction ne comporte pas de mot de liaison.

↗ CORRIGÉS p. 123

Inventer une histoire

38

Pour inventer une histoire, il faut de l'imagination mais aussi de la méthode.

Le cours

1 Trouver des idées en lien avec le sujet

▶ Lis attentivement l'énoncé afin d'**éviter le hors-sujet**. Interroge-toi sur le thème et note au brouillon toutes les idées qui te passent par la tête (inspire-toi de ta vie quotidienne, de films ou de livres qui t'ont plu…).

▶ Définis les éléments suivants :

- le **lieu** de l'action (réel ou imaginaire) ;
- la **période** de l'action ;
- les **personnages** (qui est ton héros ? a-t-il une famille, des amis, des ennemis… ?) ;
- l'**enjeu** du texte (dans quelle situation se trouve le héros ? quel est son problème ? son objectif ?).

> Vous êtes un jeune écuyer au service d'un chevalier renommé. Un jour, alors qu'il s'est absenté, vous décidez de revêtir son armure. En 15 lignes environ, racontez cette expérience et décrivez ce que vous ressentez.
>
> [Le sujet définit la période (le Moyen Âge) et le héros (toi, écuyer). À toi d'imaginer où et comment se déroule la scène, et ce que tu éprouves.]

2 Organiser son récit

Un récit repose sur une structure en cinq parties, le **schéma narratif** (voir ci-dessous).

▶ Une **situation initiale** stable est remise en cause par un **élément perturbateur**, qui déclenche une suite de **péripéties** (racontées en général dans l'ordre chronologique).

▶ Celles-ci se terminent lorsque le héros a résolu son problème (**dénouement**) : on aboutit à une **situation finale**, à nouveau stable.

UN SCHÉMA POUR RETENIR

Le schéma narratif

situation initiale → élément perturbateur → péripéties → dénouement → situation finale

La méthode

Rédiger le début d'un récit

COMMENT FAIRE ?

1. Décide qui raconte (le personnage principal ou un narrateur extérieur ?).
2. Choisis le temps de base du récit (présent ou passé simple ?).
3. Rédige un premier paragraphe permettant au lecteur d'avoir toutes les données de la situation initiale.

L'EXEMPLE COMMENTÉ

Voici le premier paragraphe de la rédaction d'Alice sur le sujet proposé page 83.

Je regarde Lancelot s'éloigner et disparaître à l'horizon. Mon maître est enfin parti rejoindre ses compagnons de la Table Ronde. Me voilà seul avec mon ami palefrenier dans le château. Je me hâte de le rejoindre à l'écurie. Je voudrais qu'il m'aide à revêtir l'armure de messire Lancelot. Depuis deux ans que je suis à son service comme écuyer, je ne rêve que de cela. Quelques minutes plus tard, nous voilà dans sa chambre, face à l'objet de ma convoitise.

[Le personnage du palefrenier, imaginé par Alice, va lui permettre d'évoquer les émotions de l'écuyer de manière vivante, sous forme de dialogue.]

1. Alice a bien analysé le sujet : le narrateur est le personnage principal, il raconte la scène à la 1re personne.
2. Elle rédige au présent, comme si l'écuyer décrivait la situation en même temps qu'il la vit.
3. Dans ce premier paragraphe, Alice informe le lecteur sur le lieu de l'action, les personnages et l'enjeu. Elle respecte la période imposée par le sujet (le Moyen Âge).

Je m'entraîne

Rédige une introduction pour une scène de combat entre un chevalier et un animal merveilleux de ton choix (géant, dragon…).

Ne décris pas le combat : pose le décor, présente les personnages (nomme ton chevalier, choisis son adversaire…) et expose les enjeux du combat (pourquoi le chevalier doit-il vaincre le monstre ?).

↗ CORRIGÉS p. 124

Construire un dialogue

39

Le dialogue permet de faire progresser l'action et de renseigner sur les personnages. Il obéit à des règles de présentation spécifiques.

Le cours

1 Écrire un dialogue de théâtre

Un dialogue théâtral est composé de façon particulière : **nom du personnage** en majuscules au début de chaque réplique, suivi d'un **tiret**.

> *Le personnage* UN *prend des leçons de piano mais il oublie facilement la place des notes sur le clavier. Le professeur* DEUX *lui demande de jouer un do.*
>
> UN. – Je le vois bien, ce do : il est là ! Mais pour ce qui est de le jouer, je suis désolé, professeur, mais je ne me rappelle plus comment on fait.
> DEUX. – Écoutez, Monsieur, vous n'êtes vraiment pas doué. Comment on fait ! On appuie dessus, tout simplement !
>
> ■ Roland Dubillard, **« La leçon de piano »**, ***Les Diablogues et autres inventions à deux voix***, 1998, © Éditions Gallimard.

2 Insérer un dialogue dans un récit

Dans un récit également, le dialogue se caractérise par une mise en forme particulière :

- **verbes de parole**, suivis de deux points (au début du dialogue) ou placés entre virgules (au cours du dialogue) ;
- **guillemets** au début et à la fin du dialogue ;
- passage à la ligne et **tiret** à chaque changement de locuteur.

Le dialogue de Roland Dubillard serait par exemple présenté ainsi :

> Un s'adresse à Deux, son professeur :
>
> « Je le vois bien, ce do : il est là ! Mais pour ce qui est de le jouer, je suis désolé, professeur, mais je ne me rappelle plus comment on fait.
>
> – Écoutez, Monsieur, vous n'êtes vraiment pas doué, lui rétorque M. Deux. Comment on fait ! On appuie dessus, tout simplement ! »

UN SCHÉMA POUR RETENIR

- **dialogue**
  - **dans un texte de théâtre** → • nom des personnages • tirets
  - **dans un récit** → • verbes de parole • guillemets • tirets

La méthode

Construire une suite de récit

COMMENT FAIRE ?

1. Détermine d'abord la fin de ton texte : quelles réponses vas-tu apporter aux questions soulevées par l'extrait ?
2. Imagine ensuite un enchaînement d'actions qui permette d'aboutir à ce dénouement.
3. Vérifie que tes péripéties sont cohérentes avec le texte initial.

L'EXEMPLE COMMENTÉ

Melvin doit imaginer la suite de l'extrait de la FICHE 51 étudié au recto. Voici la trame de son récit.

Melvin recopie la dernière phrase pour enchaîner de manière cohérente.

« Je me rappelai ce que j'avais entendu dire des cannibales et fus sur le point d'appeler au secours. »

Mais je ne pouvais pas crier, j'aurais alerté les pirates : que faire ?

Mieux valait affronter le cannibale : je ramassai une branche au sol et la pointai vers lui, prêt à en découdre. [Description de la créature.]

Soudain, un coup de feu me fit sursauter. Je lâchai la branche. Le cannibale s'en saisit et m'asséna un grand coup sur la tête.

Plus tard, je me réveillai dans une grotte.

résolution : le lecteur apprend enfin qui est la créature.

À ma grande surprise, la créature s'adressa à moi.

[Dialogue : la « créature » se révèle être un ancien pirate que Silver a abandonné sur l'île ; il a assommé Jim pour le sauver.]

Jim et lui décident de s'allier pour vaincre Silver.

ouverture qui donne envie de poursuivre la lecture

Je m'entraîne

Des élèves de 5e ont imaginé la suite d'un extrait des *Mille et Une Nuits* (→ FICHE 50, TEXTE 1). Voici le début de quatre devoirs : après avoir lu l'extrait, choisis la meilleure proposition et justifie ton choix.

1. J'avais entendu bien des histoires de génie mais jamais je n'aurais imaginé en voir un de mes yeux.
2. Alors le génie se pencha et vit le pêcheur qui le fixait, bouche bée.
3. Surpris, le pêcheur recula et trébucha sur le panier plein de poissons.
4. « Qui êtes-vous ? », demande enfin le pêcheur d'une voix tremblante.

Une suite de texte doit être cohérente avec le point de vue, le temps et le contenu du texte initial.

↗ CORRIGÉS p. 124

Décrire une image

41

Un tableau ou une photographie sont des messages visuels. Ils véhiculent, tout comme un texte, la vision d'un artiste.

Le cours

1 Présenter l'œuvre

Dresse d'abord une **« fiche d'identité »** de l'œuvre à décrire :

- indique le titre, le nom de l'artiste et la date de réalisation ;
- précise les dimensions et la technique utilisée (huile sur toile, fusain…) ;
- identifie le genre (portrait, nature morte, paysage…) ;
- replace l'œuvre dans son contexte (politique, culturel…).

2 Décrire l'œuvre

▶ Décris ensuite ce que tu vois : commence par donner une impression générale de l'œuvre, puis détaille **ce qui est représenté** (personnages, objets, décor), en allant du premier plan à l'arrière-plan.

▶ Examine le cadrage, la composition (→ LA MÉTHODE) et les couleurs.

3 Interpréter l'œuvre

▶ Interroge-toi sur le **but de l'artiste** : quels sentiments ou quelles réactions souhaite-t-il provoquer (admiration, surprise, rire, révolte…) ?

▶ Demande-toi quel message il cherche à faire passer, en tenant compte du contexte de l'œuvre.

▶ Tu peux également donner **ton avis**, en le justifiant et en le nuançant (→ FICHE 37).

UN SCHÉMA POUR RETENIR

Analyser une œuvre

1. Présentation	2. Description	3. Interprétation
• l'œuvre • l'artiste • le contexte	• du général au particulier • le cadrage, la composition, les couleurs	• le(s) but(s) de l'artiste • la portée et le message de l'œuvre

La méthode

Analyser la composition d'une image

COMMENT FAIRE ?

1. Identifie les différents plans (1er plan, 2e plan, arrière-plan…).
2. Repère les lignes qui structurent l'image et la place accordée à chacun de ses éléments.

L'EXEMPLE COMMENTÉ

En Histoire des arts, Caroline doit présenter « La Vague », célèbre estampe du peintre japonais Hokusai. Après avoir fait une recherche sur l'artiste, elle s'intéresse à la composition de l'œuvre.

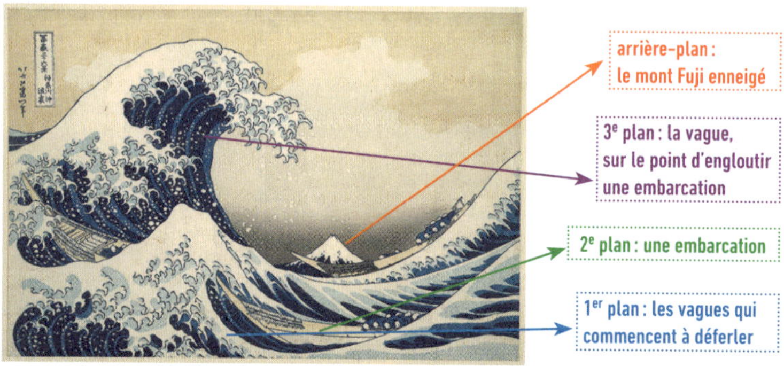

■ Hokusai, ***Sous la vague au large de Kanagawa***, estampe, 1831.

1. L'œuvre est composée de quatre plans : trois plans montrent le mouvement (les vagues) et l'arrière-plan évoque l'immobilité (mont Fuji).
2. La vague domine l'espace. Elle forme une spirale qui s'abat sur le mont Fuji et sur les pêcheurs.

Je m'entraîne

Comment interpréter cette œuvre ? Complète ce texte à trous.

Hokusai, à travers cette ...., capte l'instant où la vague menace d'engloutir les .... Immense, elle fait penser à un animal sortant ses ...., prêt à .... sur sa proie. À l'arrière-plan, la présence .... du mont Fuji contraste avec le .... des vagues.

Utilise les mots suivants : *immobile, bondir, estampe, embarcations, griffes, mouvement.*

↗ CORRIGÉS p. 124

Créer un diaporama 42

Pour présenter un exposé à ta classe, tu peux réaliser un diaporama grâce à des logiciels comme PowerPoint ou Impress.

Le cours

1 Préparer un diaporama

▶ Avant de te lancer, prépare au brouillon le **plan de ton diaporama** et le contenu de chaque diapositive. Limite-toi à une dizaine de diapos.

▶ Sur ton ordinateur, rassemble dans un même dossier **tous les contenus** que tu souhaites utiliser (images, extraits audio, etc.).

2 Réaliser un diaporama

Procède avec méthode.

1. **Choisis la présentation générale** de ton diaporama (onglet *Création*).
2. Pour chaque diapositive, **intègre les contenus** que tu as préparés dans les blocs prévus à cet effet.
3. **Mets en forme** les contenus pour rendre ta présentation claire et attractive (onglet *Accueil* pour le texte, *Format* pour les images).

Navigue entre les onglets pour explorer les fonctionnalités de ton logiciel.

Dans la barre de gauche, fais un clic droit pour ajouter, dupliquer ou supprimer une diapositive.

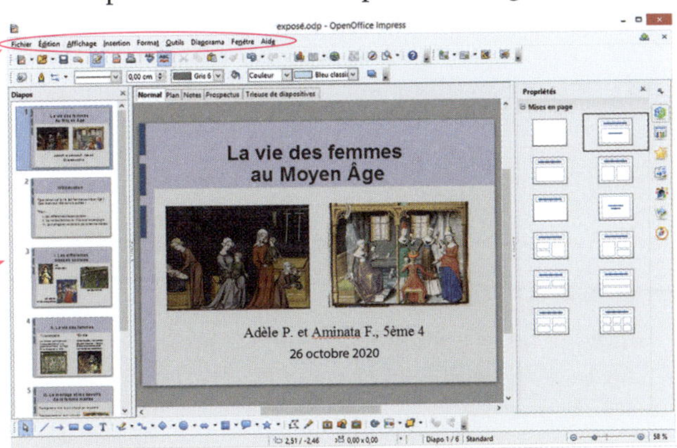

UN SCHÉMA POUR RETENIR

Organiser son diaporama

1. Introduction	2. Exposé	3. Conclusion
• présentation du sujet • annonce du plan	diapositives claires et concises, qui suivent le plan annoncé	• rappel de l'essentiel • sources

La méthode

Présenter un exposé devant toute la classe

COMMENT FAIRE ?

1. Entraîne-toi et minute ton intervention pour respecter le temps imparti.
2. Ne lis pas ton diaporama ni tes notes : pour intéresser ton auditoire, il faut que ta présentation soit naturelle et vivante.
3. Si tu présentes un exposé avec des camarades, partagez-vous équitablement le temps de parole et écoutez-vous les uns les autres.

L'EXEMPLE COMMENTÉ

Adèle et Aminata présentent leur exposé sur les femmes au Moyen Âge en s'appuyant sur le diaporama qu'elles ont réalisé.

[Aminata commence :] En histoire, nous avons appris beaucoup de choses sur le Moyen Âge et les chevaliers, mais savez-vous à quoi ressemblait la vie des femmes à l'époque ? Vous le saurez à la fin de notre exposé !

> Aminata apostrophe ses camarades pour capter leur attention.

Dans un premier temps, nous nous intéresserons au rôle des femmes selon leur classe sociale. Ensuite, nous vous parlerons de leur vie en ville et à la campagne. Nous terminerons en évoquant l'importance du mariage et les devoirs de la femme mariée.

> Elle présente le plan de l'exposé, qui figure sur une diapositive spécifique.

[Adèle prend la parole :] Autant dire que la vie d'une femme au Moyen Âge n'est pas simple ! On distingue trois catégories sociales principales : les religieuses, les nobles et les bourgeoises, et les paysannes…

> Adèle a préparé une phrase de transition pour pouvoir enchaîner facilement.

Je m'entraîne

Maëlys prépare un exposé sur les grands voyageurs. Indique deux qualités et deux défauts de sa diapositive.

Qualités	Défauts
•	• ....
....	....
....	....
•	• ....
....	....
....	....

Qui est Alexandra David-Néel ?

- Née le 24 octobre 1868, elle se passionne très jeune pour l'Asie.
- Elle se lance dans des études d'orientalisme et se convertit au bouddhisme à 21 ans.
- Cette exploratrice au top décède le 8 septembre 1969, à presque 101 ans.
- Première femme à se rendre à Lhassa en 1924, capitale du Tibet interdite aux étrangers.

↗ CORRIGÉS p. 124

Quiz express 43

Vérifie que tu as bien retenu les points clés des **fiches 36 à 42**

S'exprimer à l'écrit et à l'oral

1 Analyser une image fiche 41

Observe l'affiche de ce film d'animation et réponds aux questions.

■ Affiche du film d'animation *Les Aventures du prince Ahmed*, de Lotte Reiniger et Carl Koch (non crédité), 1926.

1. Quel univers évoquent l'image et le titre ?
- ❑ a. merveilleux
- ❑ b. fantastique
- ❑ c. réaliste

2. Quels sont les personnages présents dans cette histoire ?
- ❑ a. Aladin
- ❑ b. un serpent
- ❑ c. un dragon
- ❑ d. un archer

3. Où pourrait se passer l'histoire ? Aide-toi de la calligraphie.
- ❑ a. Irak
- ❑ b. France
- ❑ c. Chine
- ❑ d. Inde

4. À quelle œuvre ce film peut-il renvoyer ?
- ❑ a. un conte de Perrault
- ❑ b. un conte des *Mille et Une Nuits*
- ❑ c. la légende de Lancelot

2 Formuler un avis personnel fiche 37

Indique si les critiques suivantes sont positives (+), négatives (-) ou nuancées (0).

1. Un film de théâtre d'ombres chinoises raffiné et qui captive dès les premiers instants. → ....

2. Bien que la technique utilisée remonte aux sources du cinéma et n'ait rien de novateur, l'effet reste épatant. → ....

3. Ce film est long et ennuyeux. → ....

4. Réalisée en 1926, cette adaptation des *Mille et Une Nuits* est magique ! La technique mêlant papiers découpés et ombres chinoises est très réussie. → ....

3 Adapter les paroles aux personnages fiche 39

Voici des répliques tirées du film *Les Aventures du prince Ahmed*. Associe chacune d'elles au personnage qui les prononce.

1. « Oh grâce à Dieu, la lampe s'anime. Un pouvoir d'une force incroyable en émane ! » •
2. « La Princesse Dinarzade, inquiète de cette étrange magie, s'éloigne d'Aladin. » •
3. « Prince ! Que se passe-t-il ? » •
4. « Ne vous inquiétez pas, princesse. Le génie de la lampe est un allié. » •

- • Aladin
- • la princesse Dinarzade
- • la narratrice Shéhérazade

4 Inventer un récit fiche 38

Associe ces extraits du conte *Le Cheval enchanté* à l'étape du schéma narratif correspondante.

A situation initiale **B** élément perturbateur **C** péripétie
D dénouement **E** situation finale

1. C'est alors qu'un Indien se présente avec un cheval ailé qu'il propose d'offrir au Sultan en échange de la main de sa fille. ....
2. Le prince Firouz, son frère, s'en offusque et part sur le cheval mécanique vers un monde inconnu où il tombe amoureux d'une princesse. ....
3. L'ingénieux prince Firouz délivre la princesse. ....
4. Le couple rentre au royaume du Sultan et le prince épouse la princesse. ....
5. De retour au palais, la fiancée du prince Firouz est enlevée par l'Indien. ....
6. Il était une fois, dans le royaume de Perse, une fête incroyable durant laquelle le Sultan récompensait ceux qui savaient le distraire de la façon la plus extraordinaire possible. ....

ÉNIGME

- Mon premier est le verbe *dire* à la 1re pers. du singulier au présent.
- Mon deuxième est une préposition.
- Mon troisième est la spécialité d'un dermatologue.
- Mon quatrième est un rongeur.
- Mon dernier est un déterminant possessif.

Mon tout peut te servir de support pour présenter un exposé.

diaporama (dis – à – peau – rat – ma)

↗ Reporte-toi aux CORRIGÉS p. 125 et calcule ton score. Score : .../21

Utiliser un dictionnaire

***Il existe plusieurs types de dictionnaires.
Comment faire une recherche pertinente et efficace ?***

Le cours

1 Bien utiliser un dictionnaire d'usage

Les **dictionnaires d'usage** comportent entre 60 000 et 80 000 mots. Ils donnent pour chacun les différents sens attestés dans la langue.

CIVILISER, v.t. **1.** Amener une société, un peuple d'un état jugé primitif ou inférieur à un état estimé supérieur d'évolution culturelle et matérielle. – Imposer ses traits caractéristiques à des sociétés particulières, hétérogènes, en parlant d'une civilisation donnée. **2.** *Fam.* Adoucir, polir le caractère, les manières de quelqu'un. **3.** DR. Transformer en procès civil une affaire pénale.

■ ***Le Petit Larousse illustré***, © Larousse 2005.

- classe grammaticale → v.t.
- niveau de langue → *Fam.*
- sens dans un domaine spécifique (ici, en droit) → DR.

2 Connaître d'autres types de dictionnaires

Outre les dictionnaires d'usage, il existe d'autres dictionnaires plus spécialisés, en ligne ou sous forme d'ouvrages papier.

▶ Quand tu rédiges un texte, pense à utiliser un **dictionnaire des synonymes** pour varier ton vocabulaire.

▶ Dans le cadre d'une recherche, tu peux être amené(e) à consulter des **dictionnaires thématiques** : dictionnaire d'étymologie, dictionnaire de la mythologie, dictionnaire d'histoire…

UN SCHÉMA POUR RETENIR

Quel dictionnaire choisir ?

Vérifier **le sens ou l'orthographe** d'un mot →	dictionnaire d'usage
Rechercher **l'origine** d'un mot →	dictionnaire d'étymologie
Enrichir son expression, **trouver le mot juste** →	dictionnaire des synonymes, dictionnaire de rimes…
Trouver des **informations détaillées** sur un domaine ou un thème →	dictionnaire thématique

La méthode

Utiliser un dictionnaire en ligne

COMMENT FAIRE ?

1. Rends-toi sur un dictionnaire en ligne (*www.larousse.fr*, *www.cnrtl.fr*…).
2. Tape le mot qui te pose problème et lis attentivement sa définition.
3. Reformule la phrase initiale avec tes propres mots.

L'EXEMPLE COMMENTÉ

Dans le cadre d'un EPI sur le développement durable, Myriam lit un texte sur le réchauffement climatique. Elle surligne les mots qui lui sont inconnus avant de les chercher sur Internet.

Dans les régions arctiques, les températures à la surface du pergélisol ont augmenté significativement au cours des dernières années : un vrai problème pour les infrastructures locales.

1. Elle se rend sur *www.cnrtl.fr* et sélectionne l'onglet « Portail lexical » puis « Lexicographie ».
2. Elle cherche d'abord le mot *pergélisol* :

Zone du sol ou du sous-sol, gelé en permanence et complètement imperméable, dans les régions arctiques ou subarctiques.

Puis le terme *infrastructure* [elle choisit parmi les sens proposés celui qui lui paraît le plus cohérent dans le contexte] :

Ensemble des installations, des équipements permanents qui conditionnent le fonctionnement d'un organisme ou d'une entreprise, l'activité économique d'une région, d'un pays.

3. Elle peut alors reformuler la phrase initiale :

Dans les régions arctiques, les températures à la surface du sol gelé en permanence ont augmenté significativement au cours des dernières années, un vrai problème pour les installations locales.

Je m'entraîne

Lis l'article 2 proposé dans la FICHE 53 (« Le développement durable »). Cherche les mots ci-dessous sur le Larousse en ligne et choisis pour chacun le sens qui convient.

1. éthique.
2. impact.
3. compromettre.

Pour vérifier que tu as bien sélectionné le sens qui convient, reformule les phrases en remplaçant les mots par la définition choisie.

↗ CORRIGÉS p. 125

Connaître les origines de la langue française

45

L'espagnol, l'italien et le français ont une origine commune : le latin.

Le cours

1 L'importance du fonds latin

▶ S'il y subsiste quelques mots empruntés au gaulois et aux langues germaniques, l'essentiel du lexique français est issu du **latin**. L'évolution du latin au français moderne est une **évolution phonétique**. C'est au Moyen Âge que la langue commence à ressembler au français d'aujourd'hui : on parle alors d'**ancien français**.

▶ Voici des exemples de mots formés à partir de racines latines.

Mot latin → radical fr.	Sens	Exemples
aequus → -équi-	« égal »	équation, équitable, équilibre
caput → -capit-	« tête »	capitale, capitaine, décapiter
scio → -scien(t)-	« savoir »	scientifique, conscience, sciemment

2 Origine populaire et origine savante

▶ De nombreux **mots issus du latin populaire** ont évolué depuis l'Antiquité, au point que le mot français ne ressemble presque plus au mot latin d'origine.

canis → chien • *caballus* → cheval

▶ À l'inverse, les **mots d'origine savante** ont été introduits tardivement par les lettrés, qui ont simplement « francisé » des termes latins.

administrare → administrer • *facilis* → facile

▶ Ainsi, un même mot latin a parfois donné deux mots français.

ministerium → métier [origine populaire] / ministère [origine savante]

UN SCHÉMA POUR RETENIR

- fonds gaulois
- fonds germanique
- fonds latin

→ lexique français ←

- emprunts à partir du Moyen Âge (italien, arabe, espagnol, anglais...)
- emprunts de préfixes et suffixes grecs

La méthode

Déduire le sens d'un mot à partir de son étymologie

COMMENT FAIRE ?

1. Décompose le mot pour isoler le radical et identifier le préfixe et/ou le suffixe : préfixe – radical – suffixe.
2. Si tu reconnais la racine du mot, tu peux facilement en déduire le sens.
3. Sinon, cherche d'autres mots qui présentent la même racine.

L'EXEMPLE COMMENTÉ

Youri doit mémoriser ce petit texte sur les fabliaux.

> Les fabliaux du Moyen Âge sont des récits courts qui mettent en scène des personnages types dans des situations comiques. Par exemple, le prêtre est le plus souvent dépeint comme un personnage rusé qui prononce des paroles équivoques pour tromper ses paroissiens naïfs.

Il observe l'étymologie des mots qu'il ne connaît pas.

• Le mot *fabliau* est formé à partir du mot *fable*, qui désigne un récit court. [En latin, *fabula* signifie « petite histoire ».]

• Youri ne connaît pas le mot *équivoque* mais il reconnaît :

– le radical *-voque*, qu'il rapproche de *vocal* (lié à la voix) ;

– le préfixe *équi-*, comme dans *équi-latéral* (qui a des côtés de même longueur) ou *équi-valent* (de même valeur).

Il en déduit que l'adjectif *équivoque* signifie « qui dit deux choses », donc « à double sens ».

Je m'entraîne

a. Relie chaque mot à sa définition.

1. parricide •	• qui se nourrit de poissons
2. piscivore •	• un seul verre de lunette
3. bisannuel •	• qui peut tout
4. monocle •	• l'acte d'assassiner son père
5. omnipotent •	• qui revient tous les deux ans

b. Emploie chacun des mots ci-dessus dans une phrase.

Observe attentivement la formation des mots.

↗ CORRIGÉS p. 125

Former une famille de mots 46

On forme une famille de mots en ajoutant à un même radical des préfixes et des suffixes.

Le cours

1 Les familles de mots

▶ Une famille de mots est un ensemble de mots qui ont la même **racine**.

bon, bonheur, bonjour, débonnaire, embonpoint, bonbon, bonifier…
[Ces mots forment une famille : ils sont tous dérivés de la racine *bon*.]

▶ Dans les mots d'une même famille, la racine peut prendre des formes différentes, que l'on appelle des **radicaux**. Ainsi, de nombreuses familles de mots sont construites sur plusieurs radicaux.

La racine *bien* présente deux radicaux :
- *bien-* : bienveillant, bienfait, bienvenue, bienséance…
- *bén(é)-* : bénéfice, bénévole, bénir, bénin…

2 Construire une famille de mots

▶ À gauche du radical, on peut ajouter un **préfixe** qui crée un mot de sens nouveau. Chaque préfixe a un sens précis, voici les plus courants :

Préfixes	Sens	Exemples
in-/im- ; il-	négation, contraire	invisible, impossible ; illimité
re-/ré-	répétition ou retour à un état antérieur	revoir, relire, refermer, revenir ; réélire, réanalyser
co-/col-/com-	« avec »	coéquipier ; collaborer ; combattre

▶ À droite du radical, on peut ajouter un **suffixe**, qui entraîne souvent une modification de la classe grammaticale du mot.

utile [adjectif] + *-iser* = utiliser [verbe] + *-ation* = utilisation [nom]

UN SCHÉMA POUR RETENIR

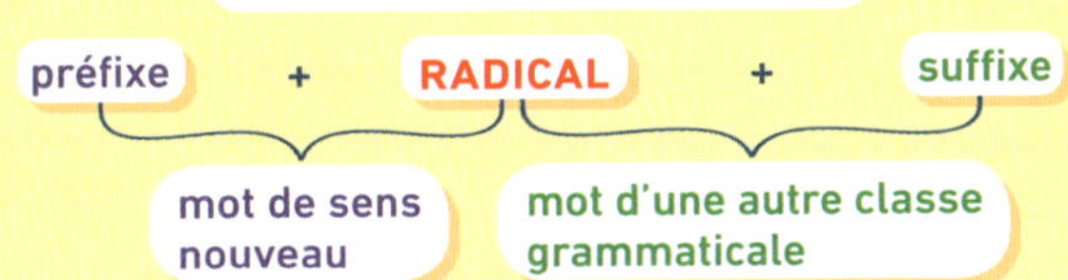

La méthode

Varier les désignations d'un personnage

COMMENT FAIRE ?

1. Commence par souligner les répétitions au crayon.
2. Remplace-les par des GN de sens proche ou des pronoms.
3. Relis-toi pour t'assurer que ton texte conserve une syntaxe correcte : vérifie notamment les accords verbaux si tu as changé le sujet (→ FICHE 25).

L'EXEMPLE COMMENTÉ

Élise a écrit le début d'un fabliau. En se relisant, elle repère plusieurs répétitions, qu'elle corrige.

Je vais vous raconter l'histoire d'un paysan et de sa femme qui vivaient heureux, mais pauvres. Tout le village s'accordait pour dire que ~~ces paysans~~ ce couple étai~~en~~t très serviable~~s~~, mais un peu trop curieux, ce que je vous confirme !

Un jour, ~~le paysan~~ le mari remarque qu'un étrange personnage entre chez son voisin. Le soir même, il va frapper à la porte de ~~son voisin~~ celui-ci pour en savoir plus.

nom collectif

Élise corrige les accords en fonction du nouveau sujet

désignation du paysan par une autre caractéristique

pronom

Je m'entraîne

Remplace les mots ou groupes de mots barrés pour éliminer les répétitions.

Zlatan Ibrahimović est un footballer international. Il est considéré comme l'un des meilleurs ~~footballers~~ .... au monde. ~~Zlatan Ibrahimović~~ .... est né en Suède de parents d'origine yougoslave. Il a joué dans plusieurs clubs, notamment en France et en Angleterre. En 2020, ~~il~~ .... portait le maillot de l'équipe de l'AC Milan. Le prénom ~~de Zlatan Ibrahimović~~ .... est à l'origine du verbe « zlataner ».

Les informations sur Zlatan données dans l'exercice te permettront de varier les désignations.

↗ CORRIGÉS p. 125

Quiz express 48

Vérifie que tu as bien retenu les points clés des **fiches 44 à 47**

Employer un lexique adapté

1 Lire un article de dictionnaire fiche 44

Lis l'article suivant et coche les informations correctes.

REMORDS, n. m.: 1. Tourment moral causé par la conscience d'avoir mal agi. *Ce criminel ne ressent aucun remords pour l'acte qu'il a commis.* 2. Sentiment de contrariété éprouvé par la conscience. *J'éprouve une sorte de remords à l'idée de ne pas t'avoir rencontré plus tôt.*

1. Nature grammaticale : ❑ **a.** adjectif ❑ **b.** adverbe ❑ **c.** nom ❑ **d.** préposition ❑ **e.** verbe
2. Genre : ❑ **a.** masculin ❑ **b.** féminin
3. Nombre : ❑ **a.** singulier ❑ **b.** pluriel

2 Reconnaître une racine latine fiche 45

Relie chaque mot latin à sa traduction française.

1. *equus* •	• moi
2. *scriptum* •	• cheval
3. *ego* •	• viande, chair
4. *carnis* •	• écriture

3 Reconnaître une famille de mots fiche 46

Coche l'intrus dans chaque liste.

1. ❑ **a.** dossier ❑ **b.** endosser ❑ **c.** doser ❑ **d.** dossard
2. ❑ **a.** reniement ❑ **b.** renonciation ❑ **c.** renoncement ❑ **d.** renonciateur
3. ❑ **a.** marin ❑ **b.** maritime ❑ **c.** marée ❑ **d.** maternel

4 Former un mot abstrait fiche 46

Relie chaque adjectif au bon suffixe pour former un nom abstrait.

1. inquiet •
2. lucide •
3. couard •
4. sincère •
5. naïf •

• -ise
• -ude
• (i)té

5 Utiliser un pronom fiche 47

Coche le pronom qui convient pour remplacer les GN en rose.

1. Notre voisine nous a apporté des biscuits.
❑ a. Il ❑ b. Elles ❑ c. Elle
2. Son cousin lui a prêté un jeu vidéo.
❑ a. le ❑ b. la ❑ c. les
3. Adrien envoie une lettre à ses grands-parents.
❑ a. lui ❑ b. eux ❑ c. leur
4. Prends plutôt mon téléphone, si tu veux.
❑ a. le tien ❑ b. le sien ❑ c. le mien

6 Utiliser des termes génériques fiche 47

Relie chaque GN en rose au terme générique qui lui correspond.

1. La fourmi n'est pas prêteuse. •
2. Le fils de mes voisins est mon ami. •
3. La mer est réchauffée par le soleil. •
4. Nous avons vu un lion au zoo. •

• l'astre brillant
• un carnassier
• l'insecte
• l'enfant

ÉNIGME

Je suis très utile aux comédiens.
Lorsque je suis générale, tout doit être au point.
Mais je suis rarement la bienvenue dans un texte :
si l'auteur a du vocabulaire, il m'évite !

Qui suis-je ?

La répétition

↗ Reporte-toi aux CORRIGÉS p. 126 et calcule ton score.

Score : .../23

Un roman de chevalerie *Lancelot ou le Chevalier de la charrette,* Chrétien de Troyes

49

FRANÇAIS

À partir du XIIe siècle se développe la littérature courtoise : le roi Arthur et ses chevaliers en sont les héros les plus célèbres. Chrétien de Troyes contribue à faire naître leur légende.

1 La charrette

Lancelot est à la recherche de la reine Guenièvre, enlevée par le maréchal Méléagant. Sur le chemin, il aperçoit une charrette, utilisée à l'époque pour transporter les voleurs et les bandits. Ceux qui étaient forcés d'y monter étaient promenés à travers la ville et déshonorés.

Le chevalier qui s'avançait à pied et sans lance rejoignit la charrette où il aperçut un nain assis sur le brancard. Il tenait à la main, en bon charretier, une longue baguette. Alors le chevalier dit au nain :
« Nain, pour Dieu, dis-moi donc si tu as vu passer par ici ma dame la reine. »
Le nain – une sale engeance[1] ! –, le misérable, refusa de lui en donner des nouvelles.
« Si tu veux, dit-il, monter sur la charrette que je conduis, tu pourras savoir d'ici demain ce qu'est devenue la reine. »
Sur le moment, le chevalier a poursuivi sa route sans y monter ; il a eu tort, tort d'avoir honte et de ne pas aussitôt sauter dans la charrette, car il le regrettera un jour. Mais Raison, qui s'oppose à Amour, lui dit de ne pas monter, le retenant et lui enseignant de ne rien faire ni entreprendre qui puisse lui apporter honte ou reproche. Ce n'est pas du cœur mais de la bouche que vient ce discours que Raison ose lui tenir. Mais Amour, enfermé dans le cœur, l'exhorte[2] et l'invite à monter tout de suite dans la charrette. Amour le veut, alors il y saute ; il n'a plus peur de la honte, puisque c'est l'ordre et la volonté d'Amour.

■ **Chrétien de Troyes** (v. 1130-v. 1885), ***Lancelot ou le Chevalier de la charrette*** (XIIe siècle), traduit de l'ancien français par D. Poirion, © Éditions Gallimard, 1994.

1. **engeance** : race, espèce.
2. **l'exhorte** : le persuade.

■ Enluminure du ***Roman de Lancelot***, vers 1475 : Lancelot monte dans la charrette d'infamie pour sauver la reine Guenièvre.

3 Jules Supervielle, « Voyageur, voyageur… »

Jules Supervielle est né en Uruguay le 16 janvier 1884, de parents français qu'il ne connaîtra pas. Grand voyageur, il passe sa vie entre la France et l'Amérique du Sud. Il meurt en 1960.

Voyageur, voyageur, accepte le retour,
Il n'est plus place en toi pour de nouveaux visages,
Ton rêve modelé par trop de paysages,
Laisse-le reposer en son nouveau contour.

Fuis l'horizon bruyant qui toujours te réclame
Pour écouter enfin ta vivante rumeur
Que garde maintenant de ses arcs de verdeur
Le palmier qui s'incline aux sources de ton âme.

■ **Jules Supervielle** (1884-1960), **« Voyageur, voyageur, accepte le retour »**, ***Débarcadères*** (1922), © Éditions Gallimard, 1966.

4 Un tableau sur le thème du voyage

■ **Claude Monet** (1840-1926), ***Le Train dans la neige***, 1875, huile sur toile, 59 × 78 cm, musée Marmottan, Paris.

Ce tableau appartient au mouvement impressionniste : Monet cherche à « fixer les impressions », les émotions éprouvées à un instant précis. Dans cette œuvre, il donne une vision poétique d'un train dans la campagne enneigée. Nous ne sommes que spectateurs, réfugiés derrière une palissade de bois : ce voyage n'est pas le nôtre. Nous observons de loin les voyageurs embarqués dans ce train bleu dont la cheminée fumante semble se fondre avec le ciel.

Articles et documents sur le développement durable 53

Le réchauffement climatique est aujourd'hui une réalité incontestable, et la nécessité d'un engagement international pour un développement durable ne fait plus de doute.

1 Qu'est-ce que le réchauffement climatique ?

La presse scientifique contribue à sensibiliser la population aux enjeux du climat.

> Le réchauffement climatique désigne la modification climatique de la Terre, caractérisée par une augmentation de la température moyenne des océans et de l'atmosphère, sur plusieurs années. La fonte record des glaces et la libération de méthane dans l'atmosphère par les fonds marins de l'Arctique constatées par les chercheurs ces dernières années ont, entre autres, poussé la communauté scientifique internationale à tirer la sonnette d'alarme quant à l'avenir environnemental de notre planète. [...] C'est en 1979, lors de la première conférence sur le climat tenue à Genève, que la thèse de l'activité humaine et de son impact sur le climat fut avancée. Depuis, le réchauffement climatique dû à l'activité anthropique[1] est largement démontré, entraînant une prise de conscience internationale.
>
> ■ ***www.maxisciences.com***, janvier 2015 © Gentside Découverte.
>
> 1. **anthropique** : qui résulte de l'intervention de l'homme.

2 Le développement durable

Pour limiter le réchauffement climatique, des mesures doivent être mises en place par les gouvernements à l'échelle mondiale.

> *La prise en compte des générations futures dans une éthique du changement climatique*
>
> Parmi les préoccupations relatives au changement climatique mondial figurent celles concernant les impacts sur les générations futures, même lointaines. Il ne s'agit pas seulement ici de nos enfants et de leurs enfants, mais des générations suivantes, toujours plus menacées par les effets du changement climatique. [...] Selon la définition largement admise proposée en 1987 par le rapport Brundtland, « [l]e développement durable, c'est s'efforcer de répondre aux besoins du présent sans compromettre la capacité de satisfaire ceux des générations futures ».
>
> ■ ***Les Implications éthiques du réchauffement climatique mondial***, rapport de la Commission mondiale d'éthique des connaissances scientifiques et des technologies (2010).

3 Les conséquences du réchauffement climatique

Le réchauffement climatique a pour conséquences l'augmentation de la densité des précipitations, la fonte des glaciers, la montée du niveau des mers… Des catastrophes qu'il va falloir anticiper en prenant des mesures efficaces.

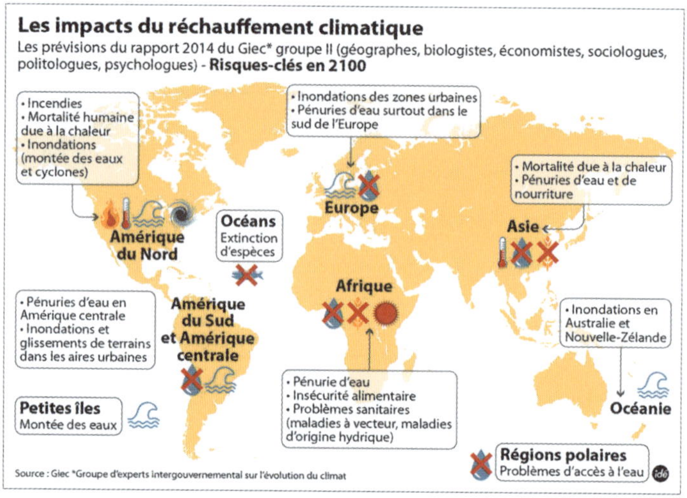

■ ***Les impacts du réchauffement climatique***, infographie réalisée à partir des prévisions du rapport 2014 du GIEC (les symboles sont explicités dans les encadrés).

■ ***La Nouvelle-Orléans, en Louisiane, après le passage de la tempête Lee***, en 2011. Une photographie peut avoir un impact fort sur le spectateur : celle-ci montre une rue de la Nouvelle-Orléans transformée en rivière après une tempête, conséquence dramatique du réchauffement climatique.

CORRIGÉS

Fiche 1 Reconnaître une phrase (p. 10)

1. Tous aux urnes, c'est bientôt l'élection des délégués de classe !
2. Les élèves de 3e sont allés / ont fait une sortie à Verdun.
3. La vente de crêpes des 5e 2 a été / a rencontré un grand succès.
4. Le Conseil de vie collégienne prépare activement la fête de fin d'année.

REMARQUE Il faut parfois ajouter un verbe (phrases 1 et 3) : le plus souvent, le verbe *être* convient, mais tu peux choisir un verbe plus précis.

Fiche 2 Distinguer les compléments d'objet et circonstanciel (p. 12)

En 1759, le navire sur lequel Robinson était embarqué – la *Virginie* – fit naufrage **au large du Chili**. Robinson échoua alors sur une île. Il se pensait seul **jusqu'au jour où il retrouva Tenn, le chien de l'équipage**. Il reprit espoir et commença à s'organiser. **Un jour, des années plus tard**, il rencontra un Indien qu'il baptisa Vendredi. Dès lors, les deux hommes se lièrent d'amitié. Robinson resta sur l'île **pendant vingt-huit ans**.

Fiche 3 Reconnaître et construire une phrase interrogative (p. 14)

1. Quel est votre parcours ?
2. Comment devient-on écrivain ?
3. Pourquoi avez-vous choisi ce sujet ?
4. Le roman se passe dans le désert. Y êtes-vous déjà allé ?
5. Le dénouement est triste. Que doit-on en conclure ?

Fiche 4 Reconnaître et construire une phrase négative (p. 16)

1. La déléguée de classe **ne** défend **pas toujours** / **ne** défend **jamais** les élèves en difficulté.
2. À la cantine, les repas **ne** sont **pas** excellents et je **n'**aime **rien**, surtout **pas** les frites.
3. **Ne** devrait-on **pas** annuler la sortie de ski prévue ?
4. Zineb **n'**a **ni** une bonne moyenne **ni** les félicitations de ses professeurs.

Fiche 5 QUIZ express (p. 17)

1 Phrase simple ou phrase complexe ?

1. C 2. S 3. C 4. S 5. C.

REMARQUE Souligne les verbes conjugués : le nombre de verbes conjugués t'indique le nombre de propositions.

2 Verbe d'état ou verbe d'action ?

1. Il semble que la situation s'améliore dans le Sahel. 2. L'augmentation des précipitations produit des effets positifs. 3. Les scientifiques remarquent des zones de verdure dans des endroits d'ordinaire arides. 4. La responsabilité des hommes est avérée.

3 Complément d'objet ou circonstanciel ?

1. Les puits étaient asséchés depuis longtemps [CC de temps]. 2. Tous les villageois avaient quitté leurs habitations [COD de « avaient quitté »]. 3. Ils marchaient maintenant [CC de temps] vers des terres plus généreuses [CC de lieu]. 4. L'espoir revint quand ils virent les premières végétations [COD de « ils virent » dans une proposition elle-même CC de temps].

REMARQUE Les compléments circonstanciels sont facultatifs et peuvent être supprimés.

4 Les types de phrase

1. déclaratif. 2. impératif. 3. interrogatif.

5 Construire une phrase interrogative

1. C 2. F 3. F 4. S 5. C.

6 La phrase négative

Il fallait barrer les phrases : **2** (forme correcte : *Il ne veut plus rester à attendre.*) • **4** (forme correcte : *Rien ne te fait réagir !*) • **5** (forme correcte : *Ne devais-tu pas passer par la maison ?*).

Fiche 6 Analyser un groupe nominal (p. 20)

Nous avons ensuite pique-niqué : des chips au vinaigre trop salé**es**, une salade composé**e** et un gâteau au**x** fruits confit**s** pas très appétissant [qualifie le nom « gâteau »]. L'après-midi, nos professeur**s** enthousiaste**s** nous ont fait une visite guidé**e** de la National Gallery. Le soir, à Picadilly Circus, j'ai été éblouie par les écran**s** lumineu**x** et multicolore**s** sur lesquels défilaient des publicités varié**es**.

Fiche 7 Reconnaître un déterminant (p. 22)

Il fallait conserver : à • cette • là • son • ses • Tout.

Fiche 8 Comprendre le rôle d'un adjectif qualificatif (p. 24)

Elle avait le front blanc, haut et **lisse**, comme s'il avait été poli à la main, œuvre d'un artiste qui l'aurait sculptée dans la pierre, l'ivoire ou le bois. Les sourcils tiraient sur le brun, à bonne distance l'un de l'autre, et sa face était éclairée par des yeux **souriants**, vifs, légèrement bridés. Son nez formait une ligne bien **droite**, et sur son visage la couleur **vermeille** contrastait avec le blanc mieux que sinople sur argent.

Fiche 9 Reconnaître et classer les pronoms (p. 26)

Messire Louis était un chevalier du Moyen Âge. Il était né en France, dans un château qui se nommait Roche-Marine. **Il y** avait grandi et connaissait chaque noble, chaque serf et chaque vilain de son fief. Rien ne pouvait **lui** échapper et il était au courant de toutes les rumeurs qui circulaient au château. Un jour, **celles-ci** lui apprirent qu'une jeune demoiselle était prisonnière dans une tour **dont** le gardien était un hippogriffe...

Fiche 10 QUIZ express (p. 27) ?

1 Identifier un GN étendu

1. Mes parents préfèrent manger des légumes de saison. 2. Le réchauffement climatique a augmenté la sédentarisation de certains oiseaux. 3. Yann Arthus-Bertrand a su photographier la planète comme personne. 4. Les ours blancs risquent de disparaître si l'homme ne fait rien.

2 Reconnaître les expansions du nom

1. de son grand-père : **groupe prépositionnel** • 2. qu'il a plantées : **proposition subordonnée relative** • 3. magique : **adjectif qualificatif** • 4. jolies : **adjectif qualificatif** • 5. dont son grand-père sera fier : **proposition subordonnée relative**.

3 Les homophones grammaticaux

1. Les ordures ménagères, **ce sont** tous les déchets produits par les ménages. 2. Les nouvelles réglementations recommandent le tri sélectif **et** les gens ont l'air d'y adhérer. 3. La marée noire **a** causé des dégâts importants.

4 Déterminant ou pronom ?

1. D 2. P 3. P 4. D.

5 L'adjectif qualificatif

1. **Réponses a et d.** • 2. **Réponses a, c et d.** • 3. **Réponses c et d.** [Les adjectifs de couleur composés de deux mots sont invariables : *des robes vertes* mais *des robes vert foncé*.]

6 Les fonctions de l'adjectif

1. **attribut** : l'adjectif est séparé du sujet par le verbe d'état « semblent ».
2. **apposé** : l'adjectif (et la proposition qui le complète : « de tousser autant ») est séparé du nom Yann par une virgule.
3. **attribut** : verbe d'état « paraît ».
4. **épithète** : l'adjectif est placé juste à côté du nom.

Fiche 11 Juxtaposer ou coordonner des propositions (p. 30)

1. Nous **n'y** pouvons rien.
2. Le conseil de discipline aura lieu **hors** du collège.
3. Au moment **où** tu me parles, ils sont **hors** d'eux.
4. **Mes** résultats étaient faibles **mais** j'ai beaucoup progressé.
5. **Or** je veux y croire **et** je compte faire les efforts attendus.

Fiche 12 Distinguer les propositions subordonnées (p. 32)

1. Marco aime raconter ses voyages, **qui** lui ont fait découvrir le monde.
2. Il était plongé dans ses pensées **quand**/**lorsqu'**un terrible brouhaha lui fit tourner la tête.
3. Il saisit la dague accrochée à sa ceinture **parce qu'**il voulait faire peur à son ennemi.
4. Le seigneur tartare tomba **tellement**/**si** malade **qu'**il faillit périr.

Fiche 13 Utiliser une subordonnée de but ou de conséquence (p. 34)

1. Vous ne prenez que rarement des bains, de sorte que vous **économisez** de l'eau.
2. Il s'est engagé à nettoyer la plage de crainte qu'on ne le **contraigne** à payer une amende.
3. Je ne jette pas mes détritus dans la forêt afin que la nature **soit** préservée.

Fiche 21 Utiliser le conditionnel présent (p. 50)

Bonjour Monsieur,
J'**aimerais** vous proposer d'organiser une sortie sportive pour les 5e 6. Nous **pourrions** aller à la patinoire : ce **serait** facile à organiser car ma mère y travaille. Je vous la **présenterai** [futur : il s'agit d'une action à venir, qui aura lieu « à la réunion parents-profs »] à la réunion parents-profs et elle vous **expliquera** tout. Je pense que tous les élèves **adoreraient** [conditionnel : l'action est soumise à une condition introduite par « si »] si cette sortie **pouvait** avoir lieu !
En espérant que ma proposition vous **intéressera**,
Cordialement,
Soufiane P., 5e 6

Fiche 22 Utiliser le subjonctif présent (p. 52)

1. Je crois qu'il **est** treize heures. 2. J'**ai** peur qu'elles **aient** trop mangé. 3. Sais-tu s'il **est** déjà parti ? 4. Il faut que j'**aie** ta réponse pour demain. 5. Je lui **ai** écrit pour qu'il **ait** envie de venir. 6. Ce n'**est** pas moi qui l'**ai** cassé !

Fiche 23 Utiliser l'impératif présent (p. 54)

Fais fondre 250 g de chocolat avec 150 g de beurre. Pendant ce temps, **bats** 3 œufs avec 150 g de sucre jusqu'à ce que le mélange blanchisse. **Ajoute** 60 g de farine et un sachet de sucre vanillé. **Verse** le chocolat fondu et **mélange** bien. **Verse** le tout dans un moule, puis **mets-le** au four à 180 °C pendant 15 minutes. **Saupoudre** le gâteau de sucre glace. **Sers-le** tiède ou froid.

Fiche 24 QUIZ express (p. 55) ?

1 Les temps composés de l'indicatif

1. futur antérieur. 2. plus-que-parfait. 3. passé composé. 4. passé antérieur.

2 Reconnaître un conditionnel présent

1. **Réponse a** : conditionnel (b, c et d sont à l'imparfait). 2. **Réponse c** : futur (a, b et d sont au conditionnel). 3. **Réponse b** : conditionnel (a, c et d sont au futur). 4. **Réponse c** : conditionnel (a, b et d sont au futur).

3 Indicatif ou subjonctif ?

1. subjonctif. 2. subjonctif. 3. subjonctif. 4. indicatif.

4 Est, ai ou aie/aies/ait/aient ?

1. J'**ai** bien peur qu'ils n'**aient** pas compris. 2. Il n'**est** pas trop tard pour travailler ce que je n'**ai** pas encore révisé. 3. Que tu **aies** eu beaucoup de chance, cela **est** certain. 4. C'est pour nous faire plaisir qu'il s'**est** intéressé à ce film. 5. Tu penses qu'il **est** timide et pourtant c'est rare qu'il **ait** peur de s'exprimer.

5 La conjugaison de l'impératif

1. **Sache** que je suis là si tu as besoin de moi. 2. Ne **crois** pas tout ce qu'on te raconte. 3. **Reprends** donc une part de gâteau. 4. **Écoute** la correction de l'exercice si tu veux comprendre tes erreurs. 5. **Relis** ce paragraphe à haute voix.

6 Les valeurs de l'impératif

1. conseil. 2. ordre. 3. proposition. 4. interdiction.

Fiche 25 Accorder le verbe avec son sujet (p. 58)

Les deux chevaliers tomb**èrent** à terre. **Ils se** relev**èrent** d'un bond et poursuiv**irent** le combat au sol, brandissant **leur** épée qu'**ils firent** tournoyer dans les airs. **Ils** su**aient** à grosses gouttes sous **leur** armure mais ne laiss**aient** rien paraître de l'état d'épuisement dans lequel **ils** se trouv**aient**. La fin du combat est proche, pens**èrent-ils**.

Fiche 26 Accorder ou non le participe passé d'un verbe (p. 60)

1. La vache qu'il a attaché**e** s'est enfui**e**.
2. Les deux paysans ont écouté le sermon du prêtre.
3. Une vieille femme souhaite retrouver les vaches qu'elle a perdu**es**.
4. Le père demande à son fils d'aller chercher le chien qu'ils ont enfermé.
5. Les deux femmes ont appelé le chevalier et celui-ci les a aidé**es**.

Fiche 27 Reconnaître et orthographier les adverbes (p. 62)

1. Tu devrai**s** prendre au sérieux les climatologue**s** et changer tes habitude**s**.
2. Quand je vien**s** à Paris, je me plain**s** toujour**s** de la pollution des voiture**s**.
3. Les vélib' sont présent**s** dans toute**s** les grande**s** ville**s**.
4. Essaie d'acheter en vrac, beaucoup de produit**s** s'y prêtent.

Fiche 28 Relire et corriger son texte (p. 64)

Anne Bonny et Mary Read **sont** les deux femmes pirates les plus célèbre**s** de l'histoire. Toutes les deux se font pass**er** pour des hommes en se **dissimulant** sous des vêtements masculins. Elles travaille**nt** avec Jack Rackham. Tous trois sont très vite recherché**s** par les autorité**s** et sont capturé**s** en 1721.

Fiche 29 QUIZ express (p. 65) ?

1 Identifier le sujet d'un verbe

1. Les films qui les **intéressent** sont trop violents pour moi. 2. Il la **dépose** au travail tous les matins. 3. Nager **est** le moyen de locomotion des poissons. 4. Dans le ciel **arrivent** enfin, toutes ailes au vent, les hirondelles. 5. Il le lui **a promis** sans hésiter.

2 Accorder le verbe avec son sujet

1. Ton frère et toi **irez** en vacances chez votre tante. 2. **Allons**-nous nous laisser abattre ? 3. Où qu'il **aille**, il ne pourra pas m'échapper ! 4. C'est toi qui **vas** préparer le repas aujourd'hui. 5. Quand l'appétit **va**, tout va.

3 Accorder un participe passé

1. Ma mère et ma sœur sont **parties** tout à l'heure. 2. J'ai oublié tous les livres que j'ai **lus**. 3. Ses sœurs ont **décidé** de lui offrir un vélo pour son anniversaire. 4. Avec tout le chocolat qu'ils ont **mangé** au goûter, ils n'auront plus faim pour le dîner. 5. Voici les fleurs qu'il lui a **offertes** pour sa fête.

4 Reconnaître un adverbe

1. **Réponse b** : c'est un adverbe tandis que les autres mots sont des noms communs.
2. **Réponse c** : c'est un adverbe tandis que les autres mots sont des prépositions.
3. **Réponse b** : c'est un adverbe tandis que les autres mots sont des adjectifs.

5 Choisir la terminaison qui convient

Dans ma classe, il y a deux jumeau**x** qui s'appelle**nt** Myriam et Michael. L'année dernière, ils sont parti**s** faire un voyage autour du monde avec leur**s** parent**s**. Ils ont vécu sur un bateau et ont suivi des cour**s** par correspondance. Depui**s** qu'ils sont rentré**s**, ils ne rêve**nt** que de repartir !

6 Choisir le bon homophone

1. Il **a** terminé ce qu'il avait **à** faire.
2. Depuis qu'elle **est** partie, elle nous écrit **et** nous appelle souvent. 3. C'est **ce** téléphone qu'il veut **se** faire offrir pour son anniversaire. 4. **Ces** traces de pas sont bien la preuve que Gabriel a oublié d'ôter **ses** chaussures. 5. **On** croit toujours connaître ce que les autres **ont** en tête.

Fiche 30 Identifier les principales caractéristiques d'un texte (p. 68)

Il s'agit d'un texte de présentation du roman *L'Île au trésor* dans la collection Classiques & Cie collège (édition datée de 2011) des éditions Hatier. C'est un texte à la fois explicatif (résumé du roman) et argumentatif (avis positif exprimé dans la dernière phrase).

Fiche 31 Lire un texte narratif (p. 70)

Qui raconte ? L'expression « Il y avait autrefois » introduit ce texte à la manière d'un conte. Le narrateur n'est pas un personnage de l'histoire : comme dans l'exemple commenté, il s'agit probablement de Shéhérazade.

Où et quand l'action se déroule-t-elle ? Le narrateur ne nous dit pas où ni quand l'histoire se passe.

Qui sont les personnages ? Le personnage principal est un « pêcheur très pauvre ».

Quelle intrigue se met en place ? Le lecteur se demande comment le pêcheur va réussir à nourrir sa famille, et pourquoi il ne jette ses filets que quatre fois par jour. Le titre du conte suggère l'intervention du merveilleux : le pêcheur va recevoir l'aide d'un génie, mais à quelles conditions ?

Fiche 32 Lire du théâtre (p. 72)

Le personnage n'arrive pas à aller au bout de ses phrases (le titre de la pièce est d'ailleurs : *Finissez vos phrases*) ; les phrases exclamatives montrent qu'il est surpris et ravi en même temps. On peut imaginer qu'il est amoureux. Pour jouer ce rôle, tu dois prendre ton temps et marquer une pause après chaque phrase. La gestuelle est importante : tu peux reculer, t'agenouiller... Aide-toi d'accessoires : tu peux, par exemple, avoir un bouquet de fleurs à la main. Tu peux imaginer aussi que le personnage a chaud, qu'il enlève son chapeau, s'essuie le front avec son mouchoir...

Fiche 33 Lire un poème (p. 74)

1. Ce poème a une forme régulière ; il est constitué de deux quatrains d'alexandrins. Les rimes sont embrassées (ABBA).
2. Le champ lexical du texte évoque le voyage (« voyageur », « nouveaux visages », « paysages », « l'horizon »...). Mais si l'on s'attarde sur les verbes et principalement sur le mode choisi (l'impératif), on comprend que le poème invite à renoncer au voyage physique (« accepte le retour », « laisse-le reposer », « fuis l'horizon ») pour privilégier le voyage intérieur (« Pour écouter », « aux sources de ton âme »).

Fiche 34 Faire une recherche documentaire (p. 76)

Site officiel : le site de la Bibliothèque nationale de France (expositions.bnf.fr).
Encyclopédie : Vikidia ou Wikipédia.
Sites personnels : legendearthur.canalblog.com, mythofrancaise.asso.fr, dol-celeb.com…

REMARQUE Si tu as noté d'autres sites, demande à un adulte de confirmer tes réponses.

Fiche 35 QUIZ express (p. 77)

1 Les principales caractéristiques d'un texte

1. **Réponse c**.
2. **Réponse a**.
3. **Réponse a**.

2 Questionner un texte

1. **Réponse b**.
2. **Réponse c** : Bagdad se trouve en Irak.
3. **Réponse a**.
4. **Réponse a**.

3 Le texte théâtral

1. **aparté** : mot ou parole que seul le spectateur est censé entendre.
2. **monologue** : discours apparemment adressé à soi-même, ou à un auditoire dont on n'attend pas de réponse.
3. **didascalies** : indications scéniques données hors texte.
4. **réplique** : texte dit par un personnage au cours d'un dialogue.

REMARQUE Lors d'un monologue, le personnage est seul sur scène ; ce n'est pas le cas lors d'un aparté.

4 Identifier la forme d'un poème en vers

Cette strophe est un **quatrain** en **alexandrins** [12 syllabes] à rimes **croisées** [ABAB].

Fiche 36 Répondre à des questions (p. 80)

1. [Question] Quel type de discours est utilisé dans ce texte ? Justifiez.
[Réponse développée] C'est un texte descriptif. Le narrateur décrit la statue d'une déesse hindoue, les verbes sont à l'imparfait.
2. [Question] Quelle impression suscitent les fakirs ? Justifiez. [Réponse développée] Les fakirs suscitent l'inquiétude par leurs mouvements désordonnés (« se convulsionnait ») et par leur aspect morbide (« incisions cruciales qui laissaient échapper leur sang goutte à goutte »).
3. [Question] À quelle personne les trois verbes « s'agitait », « se démenait » et « se convulsionnait » sont-ils accordés ? Justifiez. [Réponse développée] Les trois verbes sont accordés à la 3e personne du singulier car ils ont pour sujet le GN singulier « un groupe de vieux fakirs ».

Fiche 37 Exprimer son avis sur un livre ou un film (p. 82)

Ordre : **2 – 4 – 3 – 1 – 5**.
The Kid est une comédie dramatique réalisée par Charlie Chaplin en 1921.
Elle connaît un grand succès, **alors que** / **même si** le scénario est simple : un vagabond, **bien que** / **quoique** pauvre, recueille un orphelin. **En revanche**, le jeu des acteurs est très travaillé. Ce long-métrage est **ainsi** considéré comme l'un des plus grands films du cinéma muet.

Fiche 38 Inventer une histoire (p. 84)

[Proposition] Le soleil pointait à peine lorsque messire François se leva ce matin-là. Après qu'il eut dit sa prière, il alla chercher son armure et envoya son écuyer chercher sa lance. Il n'y avait pas de temps à perdre. Une fois le heaume enfilé, il monta sur son destrier. Il se rendit dans une clairière, où il aperçut la tour dans laquelle était enfermée depuis des semaines sa bien-aimée, dame Marguerite. Durant son absence, beaucoup de chevaliers avaient tenté de la délivrer, mais tous furent mis en échec par le monstre qui surveillait la tour. C'était un griffon, une bête hideuse qu'il se devait d'affronter maintenant…

REMARQUE L'élève présente ici les personnages qui vont s'affronter, précise le cadre spatio-temporel et indique l'enjeu du combat (messire François doit sauver sa bien-aimée).

Fiche 39 Construire un dialogue (p. 86)

1. Un enfant en bas âge : phrase courte, mauvaise syntaxe, défaut de prononciation.
2. Un professeur : champ lexical de l'enseignement (« leçon, contrôle »).
3. Un(e) avocat(e) : champ lexical du droit (« juge »), expression soignée (« procuriez », « afin que »), phrase longue et bien construite (utilisation du subjonctif).
4. Un(e) jeune élève s'adresse à un instituteur ou à un professeur (« M'sieur »), élision (« M'sieur », « qu'a », « j'vous »).

Fiche 40 Écrire la suite d'un récit (p. 88)

La meilleure proposition est la 2, qui est parfaitement cohérente avec le texte initial. La proposition 1 est à la première personne, alors que le texte est à la troisième personne. La proposition 3 est en contradiction avec le texte : le pêcheur n'a pas attrapé de poissons, le panier contenait des graviers et de la vase. La proposition 4 est au présent, alors que le texte est au passé.

Fiche 41 Décrire une image (p. 90)

Hokusai, à travers cette **estampe**, capte l'instant où la vague menace d'engloutir les **embarcations**. Immense, elle fait penser à un animal sortant ses **griffes**, prêt à **bondir** sur sa proie. À l'arrière-plan, la présence **immobile** du mont Fuji contraste avec le **mouvement** des vagues.

Fiche 42 Créer un diaporama (p. 92)

Qualités	Défauts
• Présentation très visuelle (choix du portrait et organisation de l'image). • Un titre accrocheur.	• Indications désordonnées (la date de décès en point 3 au lieu du point 4). • Langage familier (« au top »).

Fiche 43 QUIZ express (p. 93)

1 Analyser une image

1. **Réponse a**. 2. **Réponses a, c et d**. 3. **Réponses a et d**. 4. **Réponse b**.

2 Formuler un avis personnel

1. **+** 2. **0** 3. **–** 4. **+**.

3 Adapter les paroles aux personnages

1. Aladin. 2. la narratrice Shéhérazade. 3. la princesse Dinarzade. 4. Aladin.

4 Inventer un récit

1. B 2. C 3. D 4. E 5. C 6. A.

Fiche 44 Utiliser un dictionnaire (p. 96)

1. **éthique** : « ensemble de principes moraux qui sont à la base de la conduite de quelqu'un ».
2. **impact** : « effet produit par quelque chose ; contre-coup, influence ».
3. **compromettre** : « exposer quelque chose à un danger, à une atteinte, à un risque ; diminuer les possibilités de réussite de quelque chose ou de quelqu'un ».

Fiche 45 Connaître les origines de la langue française (p. 98)

1. **parricide** : l'acte d'assassiner son père (ex. : Œdipe a commis un parricide, il a tué son père).
2. **piscivore** : qui se nourrit de poissons (ex. : Le héron est piscivore).
3. **bisannuel** : qui revient tous les deux ans (ex. : Le festival de cinéma de ma ville a lieu tous les deux ans, c'est un événement bisannuel).
4. **monocle** : un seul verre de lunette (ex. : Arsène Lupin, le gentleman cambrioleur, porte un monocle).
5. **omnipotent** : qui peut tout (ex. : Les dieux de la mythologie sont omnipotents).

Fiche 46 Former une famille de mots (p. 100)

1. Guenièvre parle aux chevaliers avec **amabilité**.
2. Son principal défaut est la **naïveté**.
3. Son amour pour Lancelot est une **certitude**.
4. Malgré tout, elle reçoit la **tendresse** du roi Arthur.
5. Ses confidentes font preuve de **sincérité** à son égard.

Fiche 47 Éviter les répétitions (p. 102)

Zlatan Ibrahimović est un footballeur international. Il est considéré comme l'un des meilleurs **joueurs** au monde. **L'attaquant / L'athlète** est né en Suède de parents d'origine yougoslave. Il a joué dans plusieurs clubs, notamment en France et en Angleterre. En 2020, **le Suédois / la star** portait le maillot de l'équipe de l'AC Milan. **Son** prénom est à l'origine du verbe « zlataner ».

Fiche 48 QUIZ express (p. 103) ?

1 Lire un article de dictionnaire

1. **Réponse c**.
2. **Réponse a**.
3. **Réponse a**.

2 Reconnaître une racine latine

1. cheval : *équestre, équitation*...
2. écriture : le radical *scri-* se retrouve dans les mots *scripte* ou *scribe* mais aussi dans *écrire*.
3. moi : *égoïste, égocentrique*...
4. viande, chair : *carnivore, incarné*...

3 Reconnaître une famille de mots

1. **Réponse c** : c'est le seul mot qui n'appartient pas à la famille du nom *dos*.
2. **Réponse a** : *reniement* est un dérivé de *renier*, et non de *renoncer*.
3. **Réponse d** : *maternel* est formé sur le radical *mater-* (la mère), tandis que les autres mots se rapportent à la mer (radical *mar-*).

4 Former un mot abstrait

1. inquiét**ude**.
2. lucid**ité**.
3. couard**ise**.
4. sincér**ité**.
5. naïve**té**.

5 Utiliser un pronom

1. **Réponse c** : **Elle** nous a apporté des biscuits.
2. **Réponse a** : Son cousin **le** lui a prêté.
3. **Réponse c** : Adrien **leur** envoie une lettre.
4. **Réponse c** : Prends plutôt **le mien**, si tu veux.

6 Utiliser des termes génériques

1. l'insecte.
2. l'enfant.
3. l'astre brillant.
4. un carnassier.

Maths

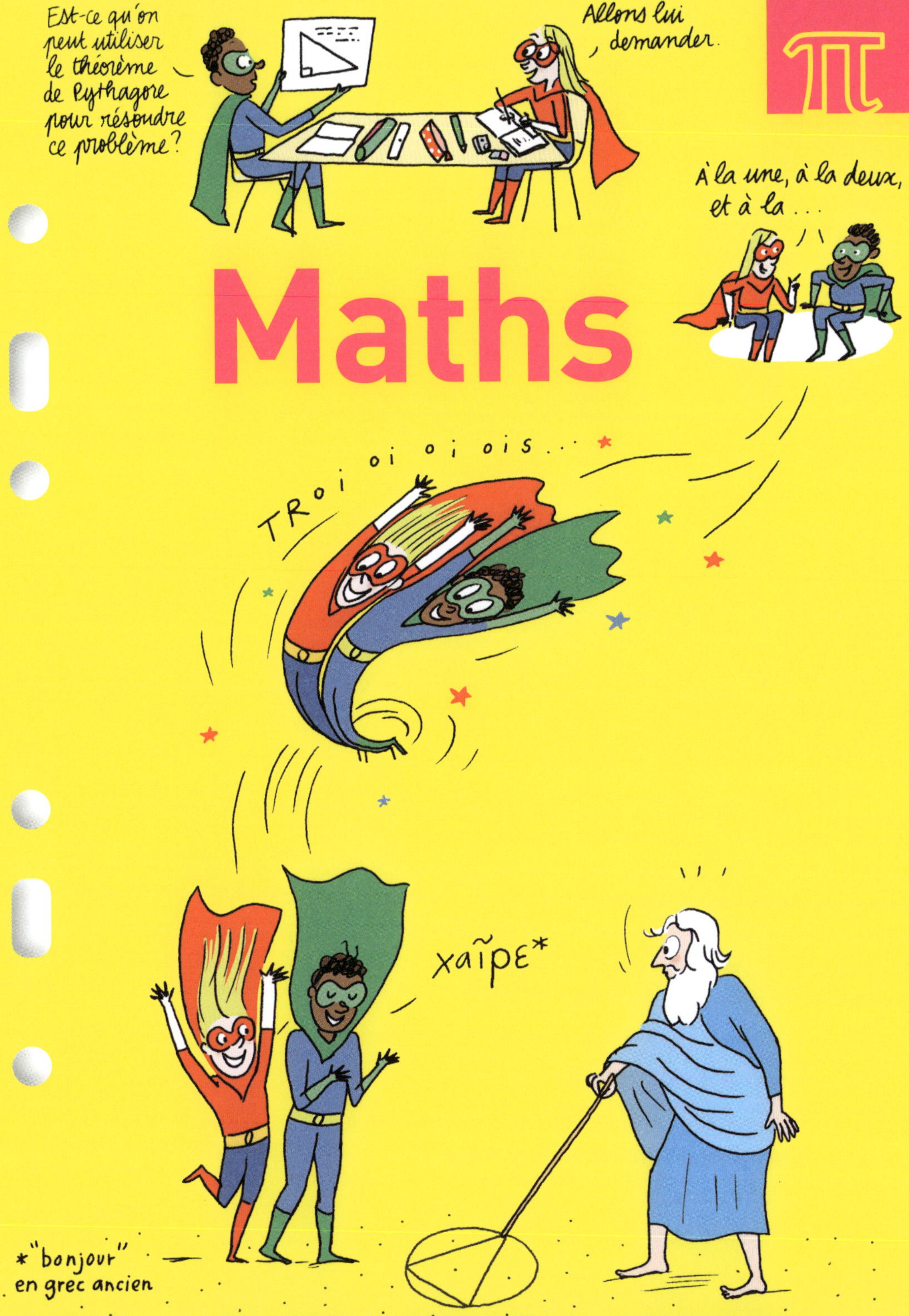

Est-ce qu'on peut utiliser le théorème de Pythagore pour résoudre ce problème ?
Allons lui demander.
À la une, à la deux, et à la...
TROi oi oi ois...
χαῖρε*
*"bonjour" en grec ancien

SOMMAIRE

Maths π

Pour suivre ton avancement :

☒ *mets une croix dans la case quand tu as appris le cours*

⊗ *entoure-la quand tu as fait les exercices*

Nombres et calculs

Nombres décimaux

Divisibilité et nombres relatifs

Fractions et calcul littéral

Organisation et gestion de données

Proportionnalité

Traitement de données et probabilités

Grandeurs et mesures

Grandeurs et unités de mesure

Espace et géométrie

Représentation de l'espace

Géométrie plane

Algorithmique et programmation

Algorithmes et programmes

Repérer un point sur une demi-droite graduée

1

Représenter des nombres et repérer des points sur une demi-droite sont deux savoir-faire complémentaires.

Le cours

1 Graduation avec des nombres décimaux

▶ Quand on place un point I, à droite de l'origine O d'une demi-droite, puis qu'on reporte le segment [OI], on dit qu'on **gradue** la demi-droite.

▶ Le point O, associé au nombre 0, s'appelle l'**origine** de la graduation et la longueur du segment [OI] représente une **unité**.

▶ On divise chaque unité en 10 dixièmes pour graduer de 0,1 en 0,1 ou en 100 centièmes pour graduer de 0,01 en 0,01…

2 Abscisse d'un point

Pour repérer un point situé sur une demi-droite graduée, on lit le nombre qui lui correspond. Ce nombre s'appelle l'**abscisse** du point.

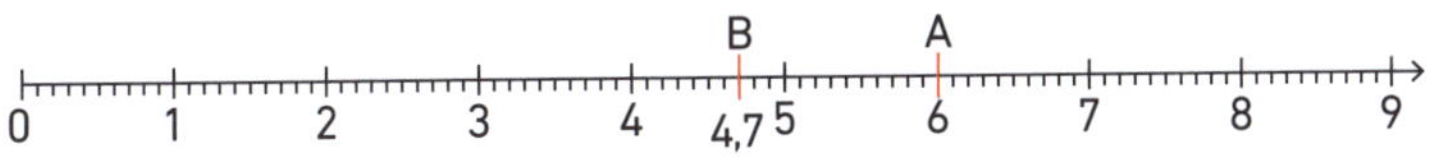

EXEMPLES L'abscisse du point A est 6. On écrit A (6).

L'abscisse de B est 4,7 ou $\frac{47}{10}$. On écrit B (4,7) ou B $\left(\frac{47}{10}\right)$.

Les méthodes

1 Placer un point ou lire une abscisse

a. Sur la demi-droite graduée ci-dessous, l'unité est le centimètre.

Place les points suivants : C (8) ; D (0,5) ; E (4) ; F (5,4).

b. Complète l'abscisse des points : M (........) ; N (........) ; P (........) ; R (........).

COMMENT FAIRE ?

1. Compléter la graduation avec des nombres entiers pour les unités.
2. Tracer les sous-graduations représentant les dixièmes si nécessaire.
3. Placer les points ou lire leur abscisse.

SOLUTION

a.

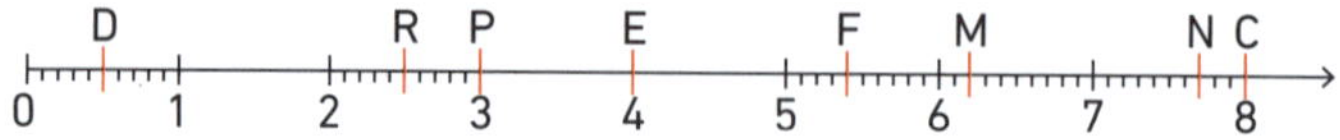

b. M (6,2) ; N (7,7) ; P (3) ; R (2,5).

2 Compléter une graduation

La graduation de la demi-droite suivante est partiellement effacée.

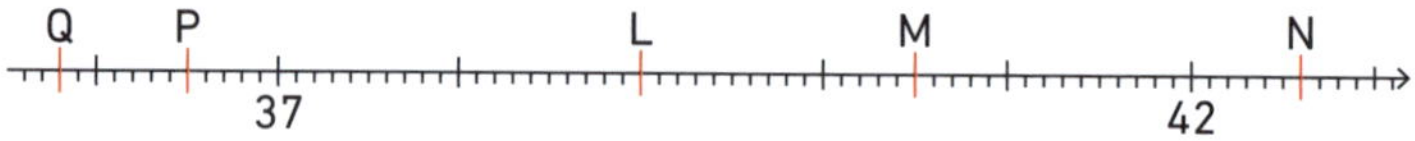

a. Surligne en vert un des intervalles pouvant représenter l'unité.

b. Complète la graduation et donne l'abscisse des points L, M, N, P et Q.

COMMENT FAIRE ?

1. Calculer le nombre d'unités comprises entre les graduations données et, en fonction de ce nombre, définir l'unité et compléter la graduation.
2. Écrire les abscisses des points sur la demi-droite, puis sous la forme A (…).

SOLUTION

a. et b. Entre 37 et 42, il y a 5 unités. Je place de façon régulière 38 ; 39 ; 40 et 41. Je poursuis la graduation des unités et des dixièmes.

Je m'entraîne

Le segment rouge [AA′] représente un dixième d'unité.

Une puce est partie du point A d'abscisse 18,4. Après un premier saut, elle arrive au point B. Après un deuxième saut, elle arrive en C, puis elle se repose en D. Elle finit son parcours au point F(18,78).

Question 1. Sur la demi-droite, commence par écrire les abscisses de A et de A′ puis complète la graduation.

1. Complète la graduation et donne l'abscisse des points B, C et D.
2. Place le point F sur la demi-droite graduée.

↗ CORRIGÉS p. 239

Comparer des nombres décimaux 2

Comparer des nombres décimaux, c'est imaginer où ils sont placés dans la liste de tous les nombres décimaux rangés du plus petit au plus grand.

Le cours

1 Comparaison de deux nombres

▶ Lorsque deux nombres sont égaux, on écrit le signe = entre eux.

▶ Si le premier est plus petit que l'autre, on écrit le signe < entre eux. S'il est plus grand, on écrit le signe > entre eux.

EXEMPLES 1,79 < 1,8 se lit « 1,79 est **inférieur** à 1,8 ».
4 > 2,5 se lit « 4 est **supérieur** à 2,5 ».

2 Ordre croissant ou décroissant

▶ Ranger des nombres donnés dans l'**ordre croissant**, c'est les écrire du plus petit au plus grand en les séparant par le signe <.

EXEMPLE 32,9 < 33,17 < 33,2 < 37,003 < 37,08

▶ Quand on range des nombres du plus grand au plus petit, on parle d'**ordre décroissant**.

▶ **Intercaler** un nombre décimal entre deux nombres donnés, c'est trouver un nombre qui est plus grand que le plus petit des deux nombres, et plus petit que l'autre.

EXEMPLE Entre 12 et 13, on peut intercaler plusieurs nombres décimaux, par exemple 12,45, soit 12 < 12,45 < 13.

Les méthodes

1 Comparer des nombres décimaux

Complète avec < , > ou = .

6,78 6,8	6,78 6,08	06,78 6,780
304,05 304,50	304,05 30,405	304,055 304,06

COMMENT FAIRE ?

1. Comparer d'abord les **parties entières**.
2. Si les parties entières sont égales, barrer ou ajouter si besoin des **zéros inutiles** pour avoir autant de chiffres après la virgule dans les deux nombres puis comparer les parties décimales.

SOLUTION

a.

$$\begin{array}{r} 7{,}320 \\ -\ 3{,}753 \\ \hline 3{,}567 \end{array}$$

b.

$$\begin{array}{rl} 7{,}26 & \text{2 chiffres après la virgule} \\ \times\ \ 4{,}8 & \text{1 chiffre après la virgule} \\ \hline 5808 & \\ 2904\ \ & \\ \hline 34{,}848 & \text{3 chiffres après la virgule} \end{array}$$

2 Choisir une méthode de calcul

En 2020, Ernestine est devenue centenaire.

a. En quelle année est-elle née ?

b. Son anniversaire tombe juste 100 jours avant Noël. À quelle date a-t-elle eu exactement 100 ans ?

c. En 2002, lors du passage du franc (F) à l'euro (€), elle a vendu sa voiture qui valait 45 000 F.
À quel prix était affichée la voiture sachant que 1 € ≈ 6,55957 F ?
Arrondis à un euro près.

COMMENT FAIRE ?

Choisir la méthode la plus efficace entre calculer mentalement ou à la calculatrice, effectuer un calcul pas à pas ou encore poser l'opération.

SOLUTION

a. 2020 – 100 = 1920. Ernestine est née en 1920.

b. Il y a 25 jours en décembre, 30 en novembre et 31 en octobre : cela fait 86 jours. Il reste 100 – 86, soit 14 jours en septembre.
30 – 14 = 16. Ernestine a eu 100 ans le 16 septembre 2020.

c. 45 000 ÷ 6,55957 ≈ 6 860,206. La voiture coûtait environ 6 860 €.

Je m'entraîne

Le safran est une épice qui peut être plus chère que l'or !
Chez « Épices et senteurs », un gramme de safran coûte 35,80 € et on a compté qu'il fallait environ 145 000 stigmates de la fleur pour obtenir 1 kg de safran sec.

1. Combien de stigmates faut-il pour obtenir 1 g de safran sec ?

2. Quel est le prix d'un sachet de 2,5 g chez « Épices et senteurs » ?

Questions 1 et 2. 1 kg = 1 000 g et prix total = prix du g × masse en g.

3. Le prix du safran utilisé dans un plat est environ de 4,30 €.
Quelle est la masse de safran dans ce plat ? Arrondis à 0,01 g près.

↗ CORRIGÉS p. 239

Enchaîner des opérations sur les nombres décimaux

4

MATHS

Quelle chance d'avoir une calculatrice ! Encore faut-il connaître les règles, c'est-à-dire l'ordre de priorité des opérations.

Le cours

1 Suite de calculs avec parenthèses

On effectue d'abord les calculs entre parenthèses en commençant par les parenthèses les plus intérieures.

EXEMPLE $E = 3 \times [8 - (4 + 1)] = 3 \times [8 - 5] = 3 \times 3 = 9$

2 Règles de priorité

Attention, les calculatrices scientifiques sont programmées avec les priorités mais pas les simples calculettes.

▶ Pour alléger l'écriture, les parenthèses autour des multiplications et des divisions peuvent être « sous-entendues ». On parle alors de la **priorité** de la multiplication et de la division.

▶ S'il n'y a que des additions et des soustractions (ou bien que des multiplications et des divisions), on effectue les opérations l'une après l'autre dans l'ordre où elles apparaissent.

▶ S'il y a plusieurs types d'opérations, les multiplications et les divisions s'effectuent avant les additions et les soustractions.

EXEMPLE $N = 26 - (7 - 2 \times 2) - 12 + 8 = 26 - (7 - 4) - 12 + 8$
$= 26 - 3 - 12 + 8 = 23 - 12 + 8 = 11 + 8 = 19$

Les méthodes

1 Connaître les priorités pour écrire une suite de calculs

Dans un collège, il y a 4 classes de 6e de 20 élèves chacune, 3 classes de 5e de 25 élèves chacune, 4 classes de 4e de 21 élèves chacune, et 3 classes de 3e de 24, 25 et 26 élèves respectivement. **Écris une expression qui permet de calculer le nombre total N d'élèves du collège et qui ne contient pas de parenthèses, puis calcule ce nombre.**

COMMENT FAIRE ?

1. Repérer l'opération finale (ici, une somme) et la nature des calculs intermédiaires (ici, des produits et une somme).
2. Pour calculer l'expression, commencer par les multiplications et les divisions, puis effectuer les calculs dans l'ordre.

2 Trouver dans une liste les nombres divisibles par 5 et 7

a. On veut déterminer tous les nombres divisibles par 5 et par 7 compris entre 300 et 450. Utilise le tableur pour répondre.

b. Détermine les nombres divisibles par 5 et par 13 qui sont compris entre 300 et 450.

COMMENT FAIRE ?

Question a.

1. Écrire tous les nombres divisibles par 5 compris entre 300 et 450 en utilisant un pas de 5 à partir de 300. Pour cela :
• Écrire 300 dans la case A1 et 305 dans la case A2.
• Sélectionner en même temps les deux cellules A1 et A2. Cliquer sur le coin en bas à droite de la cellule A2, puis étendre la sélection aux cellules A3, A4… en maintenant appuyé le bouton de la souris.
Le tableur écrit les nombres de 5 en 5 à partir de 300. S'arrêter à 450.

2. Pour effectuer la division de A1 par 7 dans la cellule B1, saisir la formule : « =A1/7 », puis étirer la formule aux cellules B2, B3… Les nombres cherchés sont les nombres dont le quotient par 7 est entier.

Question b.

Remplacer la formule dans B1 par « =A1/13 » et étirer à nouveau la formule aux cellules B2, B3…

SOLUTION

a. Ci-contre le début des résultats donnés par le tableur. Les nombres cherchés sont : 315 ; 350 ; 385 ; 420.

b. Les nombres cherchés sont : 325 et 390.

	A	B
1	300	42,8571429
2	305	43,5714286
3	310	44,2857143
4	315	45
5	320	45,7142857
6	325	46,4285714

Je m'entraîne

En Grande-Bretagne, la monnaie est la livre sterling. En 2021, une livre sterling vaut 1,15 €. Un voyageur dispose de 15 billets de 20 €. Au moment du change, il obtient uniquement des billets de 10 livres sterling.

À l'aide d'un tableur, détermine la somme en € donnée au guichet.

Utilise une colonne pour les sommes en € et calcule la somme en livres sterling obtenue dans une autre colonne pour repérer un multiple de 10.

↗ CORRIGÉS p. 241

Utiliser les nombres relatifs 8

L'histoire des maths est passionnante : chaque fois que l'être humain s'est retrouvé face à une situation inédite, il a « imaginé » de nouveaux nombres pour compléter la numération.

Le cours

1 Qu'est-ce qu'un nombre relatif ?

▶ Un nombre relatif est composé d'un signe et d'une partie numérique. Un nombre affecté du signe « – » est un **nombre négatif**. Un nombre affecté du signe « + » est un **nombre positif**. Le signe « + » peut être sous-entendu.

EXEMPLES – 11,8 ; –3 et –149,2 sont des nombres relatifs négatifs.
13 ; + 140 ; 18,2 et 1,7 sont des nombres relatifs positifs.
Le nombre 0 est à la fois positif et négatif.

▶ Deux **nombres opposés** (par exemple, –5 et 5) ont la même partie numérique et des signes différents.

2 Pourquoi utiliser les nombres relatifs ?

Un nombre relatif est nécessaire quand les données sont positionnées par rapport à la valeur 0.

EXEMPLE Pour mesurer l'altitude d'un lieu, on utilise les nombres relatifs.
Le niveau de référence est le niveau de la mer : on lui associe le nombre 0.
Au-dessus de 0, les altitudes sont positives.
En dessous, elles sont négatives.

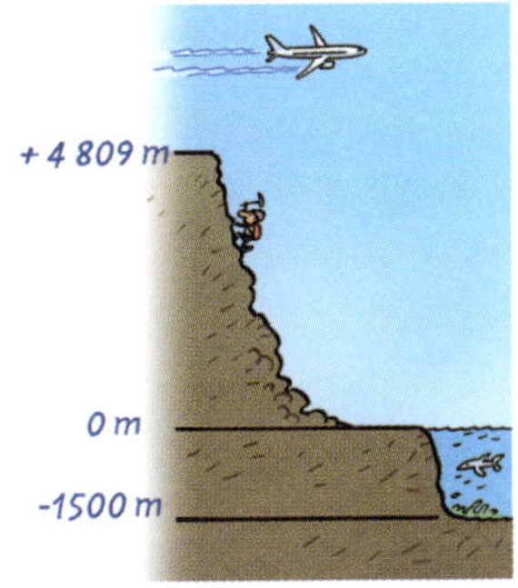

Les méthodes

1 Utiliser les nombres relatifs

Associe à chacun de ces grands mathématiciens un nombre relatif correspondant à son année de naissance :
- Pythagore, né en Grèce en 580 avant J.-C. ;
- Zhang Heng, né en Chine en 78 après J.-C. ;
- Euclide, né en Grèce en 365 avant J.-C. ;
- Descartes, né en France en 1596 après J.-C. ;
- Al-Khwarizmi, né en Perse en 780 après J.-C.

L'année 0 n'existe pas. L'année 1 après J.-C. succède à l'année 1 avant J.-C.

COMMENT FAIRE ?

Si on parle de « avant », on met « – » ; sinon, on met « + » (ou rien).

SOLUTION

580 avant J.-C. : –580 ; 78 après J.-C. : 78 ; 365 avant J.-C. : – 365 ; 1596 après J.-C. : 1596 ; 780 après J.-C. : 780.

2 Se repérer parmi les nombres

–7 ; 0,08 ; –3,4 ; 0 ; – 4 ; 2,7 ; + 4 ; – 8 ; + 17,5.

a. Place ces nombres dans le schéma suivant.

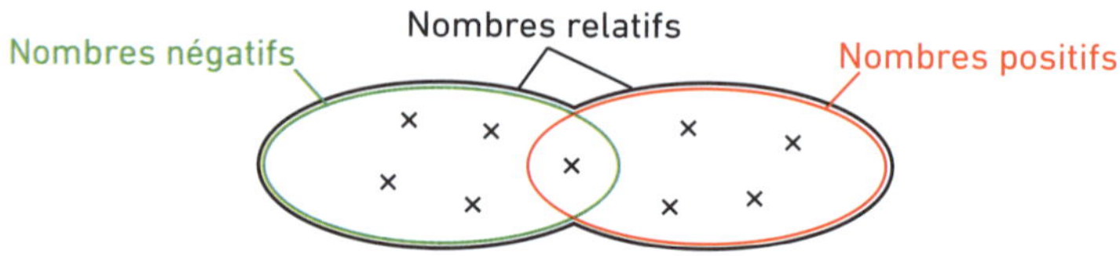

b. Quels sont les deux nombres opposés ?

COMMENT FAIRE ?

Question a. Commencer par repérer les signes de chaque nombre.

SOLUTION

a. 0 fait partie des 2 groupes car il est à la fois positif et négatif.
–7 ; –3,4 ; –4 et –8 sont les 4 nombres strictement négatifs.
0,08 ; 2,7 ; +4 et +17,5 sont les 4 nombres strictement positifs.

b. –4 et +4 sont les deux nombres opposés.

Je m'entraîne

Les températures suivantes sont données en degrés Fahrenheit :

–32 °F ; +3,5 °F ; –11,4 °F ; 0 °F ; 17 °F ;
12,9 °F ; –480 °F ; –3,2 °F ; –17 °F.

1. Pour écrire ces températures, on a utilisé exactement :

- .... nombres entiers relatifs ;
- .... nombres décimaux relatifs ;
- .... nombres décimaux positifs ;
- .... nombres décimaux négatifs ;
- .... nombres entiers positifs.

Un nombre entier est toujours décimal, mais un nombre décimal n'est pas toujours entier.

2. Il y a deux nombres opposés : .... et ....

↗ CORRIGÉS p. 241

Repérer un nombre relatif

9

Sur le même principe que dans la fiche 1, tu peux repérer des points correspondant à des nombres relatifs sur une droite graduée ou dans un repère du plan.

Le cours

Droite graduée et repère du plan

▶ Sur une **droite graduée**, les nombres négatifs sont placés à gauche du zéro et les nombres positifs à droite, dans l'ordre croissant.

▶ L'**origine** O d'un **repère du plan** est à l'intersection de deux axes perpendiculaires.
On repère un point par deux nombres appelés les **coordonnées**.
On les écrit entre parenthèses après le nom du point :
– la 1re coordonnée est le nombre lu sur l'axe horizontal (en bleu) et s'appelle **l'abscisse** ;
– la 2de coordonnée est lue sur l'axe vertical (en rouge) et s'appelle **l'ordonnée**.

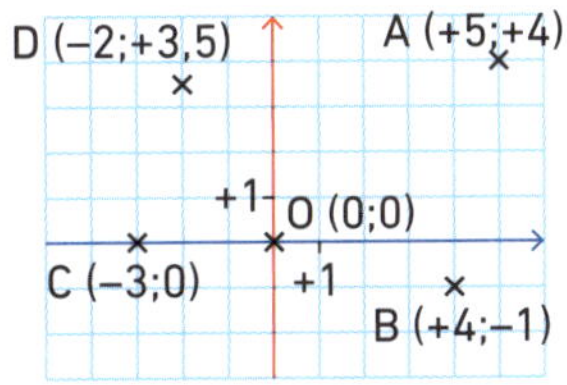

Les méthodes

1 Graduer une droite avec des nombres relatifs

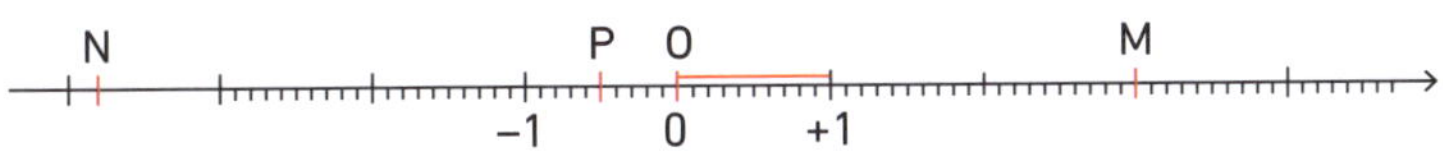

a. Donne l'abscisse de O (........) ; M (........) ; N (........) ; P (........).

b. Place les points A (+ 1) ; B (–3) ; C (4,3) ; D (–1,8) ; E (– 4,2)

COMMENT FAIRE ?

Compléter la graduation si c'est nécessaire, puis lire les abscisses ou placer les points correspondant aux abscisses données.

SOLUTION

a. O (0) ; M (+3) ; N (–3,8) ; P (–0,5).

b.

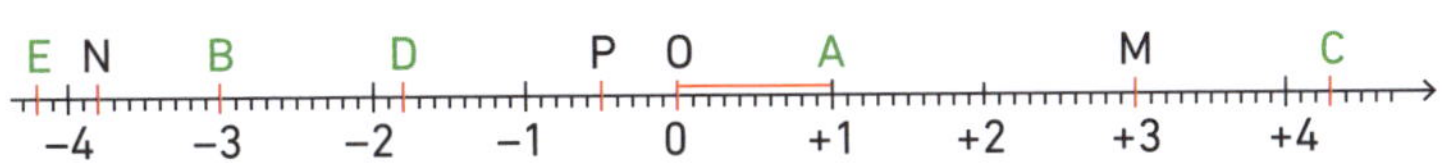

2 Repérer des points dans un repère du plan

Une chasse au trésor est organisée dans un archipel lointain.
Chaque concurrent utilise une carte quadrillée pour se repérer.

a. Trace un repère et place le point B d'abscisse 2 et d'ordonnée 1. C'est là que se trouve la bêche pour déterrer le trésor !

b. Place les points A (2 ; 3) ; C (–4 ; –3) ; D (0 ; 4) ; R (5 ; –3) et S (4 ; –4) .

c. Au milieu du segment [AC] se trouve le point P. Lis ses coordonnées pour récupérer la clé du coffre.

d. Le trésor lui-même se trouve au point T, intersection des deux droites (DS) et (RP). Lis ses coordonnées pour pouvoir l'ouvrir !

COMMENT FAIRE ?

Pour placer un point dont on connaît les coordonnées :

1. Lire la première coordonnée sur l'axe des abscisses (horizontal) et repérer la droite perpendiculaire à l'axe associée à cette valeur.
2. Lire la seconde coordonnée sur l'axe des ordonnées (vertical) et repérer la droite perpendiculaire à l'axe associée à cette valeur.
3. Le point cherché se trouve à l'intersection des deux droites.

SOLUTION

a. et b.

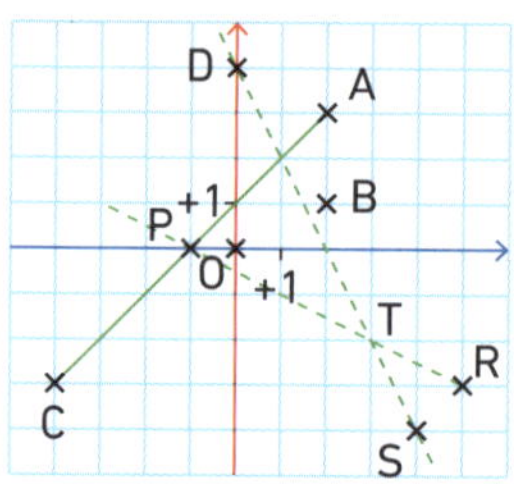

c. P (–1; 0) d. T (3 ; –2)

Je m'entraîne

1. Sur une feuille quadrillée, trace un repère d'origine O avec un carreau pour unité sur chacun des deux axes. Place les points :

A (–4 ; 2) ; B (0 ; 5) ; C (–3 ; –1,5) ; D (1 ; –1) ;
E (3 ; –4,5) ; F (2 ; 0) ; G (6 ; 2).

2. Cite deux points qui ont des abscisses opposées.

3. Cite deux points qui ont des ordonnées égales.

4. Lis les coordonnées de I et J, milieux respectifs de [AB] et [CE].

↗ CORRIGÉS p. 242

Comparer des nombres relatifs 10

Pour comparer des nombres relatifs, il est souvent pratique de penser aux températures : « plus froid » correspond à « plus petit », et « plus chaud » à « plus grand ».

Le cours

1 Règles de comparaison de deux nombres relatifs

▶ Si deux nombres sont **positifs**, le plus grand des deux est celui qui a la plus grande partie numérique.

▶ Si deux nombres sont **négatifs**, le plus grand des deux est celui qui a la plus petite partie numérique.

▶ Si deux nombres ont des **signes différents**, le plus grand des deux est le nombre positif.

EXEMPLES $+11{,}4 > +3{,}1$ $\quad -6{,}13 > -6{,}34$ $\quad +12 > -60{,}3$

2 Ordre croissant

EXEMPLE Tous les nombres négatifs sont plus petits que 0 et tous les nombres positifs sont supérieurs à 0.

$-32 < -26 < -8 < 0 < +26 < 46 < 60$

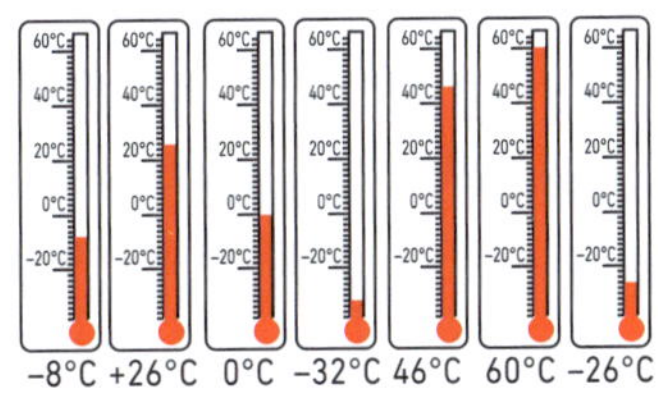

Quand les températures sont rangées de la plus froide à la plus chaude, alors les nombres sont rangés **du plus petit au plus grand** : c'est l'ordre croissant.

Les méthodes

1 Comparer des nombres relatifs

Complète avec < ; > ou =.

–10 .... –1	25 .... –25	4,20 .... +4,2	–1,5 .... –1,4
0 .... –4,3	1,258 .... –1,259	1,909 1,91	–7,62 .... –7,621

COMMENT FAIRE ?

Appliquer les règles de comparaison ci-dessus.

SOLUTION

$-10 < -1$	$25 > -25$	$4{,}20 = +4{,}2$	$-1{,}5 < -1{,}4$
$0 > -4{,}3$	$1{,}258 > -1{,}259$	$1{,}909 < 1{,}91$	$-7{,}62 > -7{,}621$

Les méthodes

1 Additionner et soustraire des nombres relatifs

Effectue les calculs suivants.

$A = (-3) + (+15)$ $C = (-15) + (-28)$ $E = -44 - (+50)$ $G = -52{,}5 + 47{,}5$

$B = (+9) + (-23)$ $D = -7 - (-99)$ $F = -6 - 4$ $H = -10{,}5 - 10{,}5$

COMMENT FAIRE ?

1. Transformer les soustractions en additions de l'opposé.
2. Déterminer le signe du résultat de l'addition.
3. Calculer la partie numérique du résultat.

SOLUTION

$A = 12$ $B = -14$ $C = -43$ $D = -7 + (+99) = 92$

$E = -44 + (-50) = -94$ $F = -10$ $G = -5$ $H = -21$

2 Effectuer une suite de calculs

a. Calcule la suite d'additions : $A = (-15) + 13 + (+3) + (-17) + 8$

b. Calcule la suite d'additions et de soustractions :

$B = (-17) + (-8) - (-20) - (+8) + (-14)$

COMMENT FAIRE ?

Question a. Regrouper les termes négatifs et les termes positifs, puis terminer par l'addition de deux nombres de signes différents.

Question b. Transformer d'abord les soustractions en additions.

SOLUTION

a. $A = (-15) + 13 + (+3) + (-17) + 8$

$A = \underbrace{13 + (+3) + 8}_{} + \underbrace{(-15) + (-17)}_{}$

$A = (+24) + (-32)$ donc $A = -8$

b. $B = (-17) + (-8) - (-20) - (+8) + (-14)$

$B = (-17) + (-8) + (+20) + (-8) + (-14)$

$B = \underbrace{(+20)}_{} + \underbrace{(-8) + (-8) + (-17) + (-14)}_{}$

$B = (+20) + (-47)$ donc $B = -27$

Je m'entraîne

Calcule. $A = 19 - (-4) + (-6{,}8) - (+32) + 11$

$B = -0{,}5 + 12{,}7 - 60{,}5 - 8{,}1 + 2{,}1 - 10{,}5$

↗ CORRIGÉS p. 242

Quiz express 12

MATHS

Vérifie que tu as bien retenu les points clés des **fiches 6 à 11**

Divisibilité et nombres relatifs

1 Reconnaître si un nombre est divisible ou non fiche 6

1. 25 516 est divisible par : ☐ **a.** 2 ☐ **b.** 5 ☐ **c.** 3 ☐ **d.** 9

2. 4 275 est divisible par : ☐ **a.** 2 ☐ **b.** 5 ☐ **c.** 3 ☐ **d.** 9

3. 841 500 est divisible par : ☐ **a.** 2 ☐ **b.** 5 ☐ **c.** 3 ☐ **d.** 9

2 Savoir ce qu'est un nombre premier fiche 6

	Vrai	Faux
1. Il existe un nombre premier divisible par 3.	☐	☐
2. La décomposition en un produit de facteurs premiers de 90 s'écrit 9×10.	☐	☐
3. Il y a une infinité de nombres premiers.	☐	☐
4. Il y a 5 nombres premiers inférieurs ou égaux à 11.	☐	☐

3 Reconnaître des nombres positifs et négatifs fiche 8

On considère les nombres relatifs suivants :

−7 8 −3,4 0 2,7 4 −8 −17,5

☐ **a.** Il y a exactement 3 nombres positifs et 4 nombres négatifs.

☐ **b.** Il y a exactement 4 nombres positifs et 5 nombres négatifs.

☐ **c.** Il y a exactement 4 nombres positifs et 4 nombres négatifs.

4 Connaître le vocabulaire des nombres relatifs fiche 8

−4,57 et +4,57 sont :

☐ **a.** des nombres symétriques ☐ **c.** des nombres opposés

☐ **b.** des nombres égaux ☐ **d.** des nombres contraires

5 Repérer un point sur une droite fiche 9

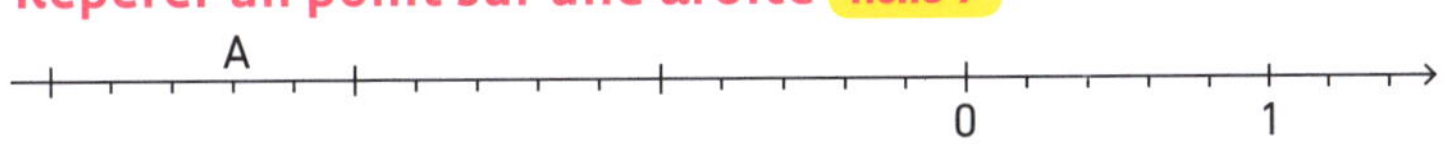

Quelle est l'abscisse du point A sur la droite graduée ?

☐ **a.** −2,2 ☐ **b.** 2,2 ☐ **c.** −1,2 ☐ **d.** −2,4

6 Repérer des points dans un repère du plan fiche 9

Dans un repère, on a placé les points C (–1 ; 2) et D (–3,5 ; –1,5).

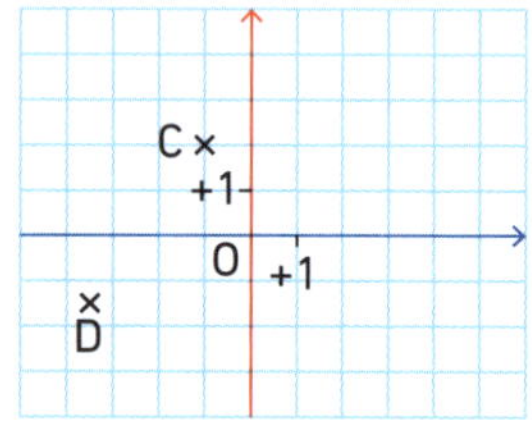

1. Les coordonnées du point C′ symétrique de C par rapport à O sont :

- ❑ **a.** C′(–1 ; –2)
- ❑ **b.** C′(1 ; 2)
- ❑ **c.** C′(1 ; –2)

2. Les coordonnées du point D′ symétrique de D par rapport à l'axe des abscisses sont :

- ❑ **a.** D′(–3,5 ; 1,5)
- ❑ **b.** D′(3,5 ; 1,5)
- ❑ **c.** D′(3,5 ; –1,5)

7 Comparer des nombres relatifs fiche 10

–4,8 ; –1,4 ; –12 ; –12,07 ; 0 ; –4,88 ; –3,8 ; –4,75.

Le plus petit des nombres ci-dessus est :

- ❑ **a.** 0
- ❑ **b.** –12,07
- ❑ **c.** –1,4

8 Additionner et soustraire des nombres relatifs fiche 11

On calcule G = (–24) + (–18) et H = (–24) – (–18).

On trouve :

- ❑ **a.** G = 42 et H = 42
- ❑ **b.** G = –42 et H = 42
- ❑ **c.** G = –42 et H = –6

9 Effectuer une suite de calculs fiche 11

On calcule J = (–10) – (+14) + (–30) – (–24).

On trouve :

- ❑ **a.** J = –78
- ❑ **b.** J = 0
- ❑ **c.** J = –30

ÉNIGME

Tim souhaite offrir des bonbons à ses amis pour son anniversaire. Il essaie de faire des paquets de deux, de trois, ou de cinq, mais il remarque qu'à chaque fois il lui en reste un.

Sachant qu'il en a plus de 50 et moins de 75, combien de bonbons a-t-il en tout ?

S'il reste toujours 1 bonbon, c'est que le nombre qui précède le nombre de bonbons est divisible par 2, par 3 et par 5. De plus, c'est un nombre de 2 chiffres. Ce peut être 30, 60 ou 90. Comme le nombre de bonbons est compris entre 50 et 75, il s'agit de 60. Le nombre de bonbons est donc 61.

↗ Reporte-toi aux CORRIGÉS p. 243 et calcule ton score.

Score : …/20

Reconnaître des fractions égales

13

Les fractions ont plusieurs écritures : une écriture décimale parfois et plusieurs écritures fractionnaires.

Le cours

1 Égalité de fractions

EXEMPLE On a prévu une bouteille de 1 L de soda pour 4 donc chacun boira en moyenne $\frac{1}{4}$ de litre. Il y a 28 participants donc il faut 7 bouteilles. Dire « Chacun boira en moyenne $\frac{7}{28}$ L » revient au même que dire « Chacun boira $\frac{1}{4}$ L » car $\frac{1}{4} = 1 \div 4 = 0{,}25$ et $\frac{7}{28} = 7 \div 28 = 0{,}25$ donc $\frac{1}{4} = \frac{7}{28} = 0{,}25$.

Les deux fractions sont **égales** et ont la même écriture décimale.

Une fraction n'a pas toujours une écriture décimale. Exemple : $\frac{2}{3} = 2 \div 3 \approx 0{,}66...$

2 Reconnaître des fractions égales

▶ Pour tout quotient de a par b (avec $b \neq 0$), on a l'égalité :

$$\frac{a}{b} = \frac{a \times k}{b \times k} \quad (k \neq 0).$$

▶ Pour obtenir une fraction égale à une fraction donnée, on multiplie (ou on divise) le numérateur et le dénominateur par un **même nombre**.

EXEMPLE $\frac{7}{28} = \frac{1 \times 7}{4 \times 7} = \frac{1}{4} = \frac{1 \times 10}{4 \times 10} = \frac{10}{40}$

Les méthodes

1 Effectuer une division (diviseur « à virgule »)

Un timbre vaut 0,76 €. Combien de timbres peut-on acheter avec 9,80 € ? **Pose l'opération et résous le problème.**

COMMENT FAIRE ?

1. Modifier le quotient en multipliant le dividende et le diviseur par un même nombre qui permettra d'obtenir un diviseur entier.
2. Effectuer la division avec le diviseur entier et conclure.

SOLUTION

Grandeur 1	Grandeur 2	Proportion
Nombre de poules naines : 9	Nombre total de poules : $3+7+9=19$	$\frac{9}{19}$
Nombre de poules : $3+7+9=19$	Nombre de volatiles : $3+4+7+3+9=26$	$\frac{19}{26}$
Nombre de canards : 4	Nombre de volatiles blancs : $3+4+3=10$	$\frac{4}{10}=\frac{40}{100}$ soit 40 %

2 Calculer et simplifier une proportion

Tim construit une maison en blocs de couleurs type Lego : il a utilisé 16 briques bleues pour le sol, 54 briques jaunes pour les murs, 27 briques vertes pour les trois fenêtres, 13 briques blanches pour la porte et 40 briques rouges pour le toit. **Calcule et simplifie :**

a. la proportion de briques pour les ouvertures (fenêtres et porte) ;

b. la proportion de briques correspondant aux ouvertures par rapport aux briques des murs.

COMMENT FAIRE ?

Quand ce n'est pas précisé, la grandeur 2 correspond au groupe complet.

SOLUTION

a. En tout, il y a : 16 + 54 + 27 + 13 + 40 soit 150 briques.

$\frac{27+13}{150}=\frac{40}{150}=\frac{4}{15}$. Il y a 4 briques sur 15 pour les ouvertures.

b. La proportion de briques correspondant aux ouvertures par rapport aux murs est de $\frac{27+13}{54}=\frac{40}{54}=\frac{2\times 20}{2\times 27}=\frac{20}{27}$.

Je m'entraîne

Léa et Tim se lancent un défi : faire le meilleur milkshake !
Léa mélange 50 g de fraises Tagada, 75 g de glace à la fraise, 35 g de sucre blanc et 190 g de lait. Tim mixe 35 g de Nutella, 106 g de glace au café, 18 g de sucre roux, 26 g de sucre blanc et 215 g de lait.

Quel milkshake a la plus grande proportion en sucre (blanc ou roux) ?

↗ CORRIGÉS p. 244

Additionner et soustraire des fractions

16

« Ma mère a peint les 2/3 de ma chambre et mon frère en a peint 1/4. Ont-ils peint toute ma chambre ? »
Pour répondre, tu dois déterminer si 2/3 + 1/4 est égal à 1.

Le cours

1 Somme de deux fractions

▶ Si les fractions ont le **même dénominateur**, on additionne les numérateurs et on conserve le dénominateur commun :
$\frac{a}{b}+\frac{c}{b}=\frac{a+c}{b}$ (avec $b \neq 0$).

EXEMPLE $A=\frac{2}{15}+\frac{7}{15}=\frac{2+7}{15}=\frac{9}{15}$ et, en simplifiant, $A=\frac{3\times 3}{5\times 3}=\frac{3}{5}$.

▶ Si les fractions ont des **dénominateurs différents** et qu'un des dénominateurs est un multiple de l'autre, on utilise l'égalité $\frac{a}{b}=\frac{a\times k}{b\times k}$ (avec $b \neq 0$ et $k \neq 0$) pour écrire les fractions avec le même dénominateur, puis on applique la règle précédente.

2 Différence de deux fractions

▶ Si les fractions ont le **même dénominateur**, on soustrait les numérateurs et on conserve le dénominateur commun : $\frac{a}{b}-\frac{c}{b}=\frac{a-c}{b}$ (avec $b \neq 0$).

▶ Si les fractions ont des **dénominateurs différents**, et qu'un des dénominateurs est un multiple de l'autre, on écrit les fractions avec le même dénominateur, puis on applique la règle précédente.

Les méthodes

1 Additionner ou soustraire des fractions

Calcule la somme A de 5, $\frac{2}{7}$ et $\frac{3}{7}$ puis la différence B de $\frac{17}{24}$ et $\frac{5}{8}$.

Donne les résultats sous la forme de fractions simplifiées.

COMMENT FAIRE ?

1. Écrire les fractions avec le même dénominateur.
2. Additionner ou soustraire les numérateurs, puis simplifier si possible.

SOLUTION

- $5 = \frac{5}{1}$, donc $A = 5 + \frac{2}{7} + \frac{3}{7} = \frac{5 \times 7}{1 \times 7} + \frac{2}{7} + \frac{3}{7} = \frac{35 + 2 + 3}{7} = \frac{40}{7}$
- $24 = 8 \times 3$, donc :

$$B = \frac{17}{24} - \frac{5}{8} = \frac{17}{24} - \frac{5 \times 3}{8 \times 3} = \frac{17 - 15}{24} = \frac{2}{24} = \frac{2 \times 1}{2 \times 12} = \frac{1}{12}$$

2 Résoudre un problème d'addition et de soustraction

Une mosaïque est composée de $\frac{4}{7}$ de pièces grises, de $\frac{5}{21}$ de pièces blanches et de pièces beiges.

a. Quelle fraction du nombre total de pièces représente l'ensemble des pièces blanches et grises ?

b. Quelle fraction du nombre total de pièces représentent les pièces beiges ?

COMMENT FAIRE ?

Question b. Soustraire le résultat précédent à 1 car la « totalité » est toujours représentée par le nombre 1.

SOLUTION

a. On choisit le dénominateur 21 car 21 est un multiple de 7.

$$\frac{4}{7} + \frac{5}{21} = \frac{4 \times 3}{7 \times 3} + \frac{5}{21} = \frac{12 + 5}{21} = \frac{17}{21}$$

Les pièces grises et blanches représentent $\frac{17}{21}$ du total des pièces.

b. $1 - \frac{17}{21} = \frac{1 \times 21}{1 \times 21} - \frac{17}{21} = \frac{4}{21}$

Les pièces beiges représentent $\frac{4}{21}$ du total des pièces.

Je m'entraîne

C'est l'anniversaire de Caroline. Elle a demandé à ses amis de se déguiser. $\frac{1}{12}$ des invités sont venus avec un costume complet (veste, pantalon, masque et chapeau), $\frac{2}{3}$ des invités ont juste mis un masque et $\frac{1}{4}$ des invités sont venus avec seulement un chapeau sur la tête.

1. Quelle est la fraction des invités qui portent au moins un masque ?
2. Quelle est la fraction des invités qui portent au moins un chapeau ?
3. Tous les invités sont-ils arrivés déguisés ?

↗ CORRIGÉS p. 244

Tester une égalité

17

En mathématiques, une égalité peut être vraie ou fausse. Qu'est-ce que cela signifie ?

Le cours

Test d'une égalité, équation

▶ Une égalité s'écrit sous la forme de deux expressions (le **premier membre** et le **second membre**) séparées par le symbole =.
Elle peut être vraie ou fausse.

EXEMPLE Voici trois égalités :

- $23 + 5 = 4 \times 7$: comme $28 = 28$, elle est toujours vraie.
- $13 + 7 \times 5 = 60$: comme $48 \neq 60$, elle est toujours fausse.
- $5 + 3x = 14$: elle n'est vraie que pour certaines valeurs de x.

La dernière égalité, dans laquelle apparaît un nombre inconnu représenté par la lettre x, est une **équation à une inconnue**. Les valeurs pour lesquelles l'égalité est vraie sont les **solutions de l'équation**.

▶ **Tester une égalité**, c'est chercher à savoir si elle est vraie ou fausse.

Les méthodes

1 Tester une égalité et repérer une solution d'équation

a. Teste l'égalité $5 + 2x = 6x - 3$ pour ces valeurs de x : 0 ; 1 ; 2 ; 3 et 5.
b. Parmi ces valeurs, laquelle est une solution de l'équation $5 + 2x = 6x - 3$?

COMMENT FAIRE ?

Calculer séparément les deux membres de l'égalité en remplaçant x par chaque valeur proposée, puis comparer les deux résultats obtenus.

SOLUTION

a.

Valeur de x	0	1	2	3	5
Valeur de $5 + 2x$	5	7	9	11	15
Valeur de $6x - 3$	–3	3	9	15	27
Test de l'égalité : $5 + 2x = 6x - 3$	F	F	V	F	F

b. L'égalité est vraie pour $x = 2$ donc 2 est une solution de l'équation.

2 Tester une égalité avec un tableur

a. À l'aide d'un tableur, teste l'égalité $4x + 9 = 9x - 8$ pour les valeurs entières de x allant de -10 à $+10$. Montre qu'il n'existe pas de valeur entière de x pour laquelle l'égalité est vérifiée.

b. Teste l'égalité pour des valeurs intermédiaires de x bien choisies pour déterminer la solution de l'équation $4x + 9 = 9x - 8$.

COMMENT FAIRE ?

Question a.

1. Dans la cellule A2, entrer la valeur « –10 » pour x puis, dans la cellule A3, la valeur « –9 ». Sélectionner ces deux cellules, puis étirer jusqu'en A22 pour obtenir les valeurs de –10 à +10 avec un pas de 1.
2. Dans la cellule B2, taper la formule « =4*A2+9 » et l'étirer jusqu'en B22. De même, taper la formule « =9*A2–8 » dans la cellule C2 et l'étirer jusqu'en C22.

SOLUTION

	A	B	C
1	Valeur de x	Valeur de $4x+9$	Valeur de $9x-8$
2	3	21	19
3	3,1	21,4	19,9
4	3,2	21,8	20,8
5	3,3	22,2	21,7
6	3,4	22,6	22,6
7	3,5	23	23,5

a. Il n'y a pas de valeur de x entière pour laquelle on a $4x + 9 = 9x - 8$.
Pour $x \leqslant 3$ on a $4x + 9 > 9x - 8$ et pour $x \geqslant 4$ on a $4x + 9 < 9x - 8$.
Donc la valeur de x cherchée est comprise entre 3 et 4.

b. Je modifie les valeurs de x en choisissant un pas de 0,1 entre 3 et 4.
On a ci-dessus le début des résultats donnés par le tableur.
Je peux voir que pour $x = 3{,}4$ on a $4x + 9 = 9x - 8 = 22{,}6$.

Je m'entraîne

1. Souligne l'égalité qui permet d'exprimer qu'un hexagone de côté x et un carré de côté $x + 3$ ont le même périmètre :

$6x = x + 12$ $\quad$ $6x = 4x + 12$ $\quad$ $6 + x = 4 + x + 3$ $\quad$ $6x = 4x + 3$

2. Teste l'égalité choisie pour $x = 2$; $x = 4$ et $x = 6$.
Pour quelle valeur de x les deux polygones ont-ils le même périmètre ?

↗ CORRIGÉS p. 244

Quiz express 18

Vérifie que tu as bien retenu les points clés des **fiches 13 à 17**

Fractions et calcul littéral

1 Trouver une fraction égale à un décimal fiche 13

Parmi les fractions suivantes, laquelle est égale à 0,18 ?

❑ **a.** $\frac{1}{8}$ ❑ **b.** $\frac{9}{50}$ ❑ **c.** $\frac{5}{30}$

2 Reconnaître des fractions égales fiche 13

Quelle est l'égalité correcte ?

❑ **a.** $\frac{1+2}{1+6} = \frac{2}{6}$ ❑ **b.** $\frac{2}{1{,}5} = \frac{4}{6}$ ❑ **c.** $\frac{2{,}7}{3} = \frac{9}{10}$

3 Écrire une fraction fiche 13

Quelle fraction d'heure simplifiée représentent 25 minutes ?

❑ **a.** $\frac{25}{60}$ ❑ **b.** $\frac{2{,}5}{6}$ ❑ **c.** $\frac{5}{12}$

4 Calculer un quotient fiche 13

Le quotient exact de 60,71 par 0,13 est égal à :

❑ **a.** 467 ❑ **b.** 46,7 ❑ **c.** 4,67

5 Utiliser l'écriture fractionnaire pour comparer fiche 14

1. Parmi ces fractions, laquelle est la plus petite ?

❑ **a.** $\frac{7}{15}$ ❑ **b.** $\frac{4}{5}$ ❑ **c.** $\frac{1}{3}$

2. Parmi ces fractions, laquelle est la plus grande ?

❑ **a.** $\frac{7}{15}$ ❑ **b.** $\frac{7}{2}$ ❑ **c.** $\frac{5}{4}$

6 Placer des points fiche 14

Sur la droite graduée, place les points : $A\left(\frac{1}{3}\right)$; $B\left(\frac{4}{3}\right)$ et $C\left(\frac{7}{4}\right)$.

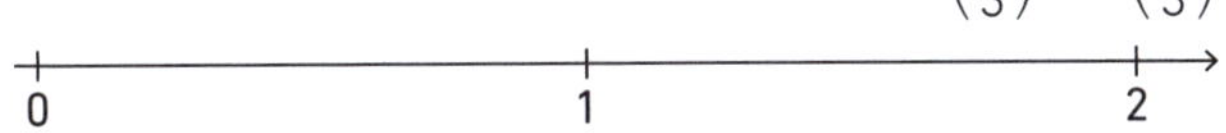

7 Résoudre un problème de proportion fiche 15

Dans un sac A, on place 18 billes rouges et 12 billes blanches.
Dans un sac B, on place 14 billes rouges, 15 billes jaunes et 11 billes vertes.

1. Quelle est la proportion de billes rouges dans le sac A ?

❑ **a.** $\frac{18}{12}$ ❑ **b.** $\frac{18}{30}$ ❑ **c.** $\frac{12}{30}$

2. Combien de billes jaunes faut-il remplacer par des billes rouges dans le sac B pour avoir la même proportion de billes rouges dans les deux sacs ?

❑ **a.** 10 ❑ **b.** 4 ❑ **c.** 6

8 Additionner ou soustraire des fractions fiche 16

On donne $A = \frac{19}{21} - \frac{4}{7}$ et $B = 9 + \frac{5}{9}$.

1. ❑ **a.** $A = \frac{15}{14}$ ❑ **b.** $A = \frac{7}{21}$ ❑ **c.** $A = \frac{2}{7}$

2. ❑ **a.** $B = \frac{86}{9}$ ❑ **b.** $B = \frac{14}{9}$ ❑ **c.** $B = \frac{14}{9}$

9 Tester une égalité fiche 17

L'égalité $(10 + 3) \times (9 - 5) = 10 + 3 \times 9 - 5$ est : ❑ **a.** vraie ❑ **b.** fausse

10 Tester les solutions d'une équation fiche 17

Pour quelle valeur du nombre *x* l'égalité $5x + 43 = 78$ est-elle vérifiée ?

❑ **a.** 35 ❑ **b.** 30 ❑ **c.** 7

ÉNIGME

Je suis une fraction plus petite que $\frac{14}{9}$ mais plus grande que 1.
Je peux être simplifiée par 3.
La différence entre mon numérateur et mon dénominateur est égale à 3. **Qui suis-je ?**

Une réponse possible est la fraction $\frac{12}{9}$ car on a bien $\frac{14}{9} > \frac{12}{9} > \frac{9}{9}$ et $12 - 9 = 3$
et, enfin, on peut simplifier $\frac{12}{9}$ par 3 (on obtient $\frac{4}{3}$).

↗ Reporte-toi aux CORRIGÉS p. 245 et calcule ton score.

Score : .../12

Calculer un coefficient de proportionnalité

Les situations de proportionnalité sont très présentes dans notre quotidien : prix, vitesse, recette de cuisine…

Le cours

1 Situation de proportionnalité

EXEMPLE Antoine achète 5 stylos identiques. Il paye 7 € au total.

▶ Cette situation est une **situation de proportionnalité** car le prix à payer est proportionnel au nombre de stylos achetés.

▶ Le **coefficient de proportionnalité** est le nombre qui permet de calculer le prix total à payer selon la quantité de stylos achetés.

Ici, il correspond au prix d'un stylo : $\frac{7}{5} = 1,40$ €.

▶ On peut construire un **tableau de proportionnalité.**

Nombre de stylos	5	×1,40
Prix en €	7	

2 Calcul d'un cœfficient de proportionnalité

EXEMPLE Un athlète court à une vitesse constante.

Nombre de tours de piste	4	3
Temps de parcours en min	24	18

$\frac{24}{4} = \frac{18}{3} = 6$. Le coefficient de proportionnalité est 6. L'athlète fait un tour en 6 minutes.

Les méthodes

1 Déterminer un coefficient de proportionnalité

Pour préparer 8 muffins, il faut 100 g de chocolat.

Calcule le coefficient de proportionnalité qui permet d'obtenir la masse de chocolat connaissant le nombre de muffins.

COMMENT FAIRE ?

Construire un tableau de proportionnalité, puis effectuer le quotient d'une valeur de la 2de ligne par la valeur qui lui correspond sur la 1re ligne.

SOLUTION

La masse de chocolat est proportionnelle au nombre de muffins car la masse de chocolat varie en fonction du nombre de muffins.

Nombre de muffins	8
Masse de chocolat en g	100

$\dfrac{100}{8} = 12{,}5$

Ce coefficient de proportionnalité correspond à la masse de chocolat (en g) nécessaire pour préparer un muffin.

2 Utiliser un coefficient de proportionnalité

Maëliss a remarqué que, en buvant la même quantité de jus de fruits chaque matin, un litre de jus de fruits lui permet de prendre 4 petits-déjeuners. **Combien de petits-déjeuners pourra-t-elle prendre avec 7,75 L de jus de fruits ?**

COMMENT FAIRE ?

1. Vérifier si la situation est une situation de proportionnalité.
2. Calculer le coefficient de proportionnalité.
3. Calculer le nombre manquant, appelé quatrième proportionnelle → FICHE 20.

SOLUTION

1. La quantité de jus de fruits consommée est proportionnelle au nombre de petits-déjeuners pris.

2. $4 \div 1 = 4$. Le coefficient de proportionnalité est 4.

Quantité de jus de fruit en L	1	7,75
Nombre de petits-déjeuners	4	?

(× 4)

3. $7{,}75 \times 4 = 31$

Avec 7,75 L, Maëliss pourra prendre 31 petits-déjeuners.

Je m'entraîne

Pour une sortie scolaire, il est prévu 5 accompagnateurs pour 60 élèves. Le nombre d'accompagnateurs est proportionnel au nombre d'élèves.

1. Construis un tableau et calcule le coefficient de proportionnalité.
2. Que représente ce coefficient de proportionnalité ?
3. Finalement, 7 accompagnateurs sont disponibles. Combien d'élèves est-il possible d'emmener en plus ?

↗ CORRIGÉS p. 246

Calculer une quatrième proportionnelle

20

MATHS

Il y a trois manières au moins de calculer une quatrième proportionnelle. Les connais-tu ?

Le cours

1 Quand calculer une quatrième proportionnelle ?

EXEMPLE Dans un lot de 4 yaourts, il y a 50 g de sucre. On cherche la masse de sucre contenue dans 12 yaourts.
C'est une **situation de proportionnalité** : le nombre de yaourts et la masse de sucre sont proportionnels.

Nombre de yaourts	4	12
Masse de sucre en g	50	?

Le nombre manquant est la **quatrième proportionnelle**.

2 Quels outils utiliser pour la calculer ?

▶ On peut utiliser les **propriétés de linéarité** de la proportionnalité.

EXEMPLE Dans l'exemple précédent, on recherche la quantité de sucre contenue dans trois fois plus de yaourts que ce que l'on connaît. Donc il y a trois fois plus de sucre. Il y a 150 g de sucre dans 12 yaourts.

▶ On peut aussi utiliser un **coefficient de proportionnalité** → MÉTHODE 1 ou bien le **retour à l'unité** → MÉTHODE 2.

Les méthodes

1 Compléter un tableau de proportionnalité

Le nombre de chansons téléchargées sur Internet et le prix à payer sont proportionnels. 6 chansons coûtent 4,14 €.

a. Combien coûtent 8 chansons ?

b. Combien coûtent 14 chansons ?

c. Combien de chansons peut-on acheter avec 6,90 € ?

COMMENT FAIRE ?

1. Regrouper les informations dans un tableau.
2. Déterminer les valeurs manquantes en utilisant un coefficient de proportionnalité ou les propriétés de linéarité de la proportionnalité.

6 Calculer une longueur à partir d'une échelle fiche 21

À l'aide d'un microscope de grossissement « × 400 », la cellule observée mesure 2,4 cm de diamètre.

Son diamètre réel est :

❑ **a.** 0,06 mm ❑ **b.** 0,96 cm ❑ **c.** 0,006 mm

7 Appliquer un pourcentage fiche 22

Dans un collège de 340 élèves, 45 % d'entre eux sont demi-pensionnaires.

Le nombre d'élèves demi-pensionnaires est :

❑ **a.** 45 ❑ **b.** 153 ❑ **c.** inférieur à 170

8 Calculer un pourcentage fiche 22

Dans une classe de 25 élèves, il y a 15 élèves qui pratiquent un sport en club.

Le pourcentage d'élèves qui pratiquent un sport en club est :

❑ **a.** 60 % ❑ **b.** 0,6 % ❑ **c.** environ 1,7 %

9 Appliquer un pourcentage de réduction fiche 22

Une console de jeux vidéo coûte 160 €.
Son prix est réduit de 25 %.

Son nouveau prix est : ❑ **a.** 135 € ❑ **b.** 40 € ❑ **c.** 120 €

10 Calculer à partir d'un pourcentage fiche 22

Dans un morceau de chocolat, il y a 24 g de sucre.

Sachant que ce chocolat est composé de 40 % de sucre, la masse du morceau est :

❑ **a.** 9,6 g ❑ **b.** 60 g ❑ **c.** 30,6 g

ÉNIGME

△ + □ = 6
△ + △ + □ + □ + □ = 17

Que valent les nombres △ et □ ?

Si on multiplie par 2 l'égalité △ + □ = 6, on a : △ + □ + △ + □ = 12.
Dans le premier membre de cette nouvelle égalité, il y a un carré de moins que dans le premier membre de l'égalité △ + △ + □ + □ + □ = 17.
Donc □ = 17 − 12 = 5 et △ = 1.

↗ **Reporte-toi aux CORRIGÉS p. 247 et calcule ton score.**

Score : .../12

Lire et interpréter un tableau de données

24

De nombreuses données sont présentées sous forme de tableau. Comment en extraire des informations utiles ?

Le cours

1 Tableau de données

Pour une lecture facile, les données d'une série de valeurs sont souvent présentées dans un tableau. L'**effectif** d'une valeur est le nombre de fois où cette valeur apparaît dans la série.

EXEMPLE On a pesé les cartables des élèves d'une classe de 5e.

Masse du cartable en kg	2	3	4	5
Nombre d'élèves	2	7	15	1

Dans ce tableau, on lit, par exemple, que 7 élèves ont un cartable dont la masse est 3 kg. 7 est l'effectif correspondant à la masse 3 kg.

2 Effectif total et effectif manquant

▶ Connaissant les effectifs de chaque valeur d'une série, il est possible de calculer l'**effectif total**, c'est-à-dire la somme de tous les effectifs.

EXEMPLE Dans l'exemple précédent, l'effectif total est 25 car :
$2 + 7 + 15 + 1 = 25$.

▶ Connaissant l'effectif total d'une série, il est possible de déterminer l'**effectif manquant** d'une valeur → MÉTHODE 2.

Les méthodes

1 Construire un tableau de données

On demande à des élèves le nombre de fois où ils sont allés au cinéma au cours des six derniers mois. Voici les résultats :
0 ; 5 ; 2 ; 3 ; 2 ; 1 ; 0 ; 0 ; 0 ; 3 ; 6 ; 8 ; 1 ; 2 ; 4 ; 5 ; 1 ; 0 ; 0 ; 4 ; 0 ; 1 ; 1 ; 1 ; 2 ; 4.

Présente ces données dans un tableau.

COMMENT FAIRE ?

Déterminer les différentes valeurs de la série et le nombre de fois où elles apparaissent (leur effectif), puis les regrouper dans un tableau.

SOLUTION

Les réponses données par les élèves sont : 0 ; 1 ; 2 ; 3 ; 4 ; 5 ; 6 ; 8.

Nombre de séances de cinéma	0	1	2	3	4	5	6	8
Nombre d'élèves	7	6	4	2	3	2	1	1

2 Calculer un effectif manquant

Un boulanger veut vérifier si ses baguettes ont une masse proche de 250 g. Pour cela, il décide de peser 20 baguettes.

Il a regroupé les résultats dans ce tableau, mais il a oublié de remplir une des cases.

Calcule le nombre de baguettes dont la masse est inférieure à 250 g.

Masse en g	245	250	255	260
Nombre de baguettes	?	10	6	2

COMMENT FAIRE ?

1. Déterminer l'effectif total.
2. Calculer l'effectif manquant en soustrayant l'effectif (connu) de chaque valeur à l'effectif total.

SOLUTION

1. Le boulanger pèse 20 baguettes, donc l'effectif total est 20.
2. 20 – (10 + 6 + 2) = 20 – 18 = 2

Donc 2 baguettes ont une masse inférieure à 250 g.

Je m'entraîne

On note le nombre de buts marqués par chacun des 14 joueurs d'une équipe de football (remplaçants compris) lors des cinq derniers matchs.

Les résultats sont donnés dans le tableau suivant.

Nombre de buts marqués	0	1	2	3
Nombre de joueurs	8	2	?	1

1. Combien de joueurs ont marqué deux buts ?
2. Quel est le nombre total de buts marqués ?

Question 1. L'effectif total des joueurs est donné dans l'énoncé.

↗ CORRIGÉS p. 248

Calculer des fréquences

25

MATHS

Fréquence cardiaque, fréquence de passage d'un bus... la fréquence est aussi un indicateur utile pour étudier une série statistique.

Le cours

1 Fréquence

▶ La **fréquence** d'apparition d'une valeur donne une indication sur le nombre de fois où cette valeur apparaît par rapport au nombre total de valeurs dans la série considérée. C'est un nombre compris entre 0 et 1.

▶ Calculer la fréquence d'une valeur revient à calculer le **quotient** de l'effectif de cette valeur par l'effectif total.

EXEMPLE Dans une classe de 25 élèves, 8 élèves ont obtenu la note 14/20 au dernier devoir de mathématiques.

L'effectif de la note 14 est 8 et l'effectif total est 25.

$\frac{8}{25}$ est alors la fréquence d'apparition de la note 14.

2 Les différentes écritures d'une fréquence

Une fréquence peut s'exprimer sous forme d'une **fraction** mais aussi d'une **écriture décimale** (valeur exacte ou approchée) ou d'un **pourcentage**.

EXEMPLE Dans l'exemple précédent, on a : $\frac{8}{25} = 0{,}32 = \frac{32}{100}$.

La fréquence d'apparition de la note 14 peut s'écrire : « $\frac{8}{25}$ » ; « 0,32 » ou « 32 % des élèves de la classe ».

Les méthodes

1 Calculer une fréquence sous forme d'un décimal

Un chercheur étudie le nombre de taches sur le dos des coccinelles :

- 5 coccinelles possèdent 2 taches ;
- 7 coccinelles, 3 taches ;
- 15 coccinelles, 7 taches ;
- 3 coccinelles, 22 taches.

Quelle est la fréquence des coccinelles possédant 22 taches ?

COMMENT FAIRE ?

Lire les effectifs sur l'axe des ordonnées (gradué ici de 2 en 2).

SOLUTION

a. 8 personnes ont consacré ce budget à l'achat de jeux vidéo.

b. Les différents effectifs sont 5 ; 8 et 7. Puisque $5 + 8 + 7 = 20$, l'effectif total est 20, donc 20 parents ont été interrogés.

c. Le rectangle le plus grand correspond à l'effectif le plus élevé. Ainsi la classe « entre 50 € et 100 € » a l'effectif le plus élevé.

2 Dresser un tableau des effectifs à partir d'un histogramme

Cet histogramme donne la répartition des tomates d'un producteur en fonction de leur masse.

Réalise le tableau des effectifs correspondant.

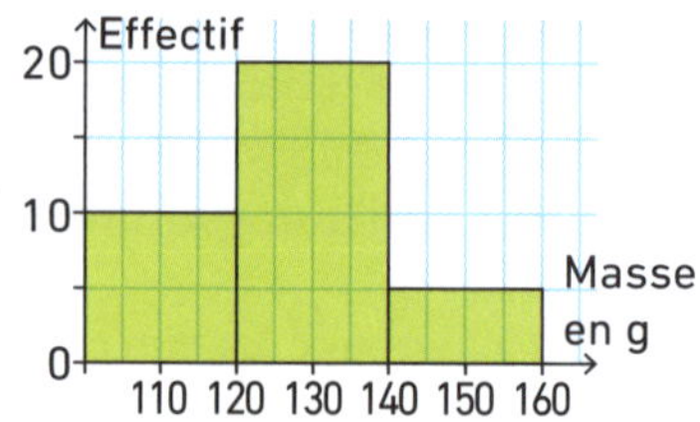

COMMENT FAIRE ?

1. Déterminer les différentes classes.
2. Déterminer les effectifs correspondant à chaque classe.

SOLUTION

Masse en g	entre 100 et 120 (120 exclu)	entre 120 et 140 (140 exclu)	entre 140 et 160 (160 exclu)
Effectif	10	20	5

Je m'entraîne

À l'entrée d'un parc d'attractions, on demande aux visiteurs leur âge. On représente les résultats par un histogramme.

1. Combien de visiteurs interrogés ont 40 ans ou plus ?

2. Quel est le pourcentage de visiteurs ayant moins de 20 ans ?

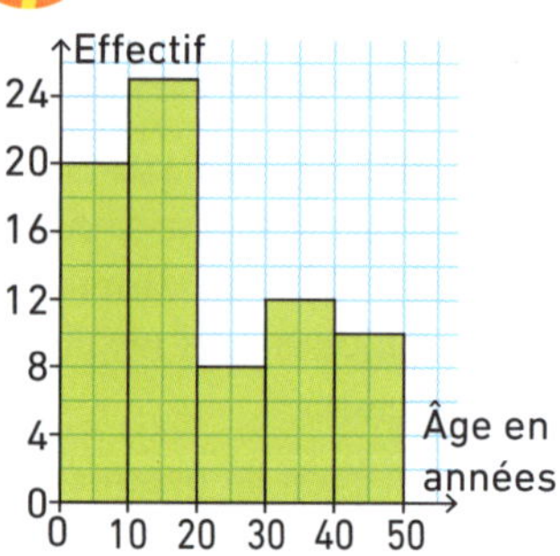

Pense à déterminer l'effectif concerné afin de calculer la fréquence en pourcentage.

↗ CORRIGÉS p. 248

Calculer une moyenne

27

Tu sais certainement calculer la moyenne de tes notes.
Saurais-tu calculer d'autres moyennes ?

Le cours

Calcul d'une moyenne

▶ La **moyenne** d'une série est le quotient de la somme des valeurs par l'effectif total.

EXEMPLE Voici les performances (en s) réalisées sur 100 m par un élève lors de ses cinq premières séances d'EPS :

15 s ; 15 s ; 14 s ; 14 s ; 13 s.

$$\frac{15+15+14+14+13}{5}=14{,}2$$

La moyenne de ses performances est 14,2 s. C'est le temps qu'il aurait réalisé s'il avait toujours couru à la même vitesse.

▶ On peut calculer la moyenne d'une série avec un tableur grâce à la **fonction MOYENNE**.

EXEMPLE Un chef d'entreprise utilise un tableur pour calculer le salaire moyen de ses employés (en €).
Il tape la formule suivante dans la cellule G1 pour calculer la moyenne des valeurs notées dans les cellules A1, B1, C1, D1, E1 et F1.

	A	B	C	D	E	F	G
1	1500	1450	1650	1550	1700	1750	=MOYENNE(A1:F1)

Le tableur donne la valeur 1 600 dans la cellule G1.
Donc le salaire moyen des employés est 1 600 €.

Les méthodes

1 Calculer une moyenne

Un randonneur se rend en montagne pendant 4 jours.
Il note chaque jour la distance (en km) qu'il a parcourue.

Jour	lundi	mardi	mercredi	jeudi
Distance en km	12	9,1	11	8,3

Quelle est la distance moyenne parcourue par ce randonneur ?

COMMENT FAIRE ?

Déterminer l'effectif total, puis appliquer la formule de la moyenne.

SOLUTION

Il y a 4 jours ; l'effectif total de la série est 4.

$\frac{12+9{,}1+11+8{,}3}{4} = 10{,}1$. La distance moyenne parcourue est 10,1 km, ce qui signifie que, s'il avait parcouru la même distance chaque jour, chaque randonnée aurait été de 10,1 km.

2 Calculer une moyenne avec un tableur

Voici les températures (en °C) relevées à 17 h à Nantes pendant une semaine : 16 ; 18 ; 12 ; 13 ; 14 ; 13 ; 12.

À l'aide d'un tableur, calcule la température moyenne de la semaine.

COMMENT FAIRE ?

1. Reporter les valeurs dans une feuille de calcul d'un tableur.
2. Utiliser la fonction MOYENNE.

SOLUTION

	A	B	C	D	E	F	G	H
1	16	18	12	13	14	13	12	=MOYENNE(A1:G1)

Le tableur donne la valeur 14 dans la cellule H1.
Donc la température moyenne est 14 °C.

Je m'entraîne

Un professeur de mathématiques utilise un tableur pour calculer les moyennes de ses élèves à la fin d'un trimestre. Voici la feuille de calcul correspondante pour deux élèves : Mohammed et Emma.

	A	B	C	D	E	F	G
1	**Devoir**	Devoir1	Devoir2	Devoir3	Devoir4	Devoir5	Moyenne
2	**Mohammed**	15	17,5	13,5	10	12	
3	**Emma**	18	14	12	10	11	

1. Quelle formule le professeur a-t-il saisie dans la cellule G2 ?

2. Détermine lequel des élèves aura la moyenne la plus élevée.

3. Le professeur décide d'intégrer la note d'un sixième devoir dans la moyenne du trimestre. Mohammed a obtenu la note 14/20, et Emma la note 13/20. Leurs moyennes du trimestre vont-elles changer ?

↗ CORRIGÉS p. 248

Représenter graphiquement des données

28

MATHS

Pour représenter des données, plusieurs types de graphiques sont utilisés. Lesquels connais-tu ?

Le cours

Diagramme en bâtons et diagramme circulaire

EXEMPLE En début d'année, le professeur principal demande l'âge de chaque élève d'une classe de 5e. Il représente la répartition des âges des élèves à l'aide d'un diagramme en bâtons (à gauche) et par un diagramme circulaire (à droite).

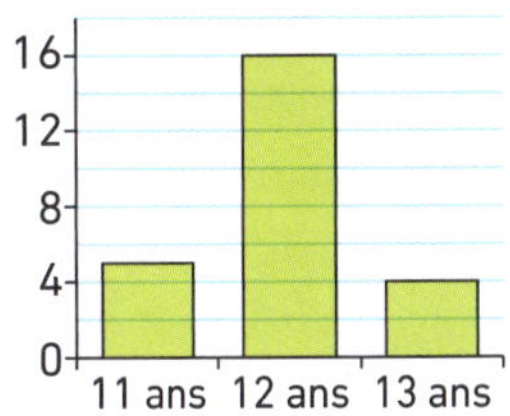

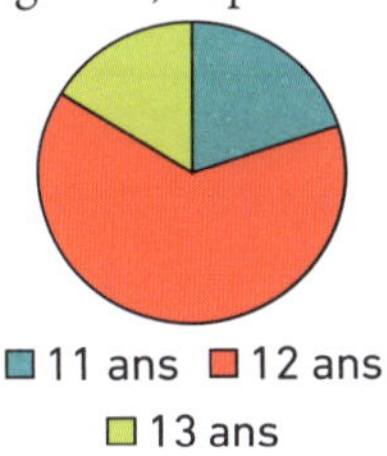

On lit que : 5 élèves ont 11 ans ; 16 élèves, 12 ans et 4 élèves, 13 ans.

Les méthodes

1 Construire un diagramme circulaire

Lors des élections municipales, M. Thé a obtenu 45 % des voix, et Mme Café 35 % des voix.
Les autres candidats ont obtenu le reste des voix.
Représente ces résultats par un diagramme circulaire.

COMMENT FAIRE ?

1. Calculer les angles correspondant aux pourcentages des voix en utilisant éventuellement un tableau de proportionnalité → FICHE 20.
2. Tracer le diagramme circulaire à l'aide d'un rapporteur.

SOLUTION

Candidats	M. Thé	Mme Café	Autres candidats	Total
Pourcentage des voix	45	35	100 – (45 + 35) = 20	100
Angle en degrés	45 × 3,6 = 162	35 × 3,6 = 126	20 × 3,6 = 72	360

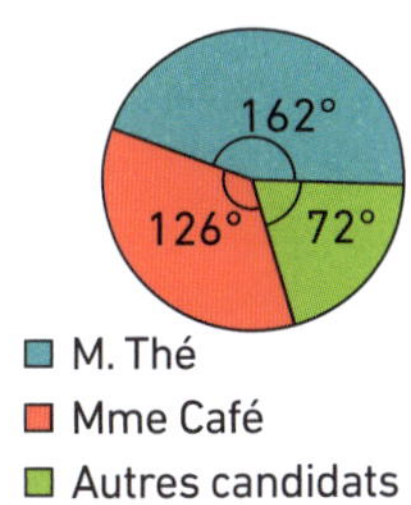

SOLUTION

Deux issues sont possibles : « pile » ou « face ».
Même si Titouan a déjà obtenu plusieurs fois la même issue, chacune des issues a toujours la même chance de se réaliser. Ainsi, la probabilité d'obtenir « face » au 4e lancer est toujours $\frac{1}{2} = 0,5$.

2 Calculer la probabilité d'un événement

Fatou lance un dé (non truqué) à 6 faces et regarde le nombre du dessus.
Quelle est la probabilité de l'événement « Obtenir un multiple de 3 » ?

COMMENT FAIRE ?

1. Déterminer toutes les issues possibles de l'expérience aléatoire.
2. Déterminer parmi toutes les issues celles qui sont favorables.
3. Calculer la probabilité qui est égale à $\frac{\text{nombre d'issues favorables}}{\text{nombre d'issues possibles}}$.

SOLUTION

1. Fatou peut obtenir les nombres : 1, 2, 3, 4, 5 ou 6.
Donc, il y a 6 issues possibles (1 ; 2 ; 3 ; 4 ; 5 ; 6).
2. 3 et 6 sont les seuls multiples de 3 parmi toutes les issues, donc il y a 2 issues favorables (3 et 6) à l'événement « Obtenir un multiple de 3 ».
3. La probabilité cherchée est donc $\frac{2}{6} = \frac{1}{3}$.

Je m'entraîne

Romain et Ali achètent chacun un sachet de friandises à la boulangerie. Le mélange est identique dans chaque sachet. Ils y trouvent : un bonbon à la fraise, un au cola, un au citron, un au caramel, un au chocolat, un à la réglisse ainsi qu'un chewing-gum à la fraise et un au cola.
Chacun des enfants pioche une friandise au hasard dans son sachet.

1. Quelle est la probabilité que Romain pioche une friandise au goût de fruits ?

2. Romain n'aime pas le cola et Ali n'apprécie pas le goût de fruits. Avant de piocher une friandise, ils s'échangent les friandises qu'ils n'aiment pas. Quelle est la probabilité qu'Ali pioche une friandise au cola ?

Il faut d'abord déterminer les nouvelles issues possibles et les issues favorables à l'événement.

↗ CORRIGÉS p. 249

Quiz express 30

Vérifie que tu as bien retenu les points clés des **fiches 24 à 29**

Traitement de données et probabilités

1 Lire un tableau fiche 24

À la fin du 1er trimestre, Lisa a compté le nombre d'évaluations qu'elle a effectuées dans chaque matière.

Nombre d'évaluations	2	3	4	5	7
Nombre de matières	3	1	3	1	2

❑ **a.** Lisa a eu 3 évaluations dans 4 matières.

❑ **b.** Aucune matière n'a eu qu'une seule évaluation.

❑ **c.** Lisa a eu 2 évaluations dans 3 matières.

2 Interpréter un tableau fiche 24

Le CPE note le nombre d'absents par jour dans une classe de 5e pendant un mois.

Nombre d'absents	0	1	2	3
Nombre de jours	10	7	1	2

L'effectif total est : ❑ **a.** 6 ❑ **b.** 20 ❑ **c.** 26

3 Calculer une fréquence fiche 25

70 élèves sont venus ce jour au CDI du collège.
Parmi eux, 14 ont consulté une revue.

La fréquence, en pourcentage, des élèves qui ont consulté une revue est : ❑ **a.** 20 % ❑ **b.** 5 % ❑ **c.** 9,8 %

4 Interpréter un histogramme fiche 26

On interroge un groupe d'adolescents sur la somme d'argent de poche donnée par leurs parents chaque mois. On représente les résultats à l'aide de l'histogramme ci-contre.

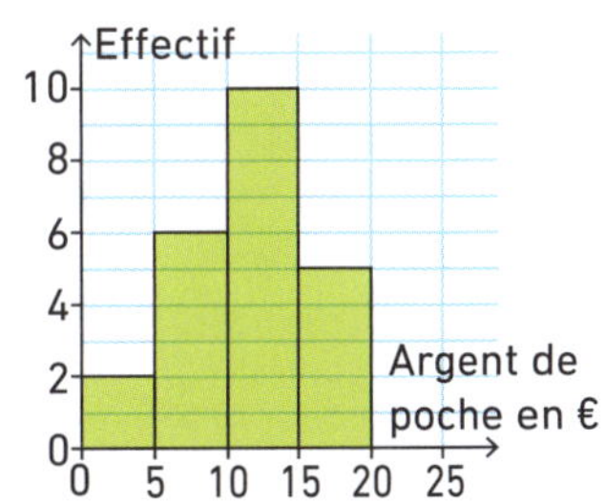

Parmi eux, le nombre d'adolescents recevant moins de 10 € est :

❑ **a.** 8 ❑ **b.** 6 ❑ **c.** 2

5 Calculer une moyenne à l'aide d'un tableur fiche 27

Chaque mois, John et Lou saisissent leurs consommations de téléphone en minutes dans une feuille de calcul d'un tableur.

	A	B	C	D	E	F
1	**Mois**	Janvier	Février	Mars	Avril	**Moyenne**
2	**Consommation en min pour John**	150	114	95	72	
3	**Consommation en min pour Lou**	130	98	85	103	

Pour calculer la consommation moyenne de John, il faut taper en F2 :

❑ **a.** =MOYENNE(B2:E2)

❑ **b.** =MOYENNE(B3:E3)

❑ **c.** =MOYENNE(150:72)

6 Représenter graphiquement des données fiche 28

Un météorologue a compté 143 jours de pluie pendant une année de 365 jours. Il représente la répartition des jours de pluie (en bleu) et des jours sans pluie (en rose) par un diagramme circulaire.

Ce diagramme est :

❑ **a.** 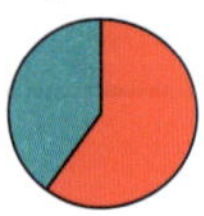

❑ **b.** 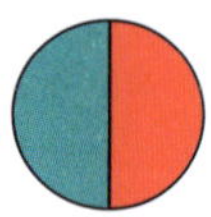

❑ **c.** 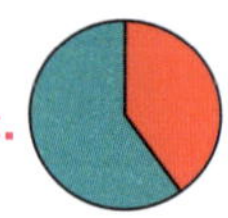

7 Calculer une probabilité fiche 29

À la cantine, Lucas hésite entre des petits pois, des pâtes, du riz ou des haricots. Il décide de prendre une assiette au hasard.

La probabilité qu'il prenne des haricots est :

❑ **a.** 0,25 ❑ **b.** $\frac{1}{3}$ **c.** $\frac{1}{4}$

ÉNIGME

En 4 matchs de basketball, Enzo a marqué en moyenne 10 points. Il se souvient avoir marqué 12 points au 1er match, 8 points au 3e et 10 points au 4e. **Combien de points a-t-il marqués au 2e match ?**

Soit □ le nombre de points marqués au 2e match. Il a marqué 10 points en moyenne, donc il a marqué 40 points sur les 4 matchs. On a alors 12 + □ + 8 + 10 = 40. Donc 30 + □ = 40 donc □ = 10. Il a marqué 10 points au 2e match.

↗ Reporte-toi aux CORRIGÉS p. 250 et calcule ton score.

Score : .../9

Calculer un périmètre

31

Comment calculer le périmètre d'un terrain de football, la longueur d'un tour de stade ou la circonférence d'une planète... ?

Le cours

1 Définition

- Le périmètre d'une figure est la **longueur de son contour**.
- Il s'exprime en **unités de longueur** (km, hm, dam, m, dm, cm, mm).

2 Formules de périmètre

Rectangle

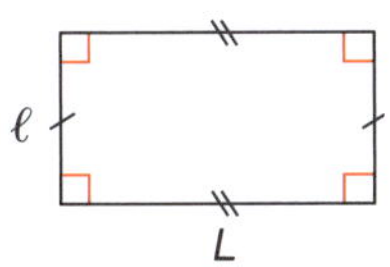

$P = 2 \times (L + \ell)$

Carré

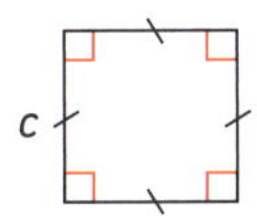

$P = 4 \times c$

Triangle quelconque

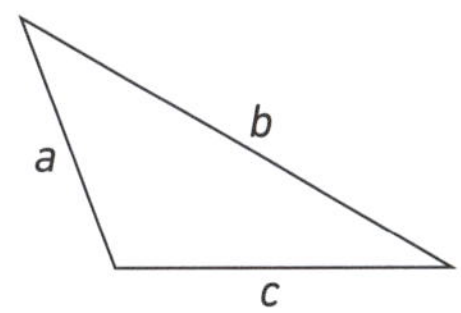

$P = a + b + c$

Triangle équilatéral

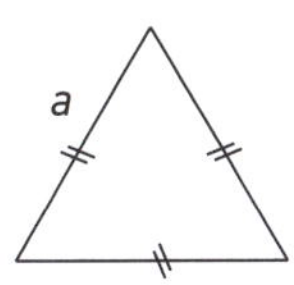

$P = 3 \times a$

Cercle

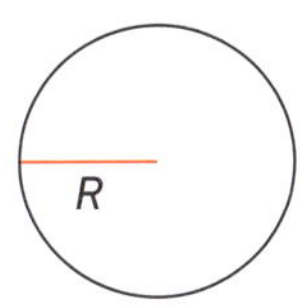

$P = 2 \times \pi \times R$

Les méthodes

1 Comparer des périmètres

À l'aide d'un compas et d'une règle non graduée, compare les périmètres des deux figures ci-contre.

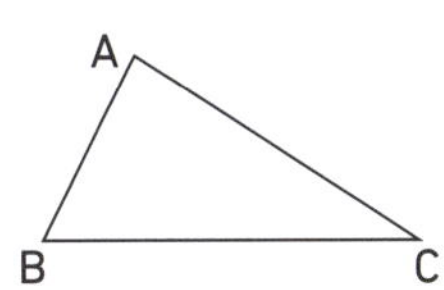

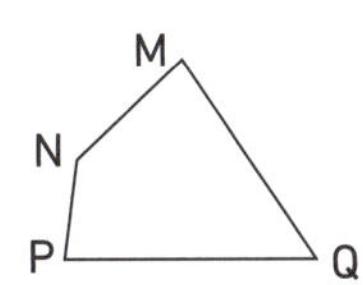

COMMENT FAIRE ?

Reporter bout à bout la longueur des côtés de chaque figure sur une demi-droite.

SOLUTION

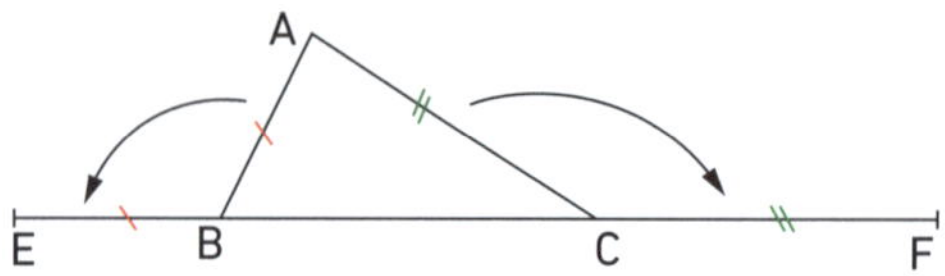

périmètre de ABC = AB + BC + CA = EB + BC + CF = EF

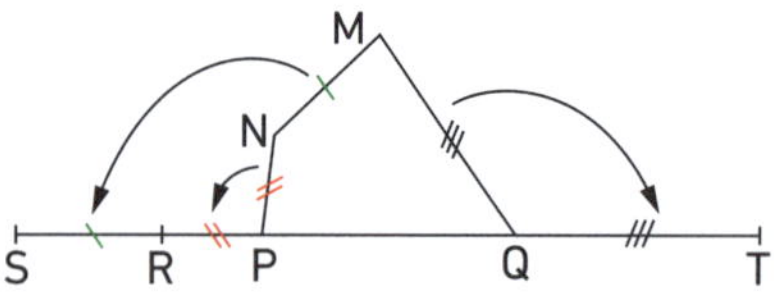

périmètre de MNPQ = MN + NP + PQ + QM
= SR + RP + PQ + QT = ST

À l'aide du compas, je constate que EF > ST donc le périmètre du triangle ABC est supérieur à celui du quadrilatère MNPQ.

2 Résoudre un problème de périmètre

La longueur du côté d'un triangle équilatéral mesure 16 cm. Un octogone régulier a le même périmètre que ce triangle équilatéral.

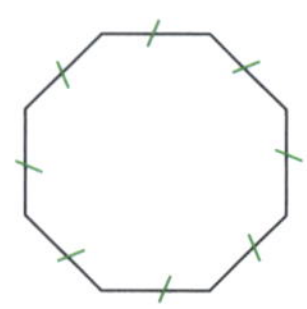

Quelle est la longueur d'un côté de l'octogone ?

COMMENT FAIRE ?

1. Calculer le périmètre du triangle équilatéral.
2. Penser au nombre de côtés d'un octogone (un octogénaire a 80 ans !).

SOLUTION

1. Le périmètre du triangle est de $3 \times 16 = 48$ cm.
2. Un octogone a 8 côtés :
$48 \div 8 = 6$ donc la longueur d'un côté de l'octogone est de 6 cm.

Je m'entraîne

On veut installer un grillage autour d'un champ rectangulaire de longueur 120 m et de largeur 90 m.

On veut laisser une ouverture de 2 m de large dans ce grillage.

Quelle longueur de grillage doit-on prévoir ?

Calcule d'abord le périmètre du champ sans tenir compte de l'ouverture.

↗ CORRIGÉS p. 250

32 Calculer une aire

Sais-tu calculer l'aire de ta chambre ou celle d'un terrain de football ?

Le cours

1 Définition

▶ L'aire est la **mesure d'une surface**, c'est-à-dire son étendue.

EXEMPLES Ton bureau a une surface rectangulaire d'aire 0,5 m^2 ; la France a une superficie (ou aire) de 643 801 km^2.

▶ Une aire s'exprime en **unités d'aire** (km^2, hm^2, dam^2, m^2, dm^2, cm^2, mm^2 ; ou généralement ha, a, pour les terres agricoles).
1 m^2 est l'aire d'un carré de 1 m de côté.

2 Formules d'aire

Rectangle

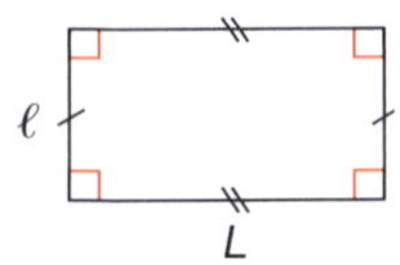

$A = L \times \ell$

Carré

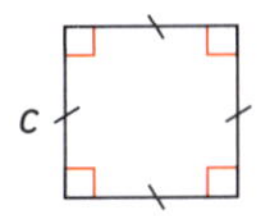

$A = c \times c = c^2$

(c^2 se lit « c au carré »)

Parallélogramme

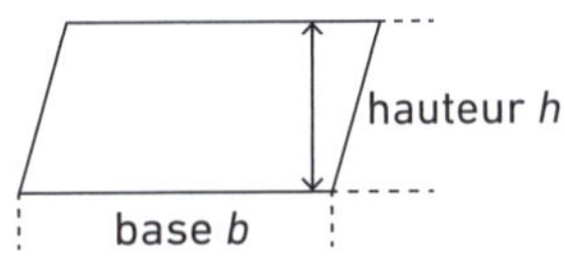

$A = b \times h$

Triangle rectangle

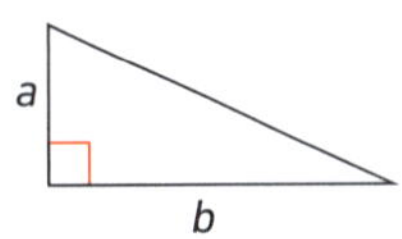

$$A = \frac{a \times b}{2} = (a \times b) \div 2$$

Triangle quelconque

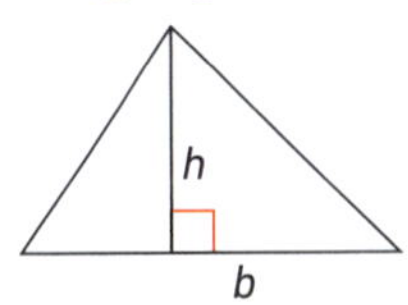

$$A = \frac{b \times h}{2} = (b \times h) \div 2$$

Disque

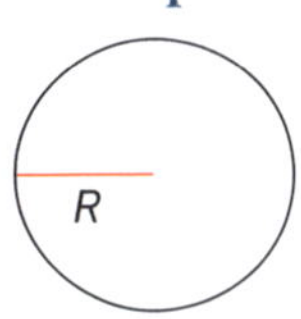

$$A = \pi \times R \times R = \pi \times R^2$$

COMMENT FAIRE ?

Il y a plusieurs méthodes possibles :

1. représenter la situation par un schéma ;
2. passer par la soustraction.

SOLUTION

1. *Méthode avec un schéma*

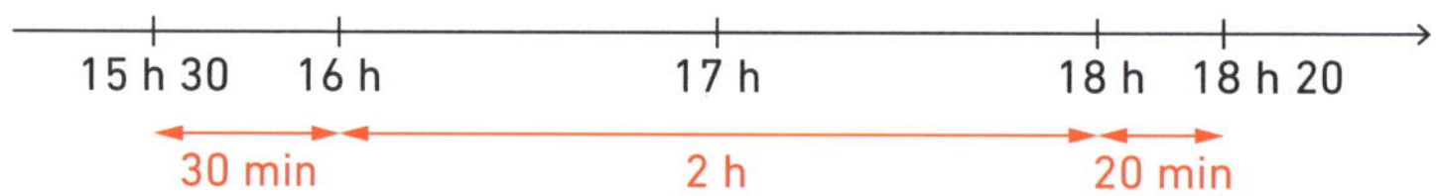

durée totale du match = 30 min + 2 h + 20 min = 2 h 50 min

2. *Méthode en passant par la soustraction*

Je cherche à effectuer la soustraction suivante :
durée totale du match = 18 h 20 min – 15 h 30 min.

Comme 20 min < 30 min, je ne peux pas soustraire directement les minutes. Donc je dois d'abord transformer la soustraction :
– en retirant 1 h à 18 h 20 min ;
– en ajoutant 60 min à 17 h 20 min.

J'obtiens :
18 h 20 min = 18 h 20 min – 1 h + 60 min = 17 h 80 min.

Maintenant, je peux effectuer la soustraction.

	17 h	80 min
	↑	↑
–	1 h ⟶	+ 60 min
	↑	↑
	~~18~~ h	~~20~~ min
–	15 h	30 min
	....	....

	17 h	80 min
–	15 h	30 min
	2 h	50 min

durée totale du match = 17 h 80 min – 15 h 30 min = 2 h 50 min

Je m'entraîne

Sur un circuit automobile de Formule 1, un pilote a effectué un tour de circuit en 1 min et 19 s.

Quel temps a-t-il mis, en roulant à cette vitesse, pour effectuer 4 tours ?

Convertis les secondes en minutes si le résultat est supérieur à 60.

↗ CORRIGÉS p. 251

Effectuer des changements d'unité

36

« Autrefois le Rat de ville / Invita le Rat des champs » mais l'un mesurait les aires en mètres carrés, tandis que l'autre les mesurait en hectares. Sais-tu faire le lien entre ces deux unités ?

Le cours

1 Unités de longueur

▶ L'unité de longueur du système international est le **mètre** (m).

▶ Dans le tableau de conversion des unités de longueur (m, cm…), on met **1 chiffre par colonne**. Chaque unité est 10 fois plus petite que l'unité supérieure et 10 fois plus grande que l'unité inférieure.

EXEMPLES 1 hm = 0,1 km 1 hm = 10 dam

un décimètre = un dixième de mètre = 1 dm = 1/10 m = 0,1 m

un centimètre = un centième de mètre = 1 cm = 1/100 m = 0,01 m

un millimètre = un millième de mètre = 1 mm = 1/1 000 m = 0,001 m

2 Unités d'aire

▶ Dans le tableau de conversion des unités d'aire (m^2, cm^2…), on met **2 chiffres par colonne**. Chaque unité est 100 fois plus petite que l'unité supérieure et 100 fois plus grande que l'unité inférieure.

EXEMPLES 1 m^2 = 0,01 dam^2 1 m^2 = 100 dm^2

▶ Les **unités agraires** sont l'hectare (ha), l'are (a) et le centiare (ca).

1 ha = 1 hm^2 = 10 000 m^2 1 a = 1 dam^2 = 100 m^2 1 ca = 1 m^2

3 Unités de volume et de capacité

▶ Dans le tableau de conversion des unités de volume (m^3, dm^3…), on met **3 chiffres par colonne**. Chaque unité est 1 000 fois plus petite que l'unité supérieure.

EXEMPLES 1 m^3 = 0,001 dam^3 1 m^3 = 1 000 dm^3

Unités d'aire : m^2 donc 2 chiffres par colonne. Unités de volume : m^3 donc 3 chiffres par colonne.

▶ Mais, attention, dans le tableau de conversion des unités de capacité (L, dL…), on met **1 chiffre par colonne**.

▶ La formule qui fait le lien entre unités de volume et de capacité est :

$$1 \text{ L} = 1 \text{ dm}^3$$

7 Comparer deux volumes fiche 34

Soit un cylindre de rayon 10 cm et de hauteur 3 cm. On double son rayon et sa hauteur. **Son volume est alors multiplié par :**

❑ **a.** 8 ❑ **b.** 4 ❑ **c.** 2

8 Calculer une somme de durées fiche 35

La somme de 2 h 53 min et 5 h 47 min est égale à :

❑ **a.** 8 h ❑ **b.** 8 h 40 min ❑ **c.** 7 h 40 min

9 Résoudre un problème de durée fiche 35

Un train part de Paris à 8 h 38 et arrive à Nice à 14 h 15.

La durée de ce trajet Paris-Nice en train est de :

❑ **a.** 6 h 23 min

❑ **b.** 5 h 23 min

❑ **c.** 5 h 37 min

10 Convertir dans une autre unité fiche 36

La longueur d'une piscine olympique est un nombre entier de mètres compris entre 0,492 hm et 0,0503 km.

Quelle est cette longueur ?

❑ **a.** 49 m ❑ **b.** 49,8 m ❑ **c.** 50 m

11 Comparer des aires fiche 36

Voici deux aires de terrain : $E = 0{,}42$ ha et $F = 415\,000$ dm^2.

Si on compare *E* et *F*, on obtient :

❑ **a.** $E < F$ ❑ **b.** $E > F$ ❑ **c.** $F < E$

ÉNIGME

Soit un carré de côté 8 cm.
On double la longueur de son côté.
L'aire du nouveau carré est-elle le double de l'aire du carré de départ ?

L'aire du carré de départ est de 8 × 8 = 64 cm². Si on double le côté, sa mesure devient égale à 2 × 8 cm soit 16 cm. L'aire du nouveau carré est (8 × 2) × (8 × 2) = (8 × 8) × 2 × 2 = (8 × 8) × 4 = 64 × 4, donc l'aire du nouveau carré n'est pas le double de celle de départ, mais le quadruple.

↗ Reporte-toi aux CORRIGÉS p. 252 et calcule ton score.

Score : .../12

Représenter un parallélépipède rectangle 39

Comment représenter un solide en trois dimensions sur une feuille en deux dimensions ?

Le cours

Parallélépipède rectangle et perspective cavalière

▶ Un parallélépipède rectangle est un **solide** dont toutes les faces sont des rectangles. Il est composé de six faces, de douze arêtes et de huit sommets.

Un cube est un parallélépipède rectangle dont toutes les faces sont des carrés.

▶ Pour représenter un parallélépipède rectangle sur un plan, on peut utiliser la **perspective cavalière**. Dans cette représentation :
– les arêtes cachées sont en pointillés ;
– seules les faces avant et arrière sont représentées par des rectangles ;
– les arêtes latérales sont plus petites que dans la réalité ;
– les arêtes parallèles dans la réalité sont représentées par des arêtes parallèles ;
– les arêtes de même longueur dans la réalité sont représentées par des arêtes de même longueur.

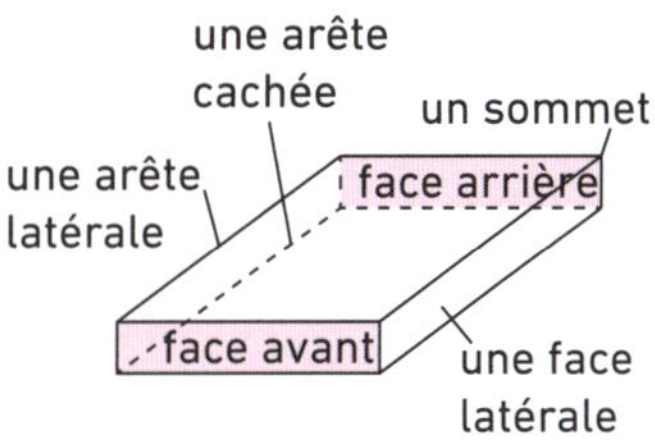

Les méthodes

1 Utiliser la perspective cavalière

Complète le parallélépipède rectangle ci-contre représenté en perspective cavalière.

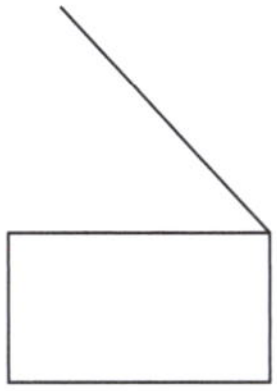

COMMENT FAIRE ?

1. Construire la face arrière, identique à la face avant, avec les arêtes cachées en pointillés.
2. Tracer les trois arêtes parallèles à l'arête latérale donnée, avec l'arête cachée en pointillés.

SOLUTION

1. 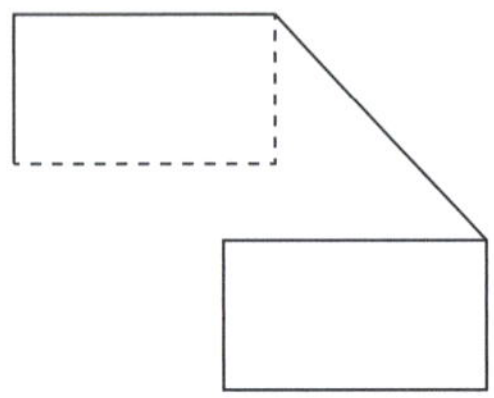

2. 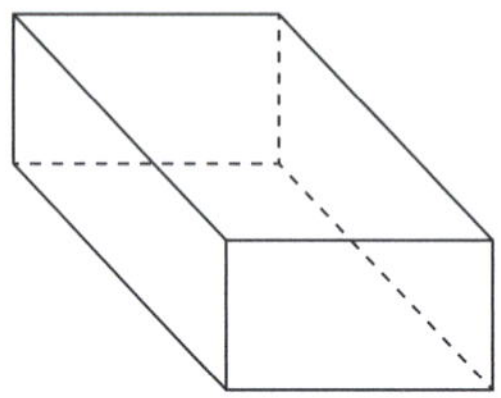

2 Reproduire une face latérale en vraie grandeur

Jeanne décore la boîte dessinée ci-contre.

Pour cela, elle découpe des bandes de papier de différentes couleurs et les colle sur chacune des faces du parallélépipède rectangle.

Dessine en vraie grandeur les faces MLSP et JTPM.

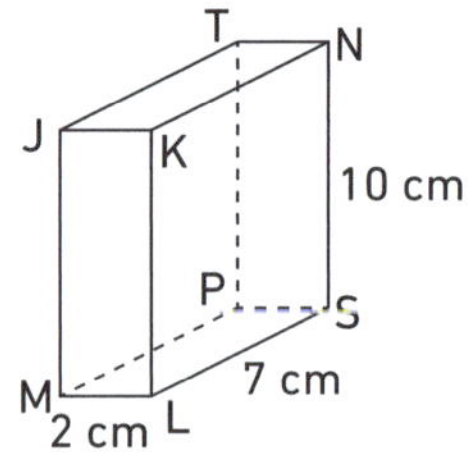

COMMENT FAIRE ?

Utiliser les propriétés suivantes du parallélépipède :
– toutes les faces sont des rectangles ;
– les arêtes parallèles ont la même longueur.

SOLUTION

Les arêtes parallèles ont la même longueur, donc on a :
ML = PS = TN = JK = 2 cm ; JM = KL = NS = TP = 10 cm
et LS = MP = JT = KN = 7 cm.
La face MLSP est un rectangle de longueur 7 cm et de largeur 2 cm.
La face JTPM est un rectangle de longueur 10 cm et de largeur 7 cm.

Je m'entraîne

Dans le parallélépipède rectangle ABCDEFGH suivant, on sait que :
AB = 6 cm ; FG = 1 cm et AE = 8 cm.

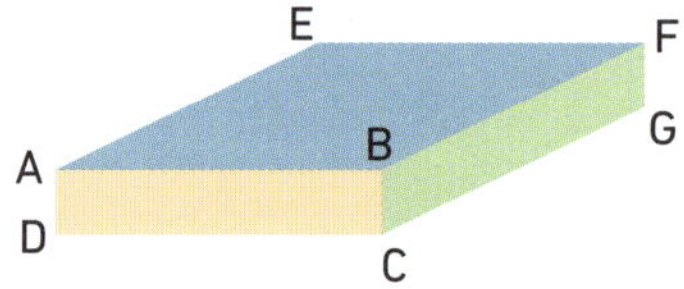

Complète le dessin pour que le solide soit représenté en perspective cavalière, puis construis les faces EFGH et DCGH en vraie grandeur.

↗ CORRIGÉS p. 253

Construire un patron d'un parallélépipède rectangle 40

En 6e, tu as déjà fabriqué le patron d'un parallélépipède. Mais, saurais-tu trouver tous les patrons possibles d'un même solide ?

Le cours

Patron d'un parallélépipède rectangle

▶ Un patron est une figure géométrique plane qui, une fois pliée, permet de **fabriquer un solide**.

EXEMPLE Le patron suivant, une fois plié, permet de fabriquer un parallélépipède rectangle.

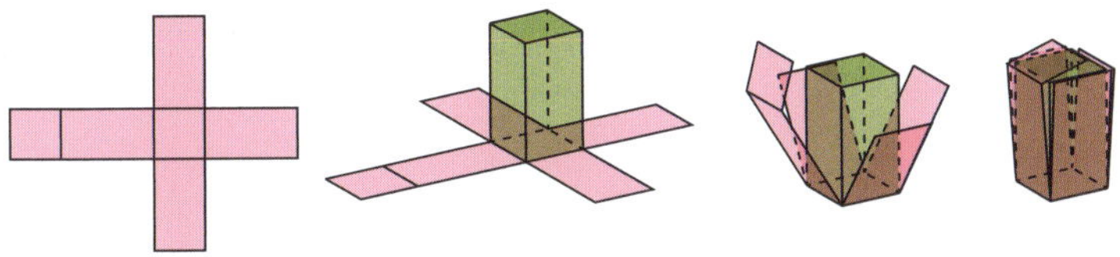

▶ Dans un **patron d'un parallélépipède rectangle** :
– toutes les faces sont dessinées en vraie grandeur ;
– les faces opposées sont des rectangles de mêmes dimensions ;
– les côtés des rectangles se rejoignant par pliage pour former une arête ont la même longueur.

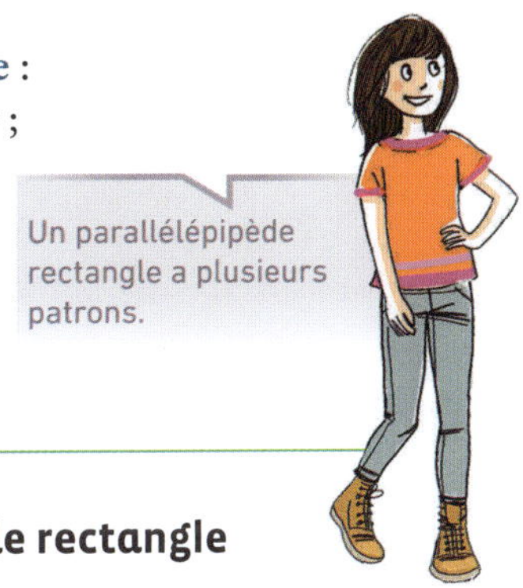

Les méthodes

1 Construire le patron d'un parallélépipède rectangle

Construis le patron de ce parallélépipède rectangle.

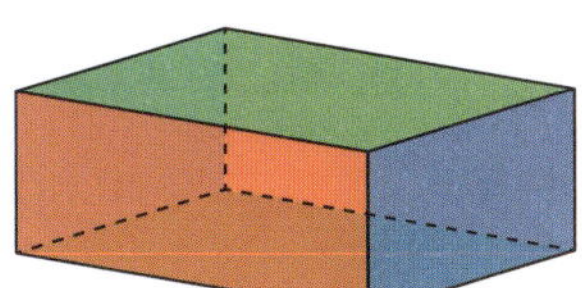

COMMENT FAIRE ?

1. Commencer par tracer une des six faces. Toutes les faces doivent être tracées en vraie grandeur.
2. Tracer les quatre faces qui ont une arête commune avec la première face.
3. Terminer en traçant la face opposée à la première face tracée.

SOLUTION

Les figures suivantes sont à l'échelle 1/4.

1.

2.

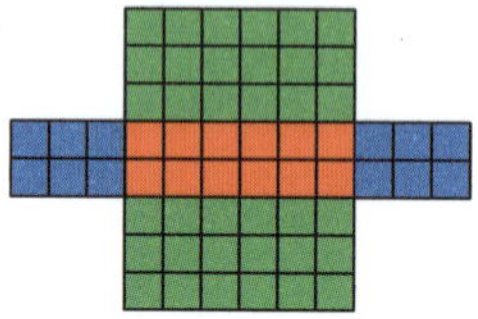

3.

2 Construire plusieurs patrons pour un même solide

Complète cette figure de trois manières pour obtenir trois patrons différents d'un parallélépipède rectangle.

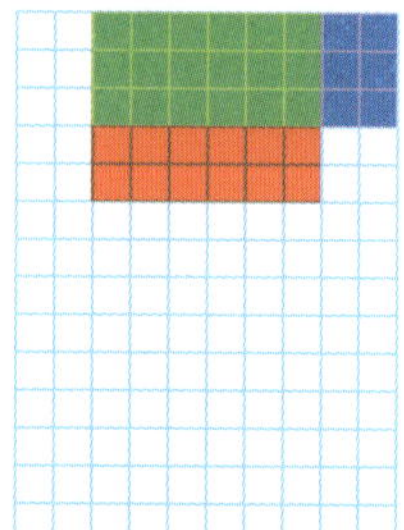

COMMENT FAIRE ?

Imaginer le solide fermé et étudier les faces qui sont collées les unes aux autres.

SOLUTION

Voici trois exemples de patrons.
Au total, il existe 54 patrons différents !

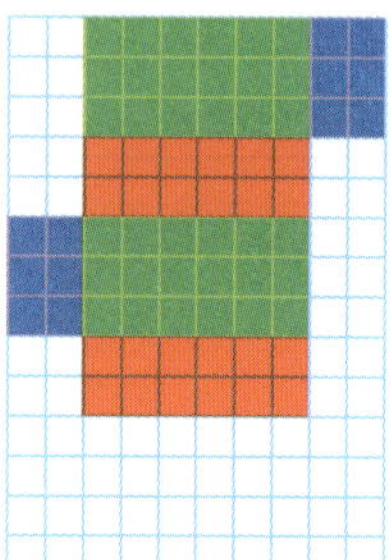

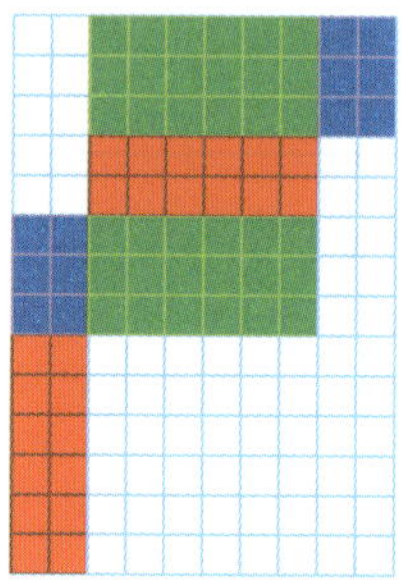

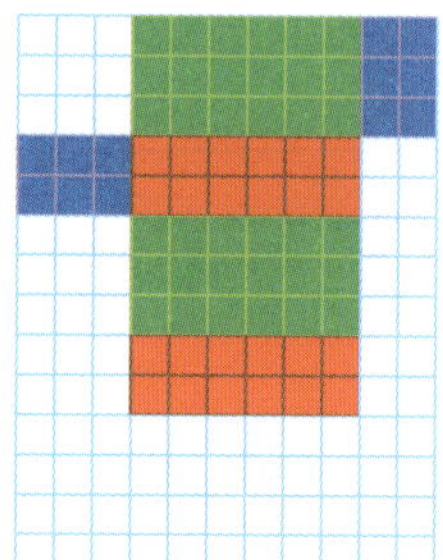

Je m'entraîne

Un dé est un cube dont la somme des faces opposées est égale à 7.

Complète les numéros des faces de chaque patron pour que, une fois plié, il forme un dé.

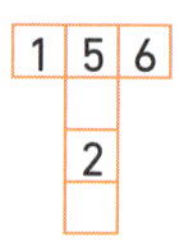

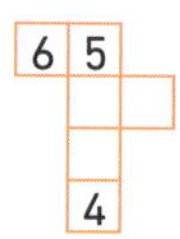

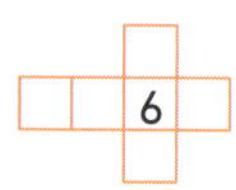

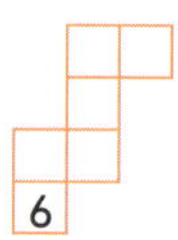

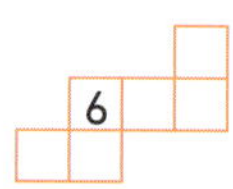

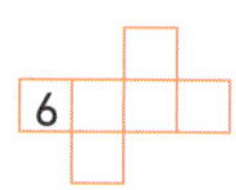

Sur un dé, les numéros des faces opposées sont : 6 et 1 ; 5 et 2 ; 4 et 3.

↗ CORRIGÉS p. 253

Construire un patron d'un cylindre

41

Précédemment, tu as fabriqué des patrons de parallélépipèdes rectangles. Intéressons-nous maintenant aux patrons de cylindres.

Le cours

1 Patron d'un cylindre

Un cylindre est composé d'une surface latérale rectangulaire et de deux bases, des disques parallèles et de même rayon.

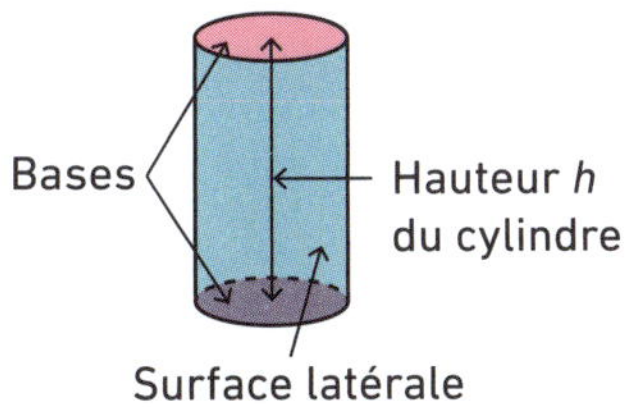

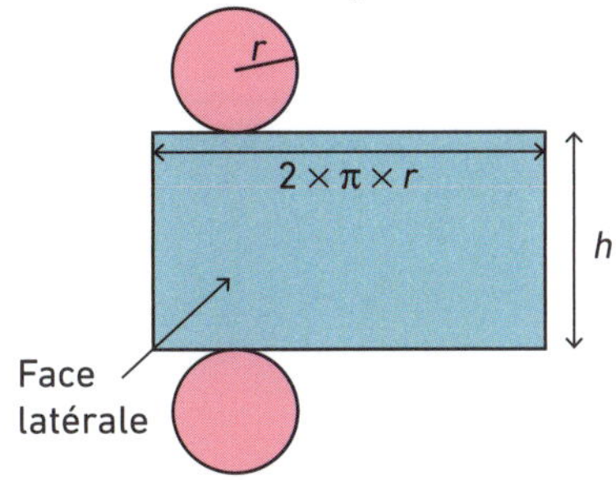

2 Patrons possibles ou non d'un cylindre

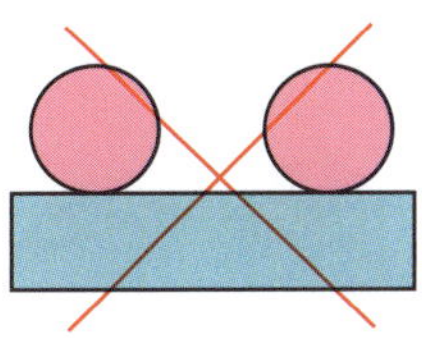

Les deux bases ne sont pas parallèles.

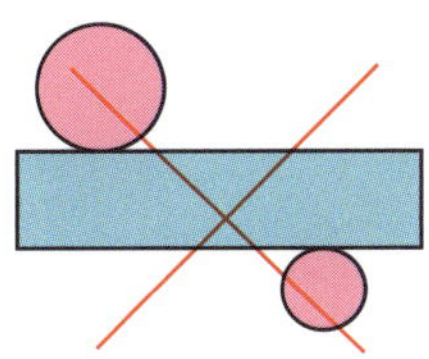

Les deux bases n'ont pas le même rayon.

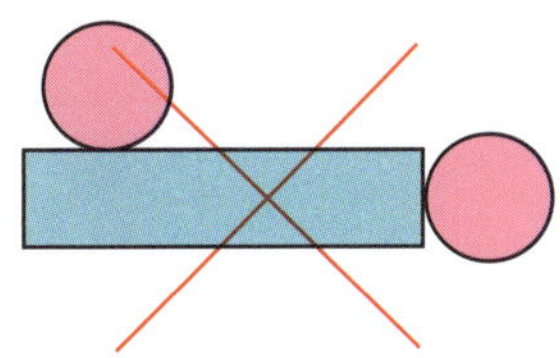

Les deux bases ne sont pas parallèles.

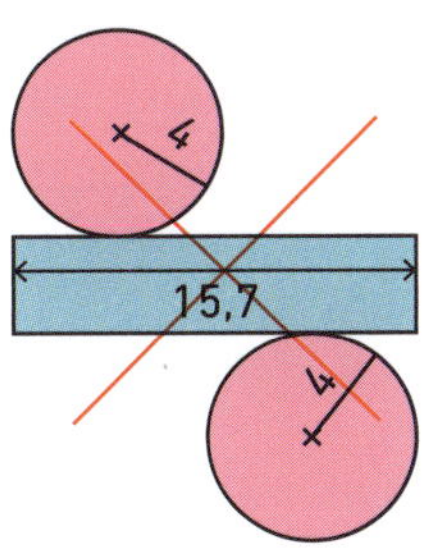

Les deux bases sont identiques et parallèles mais leur rayon est trop grand. On ne peut pas « fermer » le cylindre. $2 \times 4 \times \pi > 15{,}7$

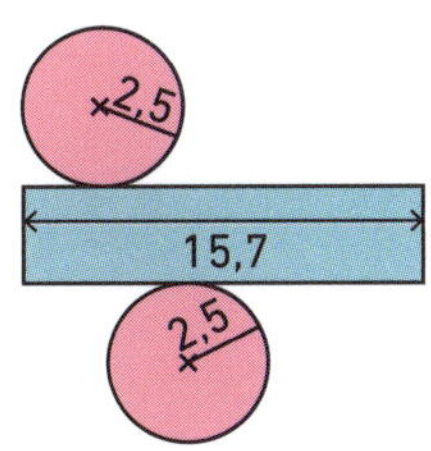

Les deux bases sont parallèles et de même rayon.
De plus, $2 \times 2{,}5 \times \pi \approx 15{,}7$
Donc ce patron est le patron d'un cylindre.

La méthode

Construire un patron d'un cylindre

Construis un patron d'un cylindre de rayon 1 cm et de hauteur 4 cm.

COMMENT FAIRE ?

1. Calculer la longueur de la base du cylindre en utilisant la formule du périmètre d'un cercle : $2 \times \pi \times r$.
Ici, on a : $2 \times \pi \times 1$ soit environ 6,3 cm.
2. Tracer un rectangle de longueur 6,3 cm et de hauteur 4 cm.
3. Tracer deux cercles de rayon 1 cm de chaque côté de la longueur du rectangle.

SOLUTION

Voici un patron du cylindre à l'échelle 1/2.

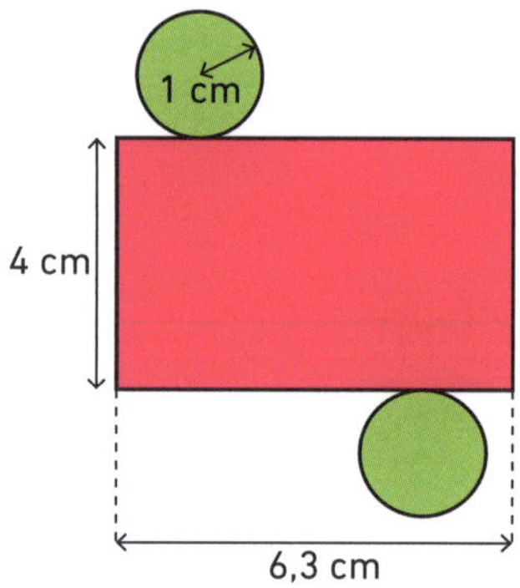

Imagine que tu plies le patron pour vérifier s'il est correctement construit.

Je m'entraîne

Une usine doit fabriquer de petites boîtes cylindriques pour emballer des friandises individuelles. Voici les dimensions de chacune de ces boîtes :
AB = 3 cm et OS = 4 cm.

Représente un patron d'une de ces boîtes.

Pour trouver la longueur du rectangle, calcule le périmètre du cercle de centre O et de diamètre 3 cm.

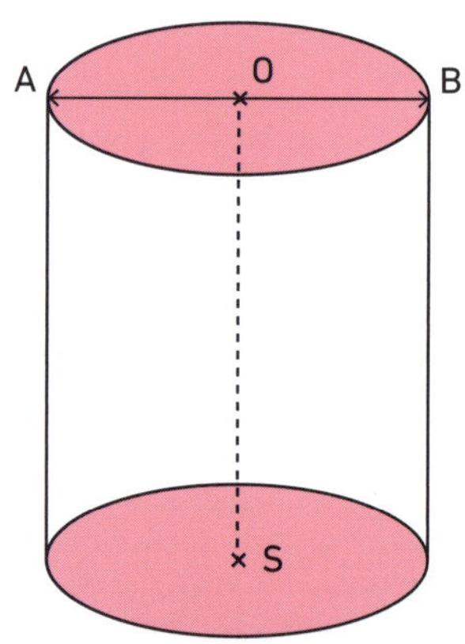

↗ CORRIGÉS p. 253

Quiz express

Vérifie que tu as bien retenu les points clés des **fiches 39 à 41**

Représentation de l'espace

1 Visualiser des parallélépipèdes rectangles fiche 39

Malia empile 11 cubes identiques.
Elle a réalisé la figure ci-contre.

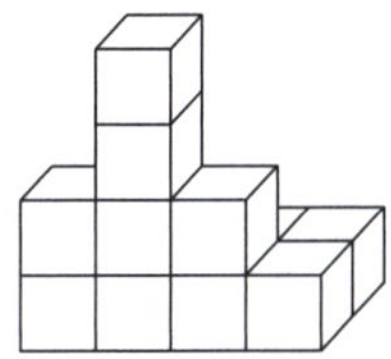

Indique pour chaque figure la vue correspondante à la construction de Malia : vue de dessus, de face, de droite, de gauche ou aucune.

1.

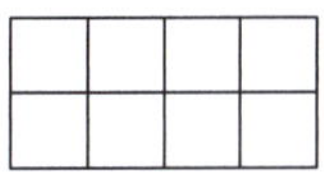

2.

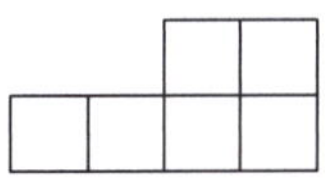

3.

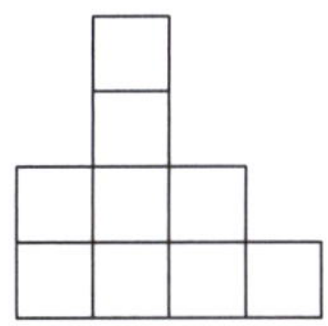

4.

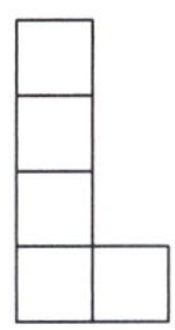

2 Reconnaître des patrons fiche 40

Parmi ces figures, lesquelles correspondent à un patron d'un parallélépipède rectangle ?

❑ a.

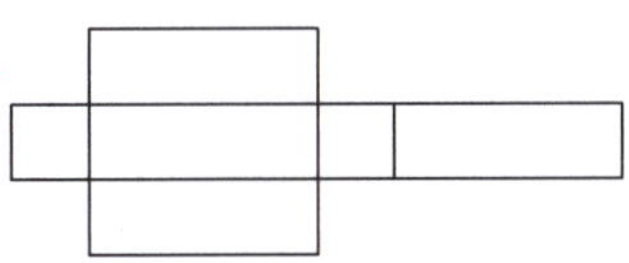

❑ b.

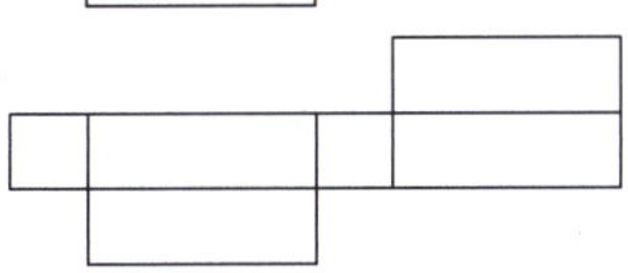

❑ c.

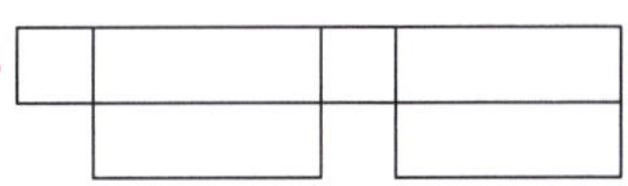

❑ d.

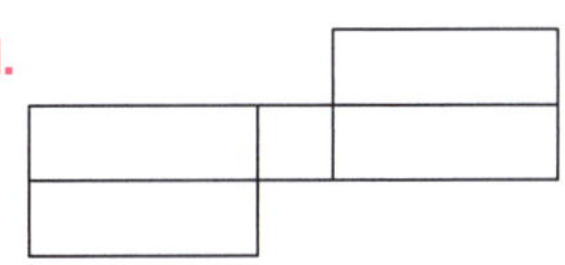

2 Résoudre un problème d'équidistance

Paul participe à une course dont le parcours passe par trois points D, B et A non alignés. L'organisateur de la course souhaite placer une table de contrôle à égale distance de ces trois points.
Où va-t-il la placer ?

COMMENT FAIRE ?

Pour tracer une médiatrice :

1. Avec le compas, construire deux arcs de cercle de même rayon et de centre chaque extrémité du segment.
Marquer leur point d'intersection.

2. Tracer un second point de la même manière. La médiatrice est la droite passant par ces deux points.

Autre méthode : Tu peux aussi utiliser la règle graduée et l'équerre.

SOLUTION

TD = TB = TA avec T le point correspondant à la table de contrôle.
La condition TA = TB signifie que T est sur la médiatrice de [AB].
De même, TB = TD signifie que T est sur la médiatrice de [BD].
Donc T est le point d'intersection des deux médiatrices.

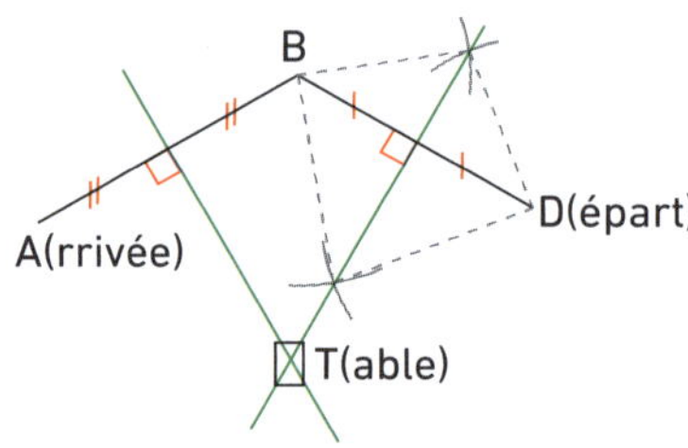

Je m'entraîne

Trois villages se cotisent pour construire une nouvelle école.
Tous les enfants devront parcourir la même distance pour s'y rendre.
Voici un plan de ces trois villages. **Où faut-il implanter l'école ?**

Trace les segments reliant les villages avant de commencer.

↗ CORRIGÉS p. 254

Reconnaître et tracer les hauteurs d'un triangle

44

Dans un triangle, la hauteur est à la fois une droite et une longueur !

Le cours

1 Hauteurs d'un triangle

Dans un triangle, une **hauteur** est une droite qui passe par un sommet et qui est perpendiculaire au côté opposé.

EXEMPLE La droite (Δ) est la hauteur issue de A.
On l'appelle aussi la hauteur relative au côté [BC].
Le point H s'appelle le pied de la hauteur.

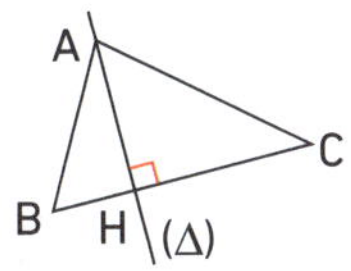

Les trois hauteurs d'un triangle sont concourantes. Leur point d'intersection s'appelle l'orthocentre.

2 Hauteurs dans les triangles particuliers

Triangle rectangle

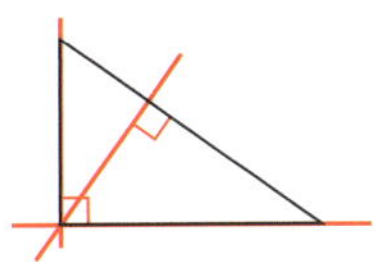

Deux hauteurs passent par les côtés de l'angle droit.

Triangle isocèle

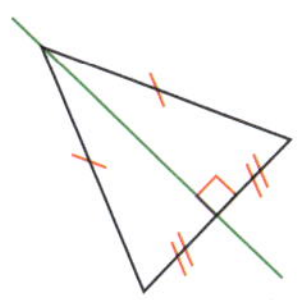

La hauteur issue du sommet principal est également la médiatrice du côté opposé.

Triangle équilatéral

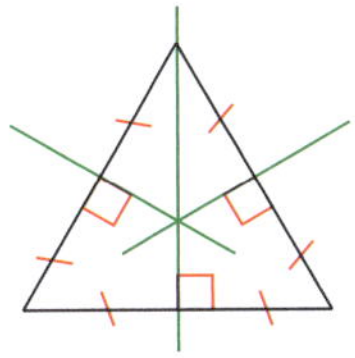

Les trois hauteurs sont également les médiatrices.

La méthode

Tracer les hauteurs d'un triangle

Dessine un triangle UCP dont les trois angles sont aigus, puis trace ses trois hauteurs.

COMMENT FAIRE ?

Pour tracer la hauteur issue de C :
1. positionner un des côtés de l'angle droit de l'équerre sur [PU] ;
2. plaquer la règle contre l'équerre et faire glisser l'équerre jusqu'au sommet C ;
3. tracer la hauteur.

SOLUTION

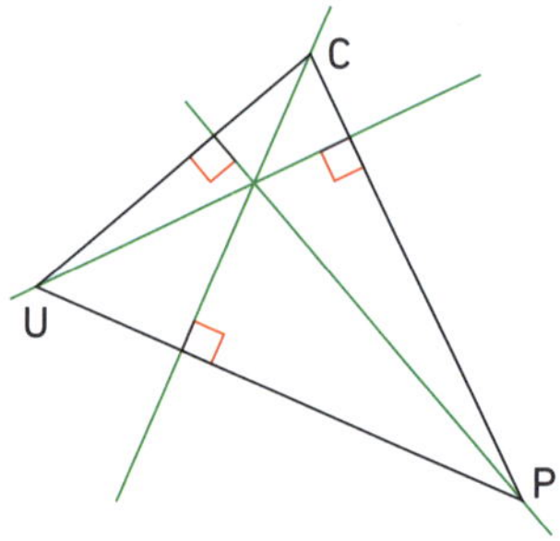

Lorsque les trois hauteurs du triangle sont correctement tracées, elles se coupent en un même point.

Je m'entraîne

Le professeur distribue aux élèves la figure du triangle SKI suivante (dont un angle est obtus) et leur demande de tracer ses trois hauteurs.
« Facile ! » se dit Carine. Elle trace la hauteur issue de S sans problème mais les deux autres hauteurs lui semblent impossibles à tracer !
Aide-la à les tracer.

Pour tracer la hauteur issue de K, prolonge le segment [SI] avec la règle.

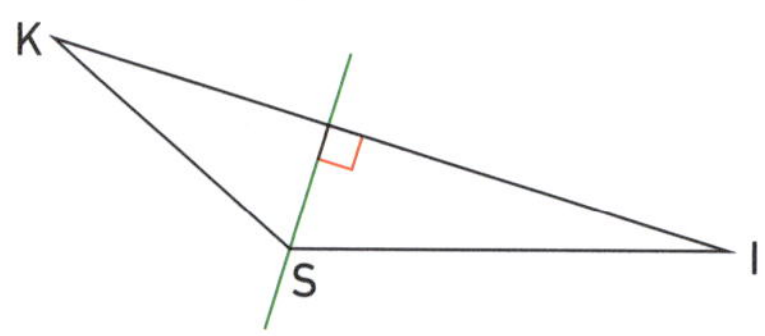

↗ CORRIGÉS p. 254

Utiliser l'inégalité triangulaire

45

On jette un dé trois fois de suite et on note les nombres obtenus. Peut-on toujours construire un triangle avec ces trois nombres ?

Le cours

L'inégalité triangulaire

Dans un triangle, la somme des longueurs de deux côtés est toujours **supérieure** à la longueur du troisième côté.

EXEMPLE

Dans ce triangle :
$5 + 2,5 > 4,3$
$5 + 4,3 > 2,5$
$2,5 + 4,3 > 5$

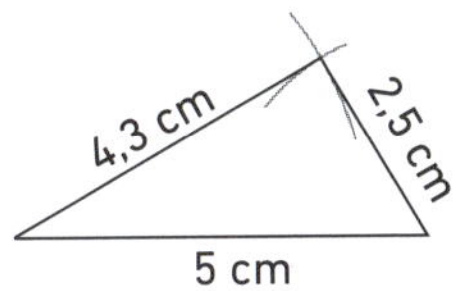

Connaissant trois longueurs, l'inégalité triangulaire permet de savoir si on peut construire ou non un triangle dont les côtés ont ces longueurs.

Les méthodes

1 Déterminer si un triangle est constructible

Peut-on construire un triangle dont les côtés mesurent respectivement : 1,2 cm ; 3,7 cm et 8 cm ?

COMMENT FAIRE ?

1. Additionner les longueurs des deux plus petits côtés.
2. Comparer le résultat à la longueur du plus grand côté :
– s'il est **plus grand** que cette longueur, on peut construire le triangle ;
– s'il est **plus petit** que cette longueur, on ne peut pas construire le triangle ;
– s'il est **égal** à cette longueur, on dit que le triangle est plat.

SOLUTION

$1,2 + 3,7 = 4,9$ et $4,9 < 8$ donc la construction n'est pas possible.

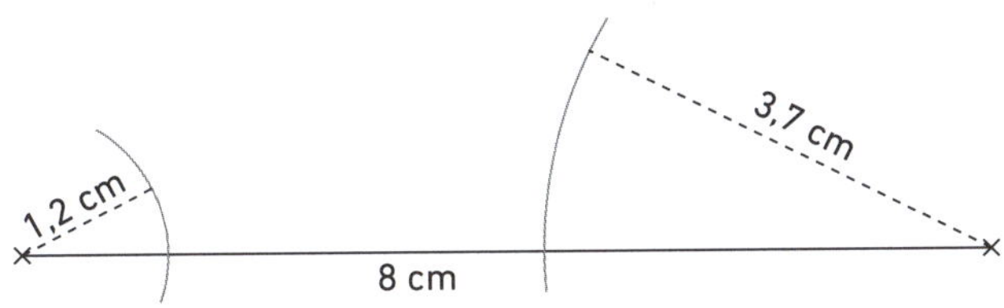

2 Conjecturer la longueur d'un côté avec GeoGebra

Dans la figure ci-contre, on fait varier le rayon b du cercle de centre B entre 0 et 16 cm.
À l'aide du logiciel GeoGebra :

a. Construis cette figure.

b. Conjecture les valeurs de b pour lesquelles on a un triangle ABC.

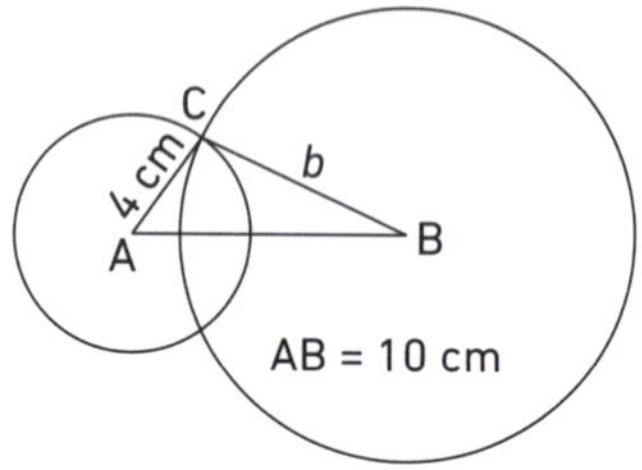

COMMENT FAIRE ?

Question b.

1. Pour faire apparaître les longueurs des trois côtés du triangle, cliquer sur le bouton « Distance ou longueur », puis sur chaque côté.

2. Pour faire varier le rayon b, créer un curseur allant de 0 à 16 avec un incrément de 0,1.
Déplacer le curseur pour que les deux cercles se coupent.

SOLUTION

Longueur du côté b	Le côté le plus long est ...	Somme des deux plus petits côtés	Le triangle ABC est-il constructible ?
$0 \leqslant b < 6$	[AB]	$4 + b < 10$	non
$b = 6$	[AB]	$4 + b = 10$	ABC est plat (A, C et B alignés dans cet ordre).
$6 < b \leqslant 10$	[AB]	$4 + b > 10$	oui
$10 < b < 14$	[BC]	$4 + 10 > b$	oui
$b = 14$	[BC]	$4 + 10 = b$	ABC est plat (C, A et B alignés dans cet ordre).
$14 < b \leqslant 16$	[BC]	$4 + 10 < b$	non

Je m'entraîne

Par téléphone, Paul et Julie conviennent de rendre visite à Éloïse à vélo.
Paul dit : « J'ai au moins 6 km à faire pour aller chez Éloïse. »
Julie répond : « Pas du tout ! Il y a moins de 5 km ! »

Qui a raison ?

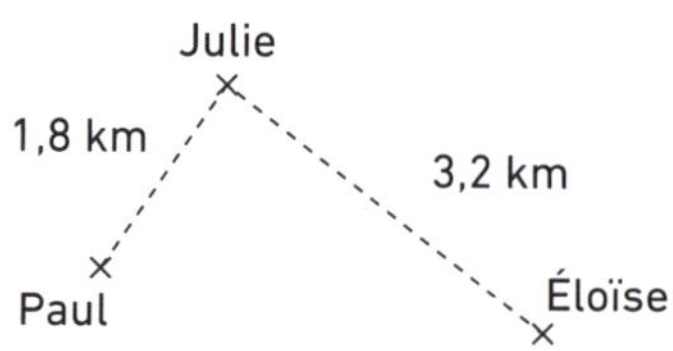

↗ CORRIGÉS p. 255

Utiliser la somme des angles d'un triangle

46

Lorsqu'on additionne les mesures des angles d'un triangle, on retrouve toujours le même résultat. Lequel ?

Le cours

1 Somme des mesures des angles d'un triangle

Dans tout triangle, la somme des mesures des angles est **égale à 180°**.

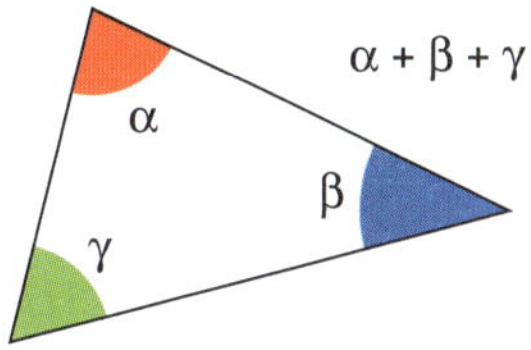

EXEMPLE ABC est un triangle quelconque tel que $\widehat{BAC} = 27°$ et $\widehat{ABC} = 38°$.
On a :
$180° - (27° + 38°) = 180° - 65° = 115°$.
Donc l'angle $\widehat{ACB}$ mesure 115°.

2 Angles dans les triangles particuliers

▶ Dans un **triangle isocèle**, les deux angles de la base ont la même mesure.

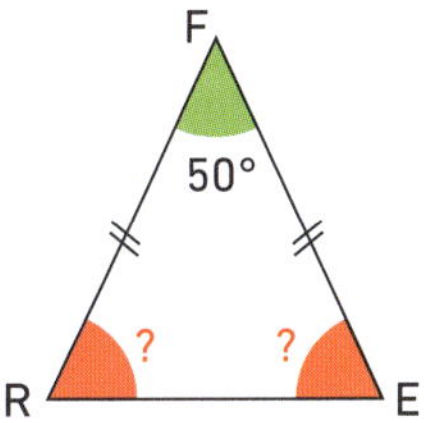

EXEMPLE Dans le triangle FER isocèle en F, on sait que $\widehat{RFE} = 50°$. On a :
$\widehat{FRE} = \widehat{FER} = (180° - 50°) \div 2 = 65°$.
Donc $\widehat{FER}$ et $\widehat{FRE}$ mesurent chacun 65°.

▶ Dans un **triangle équilatéral**, chaque angle mesure 60°.

Les méthodes

1 Démontrer une propriété géométrique

Démontre la propriété suivante :
« Dans un triangle équilatéral, chaque angle mesure 60°. »

COMMENT FAIRE ?

1. Chercher une (ou des) propriété(s) concernant les données de départ (ici, on considère un triangle équilatéral).
2. Rédiger le raisonnement étape par étape pour arriver à la conclusion.

SOLUTION

On sait que les 3 angles d'un triangle équilatéral ont même mesure et que, dans tout triangle, la somme des mesures des angles est de 180°.

$180 \div 3 = 60$

Conclusion : Dans un triangle équilatéral, chaque angle mesure 60°.

2 Calculer des angles dans un triangle

Détermine la mesure :

a. de l'angle $\widehat{IRN}$;

b. de l'angle $\widehat{NIO}$.

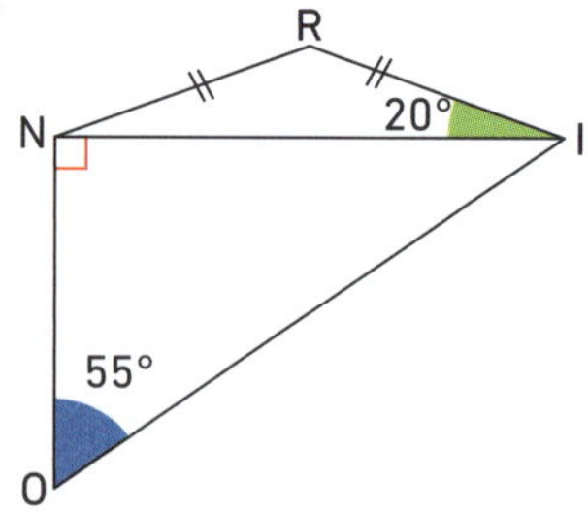

COMMENT FAIRE ?

1. Déterminer si l'on a un triangle particulier et/ou si la propriété de la somme des angles d'un triangle peut être utilisée (l'angle cherché appartient-il à un triangle dont on connaît les deux autres angles ?).
2. Effectuer les calculs, puis conclure.

SOLUTION

a. Le triangle NIR est isocèle en R. On sait alors que $\widehat{RNI} = \widehat{NIR} = 20°$.

Dans tout triangle, la somme des mesures des angles est de 180°.

$180° - 2 \times 20° = 180° - 40° = 140°$. Donc l'angle $\widehat{IRN}$ mesure 140°.

b. Dans le triangle NOI, on sait que $\widehat{INO} = 90°$ et que $\widehat{NOI} = 55°$.

$180° - (90° + 55°) = 180° - 145° = 35°$

Donc l'angle $\widehat{NIO}$ mesure 35°.

Je m'entraîne

Dans la figure ci-contre, les points A, B et C sont alignés.

Trouve les mesures des angles $\hat{a}, \hat{b}, \hat{c}, \hat{d}, \hat{e}, \hat{f}, \hat{g}$.

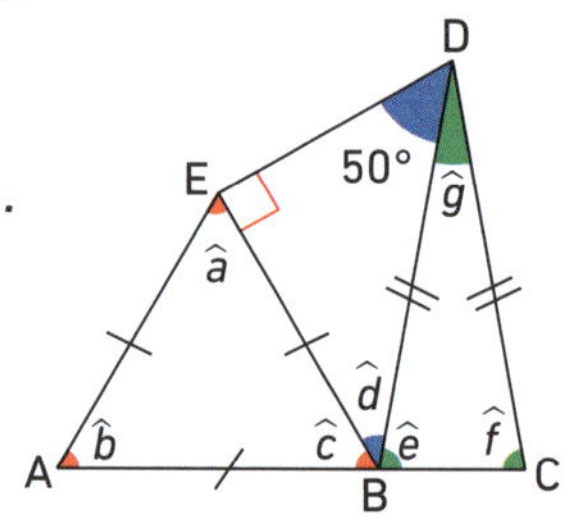

Commence par trouver les mesures des angles du triangle équilatéral.
Les points A, B et C sont alignés donc le triangle ABC est plat.

↗ CORRIGÉS p. 255

Quiz express 47

Vérifie que tu as bien retenu les points clés des **fiches 43 à 46**

Géométrie plane (1)

1 Reconnaître la médiatrice d'un segment fiche 43

La médiatrice de [RT] semble être :

- ❑ **a.** (d_1)
- ❑ **b.** (d_2)
- ❑ **c.** (d_3)
- ❑ **d.** (d_4)

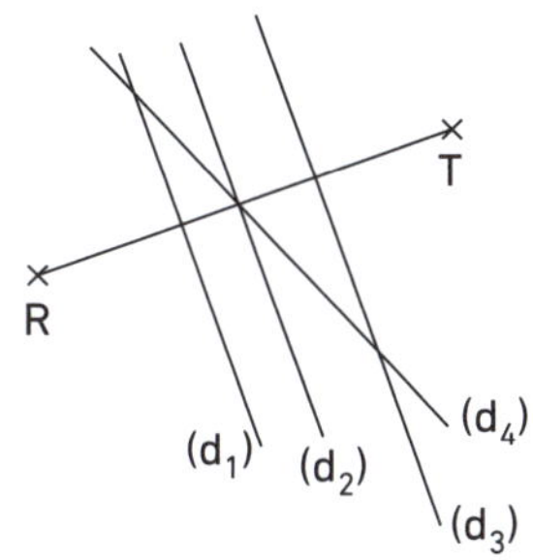

2 Associer un segment à sa médiatrice fiche 43

(d) semble être la médiatrice de :

- ❑ **a.** $[N_2N_7]$
- ❑ **b.** $[N_1N_2]$
- ❑ **c.** $[N_4N_5]$
- ❑ **d.** $[N_3N_6]$

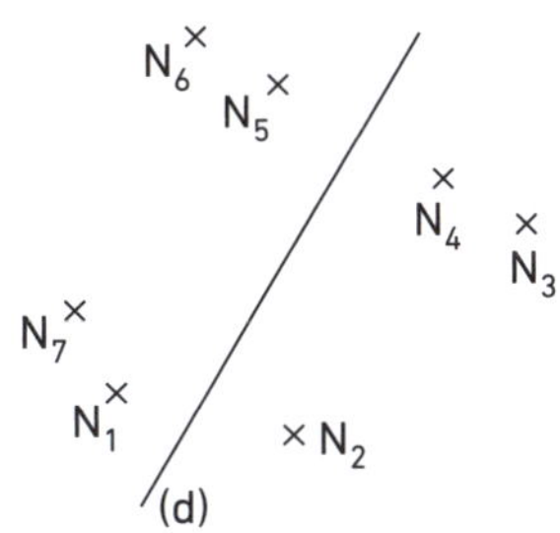

3 Utiliser l'inégalité triangulaire fiche 45

On peut construire un triangle dont les trois côtés mesurent :

	Vrai	Faux
1. 50 mm ; 72 mm ; 17 mm.	❑	❑
2. 1,23 dm ; 1 dm ; 0,82 dm.	❑	❑
3. 9 cm ; 4 cm ; 5 cm.	❑	❑

4 Reconnaître une hauteur dans un triangle fiche 44

Une hauteur du triangle PAS est :

- ❑ **a.** (d_1)
- ❑ **b.** (d_2)
- ❑ **c.** (d_3)
- ❑ **d.** (d_4)
- ❑ **e.** (d_5)

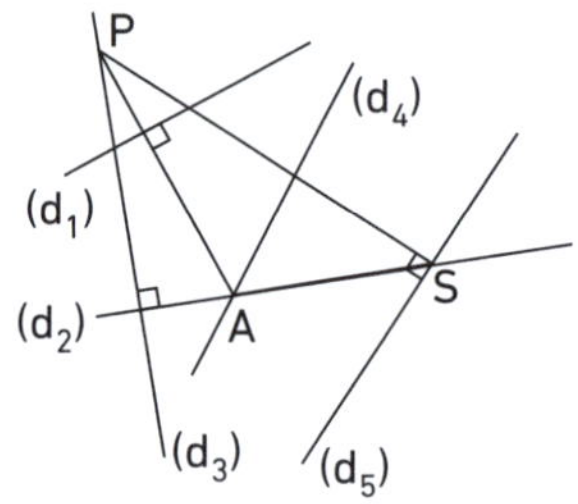

5 Calculer des angles dans un triangle fiche 46

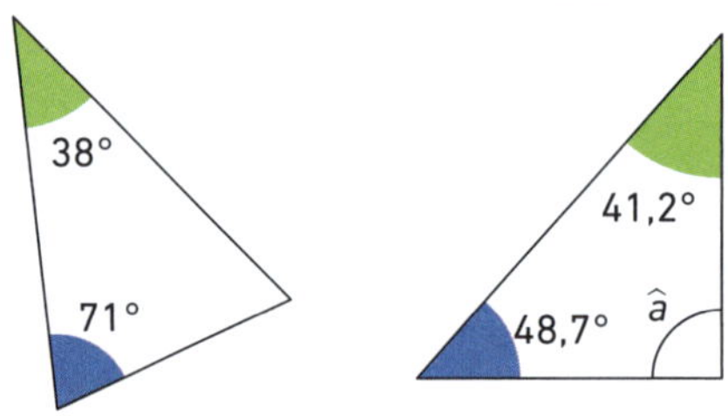

	Vrai	Faux
1. Le triangle de gauche est isocèle.	❑	❑
2. L'angle $\hat{a}$ est un angle droit.	❑	❑

ÉNIGME

Jérémy a trouvé une vieille table en bois de forme circulaire.
Il aimerait percer sa table et y glisser un parasol, pour que tous les invités aient de l'ombre à midi.

Où doit-il percer ?

(La figure n'est pas en taille réelle.)

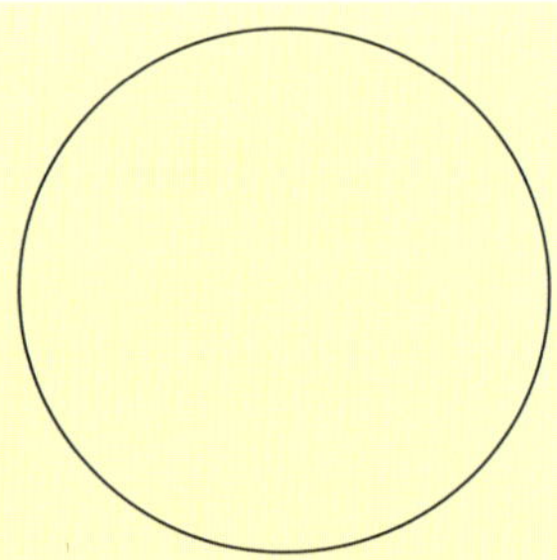

Le centre de la table est à la même distance de tous les points sur le bord de la table. Placer trois points A, B et C sur le cercle. Tracer les segments [AB] et [BC], puis construire la médiatrice de chaque segment. Le point d'intersection des deux médiatrices est le centre du cercle, où Jérémy doit percer.

↗ Reporte-toi aux CORRIGÉS p. 255 et calcule ton score.

Score : .../9

Construire des symétriques par rapport à un point

48

Après la symétrie axiale en 6e, la symétrie centrale est au menu de la 5e.

Le cours

1 Symétrique d'un point par rapport à un autre point

▶ Deux points A et A′ sont symétriques par rapport à un point O signifie que O est le milieu du segment [AA′].

On dit que O est le **centre de symétrie** de [AA′].

▶ Le point A fait un **demi-tour** autour du point O.

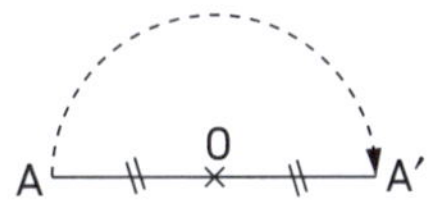

OA = OA′
A, O, A′ alignés

2 Propriétés de la symétrie centrale

▶ Le symétrique d'un **segment** est un segment de même longueur.

▶ Le symétrique d'une **droite** est une droite parallèle.

▶ Le symétrique d'un **angle** est un angle de même mesure.

▶ La symétrie centrale conserve les **aires**.

▶ La symétrie centrale conserve l'**alignement** des points.

EXEMPLE

Les points A, B, C, D, E et F sont respectivement symétriques à A′, B′, C′, D′, E′ et F′ par rapport à O.

On a :

– A, E, C et A′, E′, C′ alignés dans le même ordre ;

– AE = A′E′ et EC = E′C′ ;

– les 2 cercles ont même rayon ;

– (BC) // (B′C′) ;

– $\widehat{ABC} = \widehat{A'B'C'}$;

– aire ABC = aire A′B′C′.

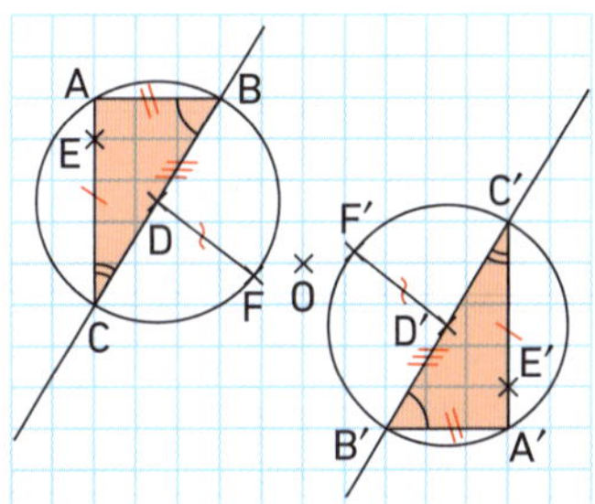

Les méthodes

1 Construire le symétrique d'un point

Place deux points B et C, puis construis le point B′ symétrique du point B par rapport au point C.

Les méthodes

1 Démontrer qu'un quadrilatère est un parallélogramme

NOIR est un quadrilatère tel que NO = RI et NR = OI.

Démontre que NOIR est un parallélogramme.

COMMENT FAIRE ?

1. Tracer la figure au brouillon, observer les données du problème et déterminer ce qu'on cherche à prouver (la conclusion).
2. Trouver une propriété qui a un rapport avec les données et la conclusion.
3. Rédiger dans cet ordre : données, propriété, conclusion.

SOLUTION

On sait que : NO = RI et NR = OI.
Si un quadrilatère a ses côtés opposés de même longueur, alors c'est un parallélogramme.
Donc NOIR est un parallélogramme.

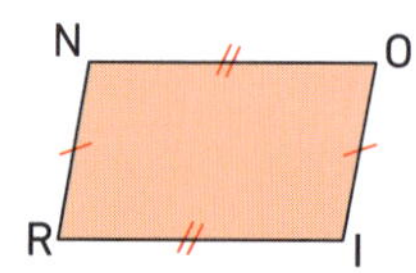

2 Démontrer qu'un quadrilatère est un rectangle

BLEU est un quadrilatère tel que : BE = UL ; E et U sont respectivement les symétriques de B et de L par rapport à O.

Démontre que BLEU est un rectangle.

COMMENT FAIRE ?

1. Démontrer que BLEU est un parallélogramme.
2. Démontrer que le parallélogramme BLEU est un rectangle.

SOLUTION

1. On sait que O est le milieu de [BE] et de [UL] (par symétrie).
Si un quadrilatère a ses diagonales qui se coupent en leur milieu, alors c'est un parallélogramme. Donc BLEU est un parallélogramme.
2. On sait que : BE = UL.
Si un parallélogramme a ses diagonales de même longueur, alors c'est un rectangle. Donc BLEU est un rectangle.

Je m'entraîne

VOE est un triangle rectangle isocèle en O.
T et R sont respectivement les symétriques de E et de V par rapport à O. **Démontre que le quadrilatère VERT est un carré.**

↗ CORRIGÉS p. 256

? Quiz express 52

Vérifie que tu as bien retenu les points clés des **fiches 48 à 51**

Géométrie plane (2)

1 Trouver le symétrique d'un point fiche 48

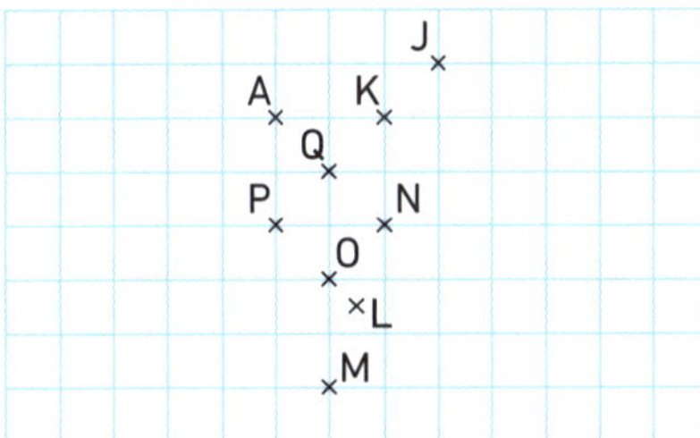

	Vrai	Faux
1. Q est le symétrique de J par rapport à K.	❑	❑
2. P est le symétrique de L par rapport à O.	❑	❑
3. N est le symétrique de L par rapport à M.	❑	❑
4. M est le symétrique de Q par rapport à O.	❑	❑
5. A est le symétrique de P par rapport à Q.	❑	❑
6. K est le symétrique de P par rapport à Q.	❑	❑

2 Trouver des axes et centres de symétrie fiche 49

	Vrai	Faux
1. Un cercle a une infinité d'axes de symétrie.	❑	❑
2. Un triangle équilatéral a trois axes de symétrie.	❑	❑
3. Tout triangle a un centre de symétrie.	❑	❑
4. Une droite a une infinité d'axes et de centres de symétrie.	❑	❑
5. Un segment a deux axes et un centre de symétrie.	❑	❑
6. Un carré a exactement deux axes de symétrie et un centre de symétrie.	❑	❑

2 Utiliser la notion de variable

Construis en une seule fois 30 carrés de côté 10 ; 15 ; 20 jusqu'à 155 comme ci-contre.

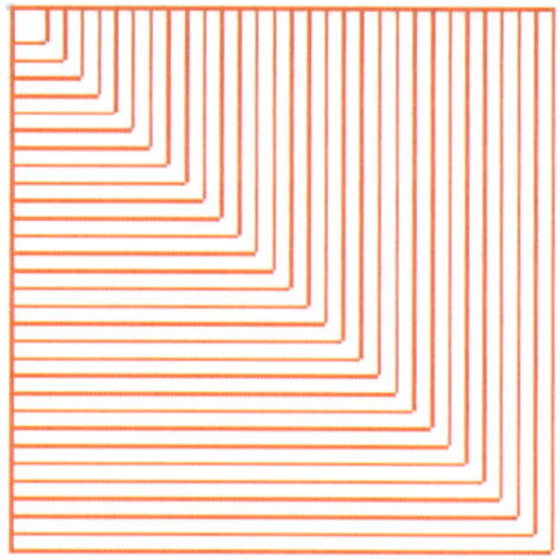

COMMENT FAIRE ?

Dans le menu « Données », créer la variable « côté » et lui affecter la valeur 10, puis augmenter cette valeur de 5 en 5.

SOLUTION

Dans le programme ci-contre, j'utilise trois instructions contenant le nom de la variable « côté ».

Pour tracer successivement les 30 carrés, j'emboîte deux instructions « répéter ».

Remarque : je peux modifier la couleur du stylo en changeant la valeur associée : ici, 10 correspond à la couleur rouge.

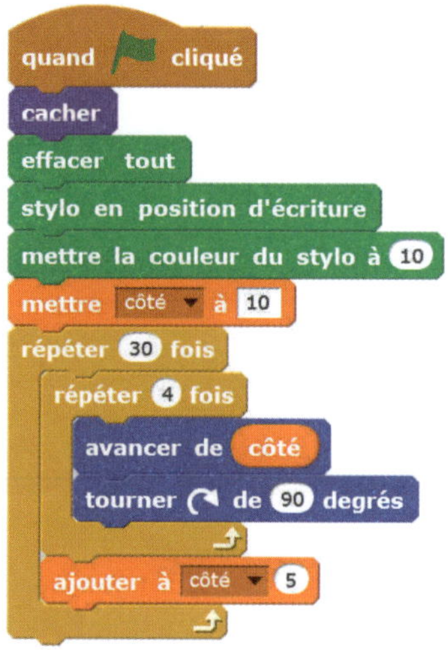

Je m'entraîne

Écris et exécute un programme pour tracer une figure comme ci-contre en suivant les consignes.

1. Démarre le tracé avec la touche « espace » et le stylo au point (0 ; 0).

2. Trace un premier triangle équilatéral avec un côté de longueur 40, puis augmente la longueur de 40 à trois reprises.

3. À la fin du tracé, fais relever le stylo et amène le lutin à la position (–100 ; 0).

Question 2. Calcule d'abord l'angle dont doit tourner le stylo.

↗ CORRIGÉS p. 258

CORRIGÉS

Fiche 1 Repérer un point sur une demi-droite graduée (p. 132)

On lit : B (18,45) ; C (18,52) et D (18,57).

Fiche 2 Comparer des nombres décimaux (p. 134)

1. 2 222,22 < 20 220,2~~00~~ < 200 022 < 200 200 < 202 000 < ~~0~~220 202 < 222 002

2. 78,8 > 78,28 > 78,16 > 78,05 > 8,8 > 8,787 > 7,887

3. Il y a une infinité de solutions. Voici une proposition :

7,0 < 7,5 < 8,0 3,900 < 3,920 < 3,971 < 4,000 3,120 < 3,124 < 3,126 < 3,130

Fiche 3 Effectuer des calculs sur les nombres décimaux (p. 136)

1. On calcule mentalement : 145 000 ÷ 1 000 = 145.
Il faut 145 stigmates pour obtenir 1 g de safran sec.

2. On pose ou on calcule à la calculatrice : 35,8 × 2,5 = 89,5.
Le prix d'un sachet de 2,5 g dans ce magasin est de 89,50 €.

3. À partir de l'égalité « prix total = prix du g × masse en g », on peut déduire l'égalité : « masse en g = prix total ÷ prix du g ».
On paye 4,30 € et 1 g de safran coûte 35,80 €, donc on calcule :
4,3 ÷ 35,8 ≈ 0,1201. La masse de safran dans ce plat est d'environ 0,12 g.

Fiche 4 Enchaîner des opérations sur les nombres décimaux (p. 138)

Calculs avec quelques nombres « étape par étape » :

Nombre choisi	2	8	50
Choisir un nombre et lui ajouter 5	2 + 5 = 7	8 + 5 = 13	50 + 5 = 55
Multiplier le résultat par 6, puis soustraire 18	7 × 6 – 18 = 42 – 18 = 24	13 × 6 – 18 = 78 – 18 = 60	55 × 6 – 18 = 330 – 18 = 312
Diviser le résultat par 3, puis par 2	24 ÷ 3 ÷ 2 = 8 ÷ 2 = 4	60 ÷ 3 ÷ 2 = 20 ÷ 2 = 10	312 ÷ 3 ÷ 2 = 104 ÷ 2 = 52
Retrancher 2	4 – 2 = 2	10 – 2 = 8	52 – 2 = 50

Exemple de calcul en une seule étape sans parenthèses inutiles :
[(2 + 5) × 6 – 18] ÷ 3 ÷ 2 – 2 = 2
On remarque que l'on trouve à chaque fois le nombre de départ.
On pourra le prouver plus tard avec le calcul littéral.

Fiche 5 Quiz express (p. 139) ?

1 Lire une abscisse
Réponse d. Le point d'abscisse 14 est U.

2 Ranger dans l'ordre croissant
Réponse b. Phil doit échanger 84,52 et 8,125. On obtient :
0,8445 km $<$ 8,125 km $<$ 8,52 km $<$ 8,528 km $<$ 8,53 km $<$ 84,52 km $<$ 85,1 km

3 Encadrer un nombre
1. **Réponse b.** Un encadrement à 0,001 près de π est $3{,}141 < \pi < 3{,}142$.
2. **Réponse b.** Un arrondi au millième de π est 3,142.

4 Reconnaître une valeur approchée
Réponse a. 3,14 représente une valeur approchée par défaut au centième pour π.

5 Calculer mentalement avec les décimaux
1. 25 + 75 = **100**
2. 1,6 + 1,7 = **3,3**
3. 6,3 + 8,7 = **15**
4. 100 – 35 = **65**
5. 10 – 5,2 = **4,8**
6. 70 – 10,3 = **59,7**
7. 5,08 × 1 000 = **5 080**
8. 0,059 × 10 = **0,59**
9. 500 × 30 000 = **15 000 000**

6 Utiliser le vocabulaire des opérations
1. **Réponse b.** A est un produit de 2 facteurs : 3 et (9 – 4).
2. **Réponse c.**
B = 7 ÷ (8 + 3)

7 Calculer mentalement un résultat approché
Réponse c.
150 000 000 ÷ 300 000 = 1 500 ÷ 3 = 500.
La lumière met environ 500 s.

8 Calculer avec une calculatrice
Réponse b.
F = 5 × (4 + 10 – 14) = 5 × (14 – 14) = 5 × 0 = 0

9 Écrire un programme de calcul
Réponse c. Le bon calcul est : (11 + 7) ÷ 5.
Le calcul 11 + 7 ÷ 5 (proposition a) ne convient pas car d'après les règles de priorité, dans ce calcul, on effectue d'abord la division de 7 par 5.

Fiche 6 Utiliser les critères de divisibilité par 2, 3, 5 ou 9 (p. 142)

Joël : 1 et 3
Marie : 4 et 5
Boris : 2 et 6

Fiche 7 Résoudre des problèmes de divisibilité à l'aide d'un tableur (p. 144)

1. Nommer les colonnes.
2. • Écrire 1 dans la case A2 et 2 dans la case A3.
• Sélectionner en même temps les deux cellules A2 et A3. Cliquer sur le coin en bas à droite de la cellule A3 et étendre la sélection aux cellules A4 ; A5 ; ... ; A16 en maintenant appuyé le bouton gauche de la souris. Le tableur « écrit » les nombres de 1 à 15.
3. • Cliquer sur la cellule B2.
• Taper « =A2*20 » pour calculer la somme en euros correspondant à 1 billet.
• Étirer la formule jusqu'à la cellule B16 pour calculer la somme en euros dans tous les cas.
4. • Cliquer sur la cellule C2.
• Taper « =B2/1,15 » pour calculer la somme en livres sterling correspondant à 20 euros.
• Étirer la formule jusqu'à la cellule C16 pour calculer la somme en livres sterling dans tous les cas.
5. Lire la réponse : dans la liste des valeurs en livres sterling, il n'y a qu'un nombre entier multiple de 10 : c'est le nombre 230.
230 livres sterling correspondent à 200 euros. Donc le voyageur a donné 200 euros.

	A	B	C
1	**Nombre de billets en euros**	**Somme en euros**	**Somme en livres sterling**
2	1	20	23
3	2	40	46
4	3	60	69
5	4	80	92
6	5	100	115
7	6	120	138
8	7	140	161
9	8	160	184
10	9	180	207
11	10	200	230
12	11	220	253
13	12	240	276
14	13	260	299
15	14	280	322
16	15	300	345

Fiche 8 Utiliser les nombres relatifs (p. 146)

1. Dans la liste, il y a exactement :
• 5 nombres entiers relatifs : –32 ; 0 ; 17 ; – 480 ; – 17 ;
• 9 nombres décimaux relatifs : – 32 ; +3,5 ; – 11,4 ; 0 ; 17 ; 12,9 ; –480 ; –3,2 ; –17 (les entiers sont également des nombres décimaux) ;
• 4 nombres décimaux positifs : +3,5 ; 0 ; 17 ; 12,9 (0 est négatif et positif) ;
• 6 nombres décimaux négatifs : –32 ; –11,4 ; 0 ; –480 ; –3,2 ; –17 ;
• 2 nombres entiers positifs : 0 ; 17.
2. Il y a deux nombres opposés : –17 et 17.

Fiche 9 Repérer un nombre relatif (p. 148)

1.

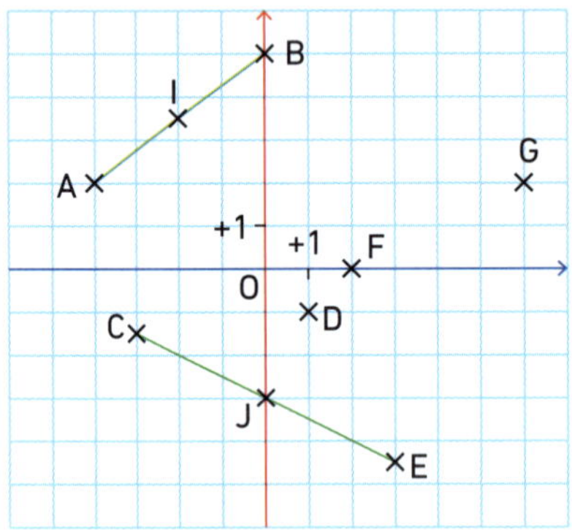

2. C (−3 ; −1,5) et E (3 ; −4,5) ont des abscisses opposées.
3. A (−4 ; 2) et G (6 ; 2) ont des ordonnées égales.
4. I et J, milieux respectifs de [AB] et [CE], ont pour coordonnées I (−2 ; 3,5) et J (0 ; −3).

Fiche 10 Comparer des nombres relatifs (p. 150)

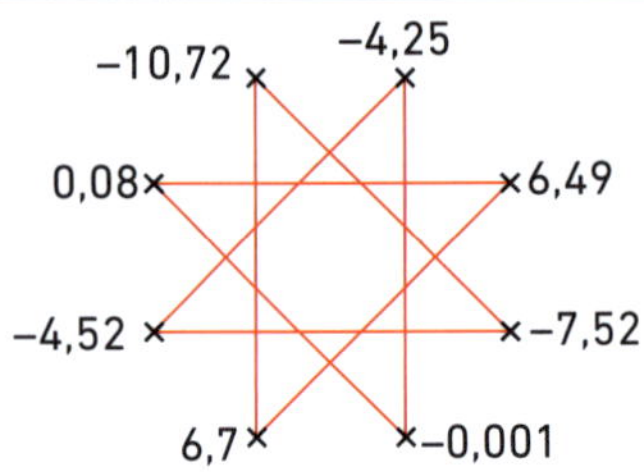

Fiche 11 Additionner et soustraire des nombres relatifs (p. 152)

A = 19 − (−4) + (−6,8) − (+32) + 11
A = 19 + (+4) + (−6,8) + (−32) + 11
A = 19 + 4 + 11 + (−6,8) + (−32)
A = 34 + (−38,8)
A = −4,8

B = −0,5 + 12,7 − 60,5 − 8,1 + 2,1 − 10,5
B = −0,5 + (+12,7) + (−60,5) + (−8,1) + (+2,1) + (−10,5)
B = −0,5 + (−60,5) + (−8,1) + (−10,5) + (+12,7) + (+2,1)
B = −79,6 + (+14,8)
B = −64,8

Fiche 12 Quiz express (p. 153)

1 Reconnaître si un nombre est divisible ou non

1. **Réponse a.** 25 516 est divisible par 2.
2. **Réponses b., c. et d.** 4 275 est divisible par 5, 3 et 9.
3. **Réponses a., b., c. et d.** 841 500 est divisible par 2, 3, 5 et 9.

2 Savoir ce qu'est un nombre premier

1. **Vrai.** Il existe un nombre premier divisible par 3 : c'est 3.
2. **Faux.** La décomposition en produit de facteurs premiers de 90 s'écrit $2 \times 3 \times 3 \times 5$.
3. **Vrai.**
4. **Vrai.** Ce sont 2, 3, 5, 7 et 11.

3 Reconnaître des nombres positifs et négatifs

Réponse b. Il y a exactement 4 nombres positifs et 5 nombres négatifs car 0 fait partie des nombres positifs et des nombres négatifs.

4 Connaître le vocabulaire des nombres relatifs

Réponse c. $-4{,}57$ et $+4{,}57$ sont des nombres opposés.

5 Repérer un point sur une droite

Réponse d. L'abscisse du point A est $-2{,}4$.

6 Repérer des points dans un repère du plan

1. **Réponse c.** Les coordonnées du point C′ sont $(1\ ;\ -2)$.
2. **Réponse a.** Les coordonnées du point D′ sont $(-3{,}5\ ;\ 1{,}5)$.

7 Comparer des nombres relatifs

Réponse b. Le plus petit nombre est $-12{,}07$.

8 Additionner et soustraire des nombres relatifs

Réponse c. $G = -42$ et $H = -6$.

9 Effectuer une suite de calculs

Réponse c. On calcule :

$J = (-10) - (+14) + (-30) - (-24) = (-10) + (-14) + (-30) + (+24) = -54 + 24 = -30.$

Fiche 13 Reconnaître des fractions égales (p. 156)

$A = \dfrac{75}{20}$ $\quad B = \dfrac{180}{450}$ $\quad C = \dfrac{14 \times 16}{24 \times 35}$ $\quad D = \dfrac{1}{5{,}5}$

$A = \dfrac{15 \times 5}{4 \times 5}$ $\quad B = \dfrac{9 \times 2 \times 10}{9 \times 5 \times 10}$ $\quad C = \dfrac{7 \times 2 \times 8 \times 2}{8 \times 3 \times 7 \times 5}$ $\quad D = \dfrac{10}{55}$

$A = \dfrac{15}{4}$ $\quad B = \dfrac{2}{5}$ $\quad C = \dfrac{2 \times 2}{3 \times 5}$ $\quad D = \dfrac{2 \times 5}{11 \times 5}$

$C = \dfrac{4}{15}$ $\quad D = \dfrac{2}{11}$

Fiche 14 Comparer des fractions (p. 158)

1. et 2. Un pourcentage est une fraction de dénominateur 100.

Lanceur	Allan	Tao	Adrian	Kévin
Fraction	$\frac{17}{25}$	$\frac{3}{4}$	$\frac{7}{10}$	$\frac{80}{100}$
Pourcentage	$\frac{17}{25}=\frac{17\times4}{25\times4}=\frac{68}{100}$	$\frac{3}{4}=\frac{3\times25}{4\times25}=\frac{75}{100}$	$\frac{7}{10}=\frac{70}{100}$	$\frac{80}{100}$

3. Le meilleur lanceur est Kévin (80 % de réussite) et le moins bon est Allan (68 %).

Fiche 15 Utiliser les fractions pour exprimer une proportion (p. 160)

Le milkshake de Léa contient 35 g de sucre pour un milkshake de 350 g (50 + 75 + 35 + 190). La proportion de sucre est : $\frac{35}{350}$.

Le milkshake de Tim contient 44 g (18 + 26) de sucre pour un milkshake de 400 g (35 + 106 + 18 + 26 + 215). La proportion de sucre est : $\frac{44}{400}$.

$\frac{35}{350}=\frac{35\times1}{35\times10}=\frac{1}{10}=\frac{10}{100}$ et $\frac{44}{400}=\frac{4\times11}{4\times100}=\frac{11}{100}$.

$\frac{10}{100}<\frac{11}{100}$ donc la proportion de sucre (blanc ou roux) est plus grande dans le milkshake de Tim.

Fiche 16 Additionner et soustraire des fractions (p. 162)

1. $\frac{1}{12}+\frac{2}{3}=\frac{1}{12}+\frac{2\times4}{3\times4}=\frac{1+8}{12}=\frac{9}{12}=\frac{3\times3}{3\times4}=\frac{3}{4}$ (on a simplifié)

Donc $\frac{3}{4}$ des invités portent au moins un masque.

2. $\frac{1}{12}+\frac{1}{4}=\frac{1}{12}+\frac{1\times3}{4\times3}=\frac{1+3}{12}=\frac{4}{12}=\frac{4\times1}{4\times3}=\frac{1}{3}$ (on a simplifié)

Donc $\frac{1}{3}$ des invités portent au moins un chapeau.

3. 12 est un multiple de 3 et de 4. On a donc :

$$\frac{1}{12}+\frac{2}{3}+\frac{1}{4}=\frac{1}{12}+\frac{2\times4}{3\times4}+\frac{1\times3}{4\times3}=\frac{1+8+3}{12}=\frac{12}{12}=1$$

On obtient 1, ce qui signifie que tout le monde est déguisé.

Fiche 17 Tester une égalité (p. 164)

1. Le périmètre de l'hexagone de côté x est $6x$.
Le périmètre du carré de côté $x+3$ est : $4(x+3)=4x+12$.
Donc il faut souligner l'égalité : $6x=4x+12$.

2.

Valeur de x	2	4	6
Valeur de $6x$	$6\times2=12$	$6\times4=24$	$6\times6=36$
Valeur de $4x+12$	$4\times2+12=20$	$4\times4+12=28$	$4\times6+12=36$
Test de l'égalité	fausse	fausse	vraie

Pour $x=6$, l'hexagone et le carré ont le même périmètre.

Fiche 18 Quiz express (p. 165)

1 Trouver une fraction égale à un décimal

Réponse b. $\frac{9}{50} = \frac{18}{100} = 0{,}18$

2 Reconnaître des fractions égales

Réponse c. $\frac{9}{10} = \frac{9 \times 0{,}3}{10 \times 0{,}3} = \frac{2{,}7}{3}$

3 Écrire une fraction

Réponse c. 1 h = 60 min donc 25 min = $\frac{25}{60}$ h.

$\frac{25}{60} = \frac{5 \times 5}{12 \times 5} = \frac{5}{12}$ donc la fraction simplifiée représentant 25 minutes est $\frac{5}{12}$ d'heure.

4 Calculer un quotient

Réponse a. $60{,}71 \div 0{,}13 = \frac{60{,}71}{0{,}13} = \frac{6\,071}{13} = 467$

5 Utiliser l'écriture fractionnaire pour comparer

1. **Réponse c.** $\frac{1}{3}$ est la plus petite.

2. **Réponse b.** $\frac{7}{2}$ est la plus grande.

6 Placer des points

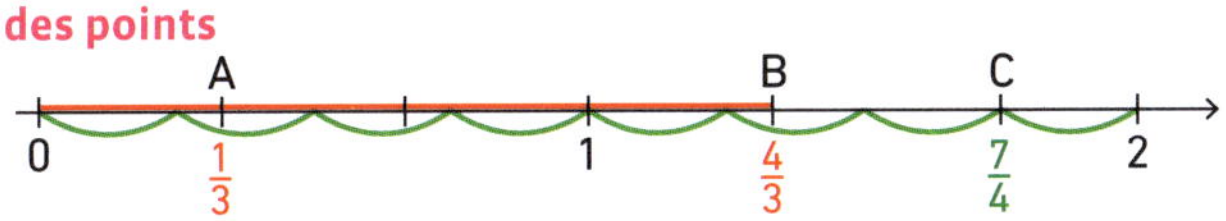

7 Résoudre un problème de proportion

1. **Réponse b.** La proportion de billes rouges dans le sac A est de :

$\frac{18}{18+12} = \frac{18}{30}$.

2. **Réponse a.** Il faut remplacer 10 billes jaunes par des billes rouges car la proportion de billes rouges dans le sac B est alors :

$\frac{14+10}{14+15+11} = \frac{24}{40} = \frac{3}{5} = \frac{18}{30}$.

8 Additionner ou soustraire des fractions

1. **Réponse b.** $A = \frac{19}{21} - \frac{4}{7} = \frac{19}{21} - \frac{4 \times 3}{7 \times 3} = \frac{19}{21} - \frac{12}{21} = \frac{7}{21}$

2. **Réponse a.** $B = 9 + \frac{5}{9} = \frac{9}{1} + \frac{5}{9} = \frac{9 \times 9}{1 \times 9} + \frac{5}{9} = \frac{81}{9} + \frac{5}{9} = \frac{86}{9}$

9 Tester une égalité

Réponse b. L'égalité est fausse car $(10 + 3) \times (9 - 5) = 13 \times 4 = 52$ mais $10 + 3 \times 9 - 5 = 10 + 27 - 5 = 32$.

10 Tester les solutions d'une équation

Réponse c. $5 \times 7 + 43 = 35 + 43 = 78$ donc l'égalité $5x + 43 = 78$ est vérifiée pour $x = 7$.

Fiche 19 Calculer un coefficient de proportionnalité (p. 168)

1.

Nombre d'accompagnateurs	5
Nombre d'élèves	60

× ?

60 ÷ 5 = 12. Le coefficient de proportionnalité est 12.

2. Un accompagnateur prendra en charge 12 élèves.

3. 7 × 12 = 84. 84 élèves pourront participer à la sortie.
84 – 60 = 24. Donc 24 élèves de plus pourront y participer.

Fiche 20 Calculer une quatrième proportionnelle (p. 170)

1.

Nombre d'œufs	4	3
Masse de farine en g	60	?

Le coefficient de proportionnalité est : 60 ÷ 4 = 15.
3 × 15 = 45. Il faut 45 g de farine pour préparer le gâteau avec 3 œufs.
60 – 45 = 15. Yasmine doit donc retirer 15 g de farine.

2. 6 × 4 = 24. Il y a 24 carrés de chocolat dans une tablette de 100 g.

Nombre d'œufs	4	3
Nombre de carrés de chocolat	24	?

Le coefficient de proportionnalité est : 24 ÷ 4 = 6.
3 × 6 = 18. Yasmine doit donc utiliser 18 carrés de chocolat pour préparer le gâteau avec 3 œufs.

Fiche 21 Utiliser une échelle (p. 172)

1. 3,5 m = 350 cm
L'échelle est 14/350 = 2/50 = 1/25.

2. 1,90 m = 190 cm

Longueur réelle en cm	350	190	?
Longueur sur le plan en cm	14	?	3,6

× 0,04

190 × 0,04 = 7,6. La longueur du lit est 7,6 cm sur le plan.

3. 3,6 ÷ 0,04 = 90. La largeur réelle du bureau est 90 cm.

Fiche 22 Calculer un pourcentage (p. 174)

1. $\frac{9}{12} = 0{,}75 = \frac{75}{100}$. Le pourcentage de victoires de l'équipe A est 75 %.

$\frac{8}{10} = 0{,}8 = \frac{80}{100}$. Le pourcentage de victoires de l'équipe B est 80 %.

L'équipe B a obtenu le plus grand pourcentage de victoires.

2. L'équipe B a maintenant 9 victoires pour 12 matchs joués.
$\frac{9}{12} = 0{,}75 = \frac{75}{100}$. Son pourcentage de victoires s'élève à 75 % de victoires, donc il a diminué.

Fiche 23 Quiz express (p. 175)

1 Calculer un coefficient de proportionnalité

Réponses a. et c. Le coefficient de proportionnalité est $\frac{2}{3} = \frac{40}{60}$.

2 Calculer une quatrième proportionnelle (1)

Réponse b. Le nombre d'œufs et le prix sont proportionnels.

Nombre d'œufs	6	10
Prix en €	2,10	?

Le coefficient de proportionnalité est : $2{,}10 \div 6 = 0{,}35$.
$10 \times 0{,}35 = 3{,}5$. Le prix d'une boîte de 10 œufs est 3,50 €.

3 Calculer une quatrième proportionnelle (2)

Réponse c. La masse de riz et le nombre d'élèves sont proportionnels et 5 kg = 5 000 g.

Nombres d'élèves	4	?
Masse de riz en g	100	5 000

Le coefficient de proportionnalité est : $100 \div 4 = 25$.
$5\,000 \div 25 = 200$. Avec 5 kg de riz, on peut donc nourrir 200 collégiens.

4 Calculer une échelle

Réponse c. 4 m = 400 cm. L'échelle est 1,5/400 (longueur sur la carte divisée par la longueur réelle). Attention, les unités de longueur au numérateur et au dénominateur doivent être les mêmes !

5 Utiliser une échelle

Réponse c. 1 cm sur le plan représente 5 000 cm en réalité.
Donc 8 cm sur le plan représentent $8 \times 5\,000 = 40\,000$ cm en réalité.

6 Calculer une longueur à partir d'une échelle

Réponse a. longueur réelle $\times 400 = 2{,}4$ donc longueur réelle $= \frac{2{,}4}{400} = 0{,}006$ cm soit 0,06 mm.

7 Appliquer un pourcentage

Réponses b. et c. $340 \times 0{,}45 = 153$. Donc 153 élèves sont demi-pensionnaires.
45 % représentent moins de la moitié des élèves. La moitié de 340 est 170, donc moins de 170 élèves sont demi-pensionnaires.

8 Calculer un pourcentage

Réponse a. 15 élèves sont concernés parmi 25.

$$\frac{15}{25} = 0{,}6 = \frac{60}{100}.$$

Il y a donc 60 % des élèves qui pratiquent un sport en club.

9 Appliquer un pourcentage de réduction

Réponse c. $160 \times 0{,}25 = 40$. La réduction est de 40 €.
$160 - 40 = 120$. Le prix après réduction est 120 €.

10 Calculer à partir d'un pourcentage

Réponse b. masse $\times \frac{40}{100} = 24$ donc masse $= \frac{24}{0{,}4} = 60$ g.

Fiche 24 Lire et interpréter un tableau de données (p. 178)

1. Le nombre total de joueurs est 14, ce qui correspond à l'effectif total.
$14 - (8 + 2 + 1) = 14 - 11 = 3$. 3 joueurs ont marqué deux buts.
2. D'après le tableau, 8 joueurs n'ont pas marqué de but, 2 en ont marqué un, 3 en ont marqué deux et 1 en a marqué trois.
$8 \times 0 + 2 \times 1 + 3 \times 2 + 1 \times 3 = 11$. Ils ont marqué 11 buts en tout.

Fiche 25 Calculer des fréquences (p. 180)

1. $1 + 2 + 6 + 1 + 2 = 12$. L'effectif total est 12.
6 enfants parmi 12 ont regardé la télévision pendant 1 h.
$\frac{6}{12} = 0{,}5$.
La fréquence des enfants ayant regardé la télévision 1 h est 0,5.
2. On détermine l'effectif des enfants ayant passé moins d'une heure devant la télévision en additionnant les effectifs pour 0 min et 30 min :
$1 + 2 = 3$
3 enfants ont passé moins d'une heure devant la télévision.
$\frac{3}{12} = 0{,}25 = \frac{25}{100}$
25 % des enfants ont passé moins d'une heure devant la télévision.

Fiche 26 Lire et interpréter un histogramme (p. 182)

1. On lit que 10 visiteurs ont 40 ans ou plus.
2. 20 visiteurs ont moins de 10 ans et 25 visiteurs ont entre 10 ans et 20 ans.
$20 + 25 = 45$. 45 visiteurs ont moins de 20 ans.
$20 + 25 + 8 + 12 + 10 = 75$. L'effectif total est 75.
$\frac{45}{75} = 0{,}6 = \frac{60}{100}$. 60 % des visiteurs ont moins de 20 ans.

Fiche 27 Calculer une moyenne (p. 184)

1. Dans la cellule G2 (moyenne de Mohammed), le professeur a saisi la formule : « =MOYENNE(B2:F2) ».
2. La moyenne de Mohammed est 13,6/20.
La moyenne d'Emma est 13/20.
Mohammed a donc la moyenne la plus élevée.
3. Avec les 5 notes, Mohammed avait une moyenne de 13,6. La 6e note étant de 14, elle est supérieure à la moyenne ; la moyenne calculée à partir des 6 notes sera donc supérieure à la précédente.
La 6e note d'Emma étant égale à sa moyenne (13/20), sa moyenne restera identique.

Fiche 28 Représenter graphiquement des données (p. 186)

1. Les différents types d'émissions sont notés en abscisses et les effectifs sont placés en ordonnées.

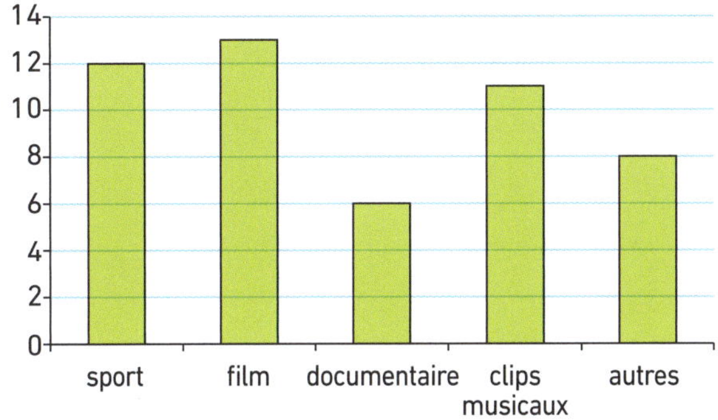

2. Entrer les données dans la feuille de calcul d'un tableur.

	A	B	C	D	E
1	sport	film	documentaire	clips musicaux	autres
2	12	13	6	11	8

Pour afficher le diagramme circulaire, sélectionner les données de A1 à E2, puis cliquer sur « Insérer un diagramme » et enfin choisir « Secteur » puis « Terminer ».
On obtient le diagramme circulaire ci-dessous.

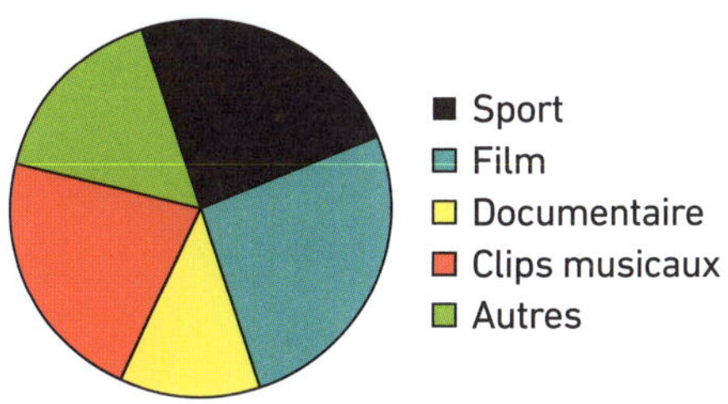

Fiche 29 Découvrir les probabilités (p. 188)

1. Il y a 8 friandises dans un sachet, il y a donc 8 issues possibles.

Il y a 3 friandises au goût de fruits. La probabilité est donc $\frac{3}{8} = 0{,}375$.

2. Ali a donné 3 friandises au goût de fruits à Romain et en a récupéré 2 au cola.
Il a maintenant 7 friandises dans son sachet dont 4 au cola.

La probabilité est donc $\frac{4}{7}$. (Il n'y a pas de valeur décimale exacte.)

Fiche 30 Quiz express (p. 189)

1 Lire un tableau
Réponses b. et c. Aucune matière n'a eu qu'une seule évaluation et Lisa a eu 2 évaluations dans 3 matières.

2 Interpréter un tableau
Réponse b. L'effectif total correspond au nombre total de jours.
$10 + 7 + 1 + 2 = 20$. Il s'élève à 20 jours.

3 Calculer une fréquence
Réponse a. $\frac{14}{70} = 0{,}2 = \frac{20}{100}$. Donc 20 % des élèves ont consulté une revue.

4 Interpréter un histogramme
Réponse a. D'après l'histogramme, 2 adolescents perçoivent une somme supérieure à 0 € et strictement inférieure à 5 €, et 6 autres perçoivent une somme supérieure ou égale à 5 € et strictement inférieure à 10 €.
$2 + 6 = 8$. Donc 8 d'entre eux perçoivent une somme inférieure à 10 €.

5 Calculer une moyenne à l'aide d'un tableur
Réponse a. La moyenne est celle des valeurs allant des cellules B2 à E2.

6 Représenter graphiquement des données
Réponse a. $365 - 143 = 222$. Il y a 222 jours sans pluie. Sur le diagramme, le secteur représentant les jours de pluie (en bleu) doit être plus petit que le secteur en rose.

7 Calculer une probabilité
Réponses a. et c. Il a une chance de prendre des haricots parmi 4 assiettes.
La probabilité est donc $\frac{1}{4} = 0{,}25$.

Fiche 31 Calculer un périmètre (p. 192)

Le périmètre du champ sans l'ouverture est :
$2 \times (120 + 90) = 2 \times 210 = 420$ m
$420 - 2 = 418$ donc on doit prévoir 418 m de grillage.

Fiche 32 Calculer une aire (p. 194)

En déplaçant les 2 demi-disques extérieurs de rayon 2 cm comme sur la figure ci-dessous, l'aire de la figure obtenue est celle d'un carré de 4 carreaux de côté c'est-à-dire de $4 \times 4 = 16$ cm^2.

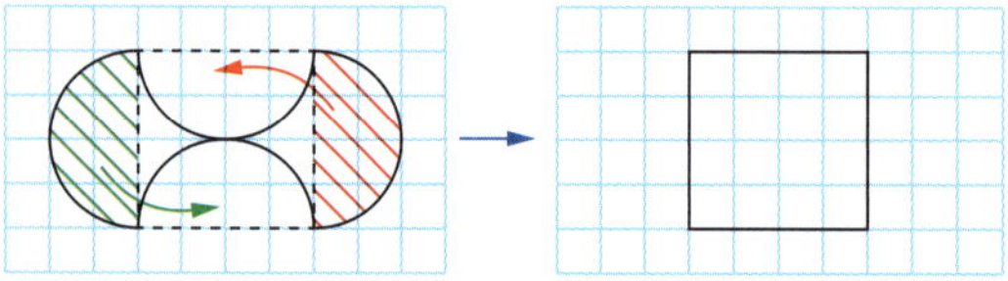

Fiche 33 Calculer le volume d'un pavé droit (p. 196)

1. $V = 50 \times 25 \times 2 = 2\,500$
Le volume minimal d'eau de la piscine est de 2 500 m^3.
$V' = 50 \times 25 \times 3 = 3\,750$
Le volume maximal d'eau de la piscine est de 3 750 m^3.
2. On doit mettre au minimum 2 500 × 1 000 L, soit 2 500 000 L d'eau.

Fiche 34 Calculer le volume d'un prisme ou d'un cylindre (p. 198)

1. Aire de la base $= \dfrac{3 \times 4}{2} = 6$ cm^2.
Volume = 6 × 10 = 60 cm^3.
60 cm^3 = 60 000 mm^3, donc le volume de ce prisme est 60 000 mm^3.
2. Aire de la base $= \dfrac{8 \times 6}{2} = 24$ cm^2.
Volume = 24 × 10 = 240 cm^3
240 cm^3 = 240 000 mm^3, donc le volume de ce prisme est 240 000 mm^3.

Fiche 35 Calculer des durées, des horaires (p. 200)

Pour 4 tours : 1 min 19 s × 4 = 4 min 76 s.
On transforme 76 s car 76 s > 60 s.
76 s = 60 s + 16 s = 1 min + 16 s = 1 min 16 s d'où :
4 min 76 s = 4 min + 1 min 16 s = 5 min 16 s
Le pilote de Formule 1 a mis 5 min et 16 s pour effectuer 4 tours.

Fiche 36 Effectuer des changements d'unité (p. 202)

1. 78 q = 7 800 kg pour un hectare.
Donc dans son champ de 9 ha, la masse de blé récoltée sera de :
7 800 × 9 = 70 200 kg.
2. L'agriculteur vendra la récolte de son champ de 9 ha au prix de :
0,20 × 70 200 = 14 040 €.

Fiche 37 Mesurer des grandeurs à l'aide d'un logiciel de géométrie (p. 204)

1. Cliquer sur le bouton « Segment de longueur donnée », puis sur l'écran pour placer le point A. Entrer « 10 » (en cm) pour la longueur du segment [AB] à tracer. Cliquer sur le bouton « Milieu ou centre », puis sur le segment [AB] pour faire apparaître son milieu D.
2. Pour tracer le carré de côté [AB], cliquer sur le bouton « Polygone régulier », puis sur A et sur B. Dans la fenêtre qui s'affiche, entrer le nombre de sommets : « 4 », puis cliquer sur « Appliquer ».
Tracer de même le carré de côté [AD].

3. Pour afficher le périmètre d'un carré (en cm), cliquer sur le bouton « Distance ou longueur », puis sur le carré. Le logiciel affiche :

- 20 cm pour le périmètre du carré de côté [AD] (AD = 5 cm) ;
- 40 cm pour le périmètre du carré de côté [AB] (AB = 10 cm).

On peut conjecturer que lorsque le côté d'un carré est multiplié par 2, son périmètre est aussi multiplié par 2, donc que le périmètre est proportionnel à la longueur du côté.

4. Pour afficher l'aire d'un carré (en cm^2), cliquer sur le bouton « Aire », puis sur le carré. Le logiciel affiche :

- 25 cm^2 pour l'aire du carré de côté [AD] (AD = 5 cm) ;
- 100 cm^2 pour l'aire du carré de côté [AB] (AB = 10 cm).

$100 \div 25 = 4$. On peut conjecturer que lorsque le côté d'un carré est multiplié par 2, son aire est multipliée par 4 soit 2^2.

Fiche 38 Quiz express (p. 205) ?

1 Calculer le périmètre d'un carré
Réponse c. Le périmètre de la base de la pyramide est de : $4 \times 230 = 920$ m.

2 Calculer la longueur d'un cercle
Réponse b. Le rayon est 10 cm donc la longueur du cercle est environ : $2 \times 3{,}14 \times 10$ soit environ 62,8 cm.

3 Calculer l'aire d'un rectangle
Réponse c. L'aire du tableau est de : $7{,}8 \times 3{,}5 = 27{,}3$ m^2.

4 Calculer l'aire d'un demi-disque
Réponse b. Le rayon est de 5 cm donc l'aire du demi-disque est environ : $(3{,}14 \times 5 \times 5) \div 2$ soit environ 39,25 cm^2.

5 Calculer le volume d'un pavé droit
Réponse c. Le volume de la piscine est de : $8 \times 4 \times 1{,}5 = 48$ m^3.

6 Comparer le volume d'un cylindre
Réponse c. Le volume du tube de rouge à lèvres est $\pi \times 0{,}5 \times 0{,}5 \times 6 \approx 4{,}71$ cm^3.

7 Comparer deux volumes
Réponse a. Volume du cylindre initial :
$V = \pi \times 10 \times 10 \times 3 = 300\pi$ cm^3
En doublant le rayon et la hauteur, le volume obtenu V' est :
$V' = \pi \times (10 \times 2) \times (10 \times 2) \times (3 \times 2) = (\pi \times 10 \times 10 \times 3) \times 2 \times 2 \times 2 = V \times 8$
Le volume initial est donc multiplié par 8.

8 Calculer une somme de durées
Réponse b. 2 h 53 min + 5 h 47 min = 7 h 100 min = 8 h 40 min

9 Résoudre un problème de durée
Réponse c. 14 h 15 min – 8 h 38 min = 13 h 75 min – 8 h 38 min = 5 h 37 min
Donc la durée du trajet en train est de 5 h 37 min.

10 Convertir dans une autre unité
Réponse c. 0,492 hm = 49,2 m et 0,0503 km = 50,3 m. Le nombre entier compris entre 49,2 m et 50,3 m est 50 m. (Attention, 49,8 est compris entre 49,2 et 50,3 mais ce n'est pas un nombre entier.)

11 Comparer des aires
Réponses b. et c. $E = 0{,}42$ ha $= 0{,}42$ hm^2 $= 4\,200$ m^2 et $F = 415\,000$ dm^2 $= 4\,150$ m^2.
Donc $E > F$ et $F < E$.

Fiche 39 Représenter un parallélépipède rectangle (p. 208)

- Pour compléter la figure :
– Tracer la droite parallèle à (AE) passant par D.
– Tracer la droite parallèle à (EF) passant par G.
– Tracer la droite parallèle à (AD) passant par E.
– Le point d'intersection de ces droites est le point H.
– Repasser sur les arêtes en pointillés et effacer les traits de construction.

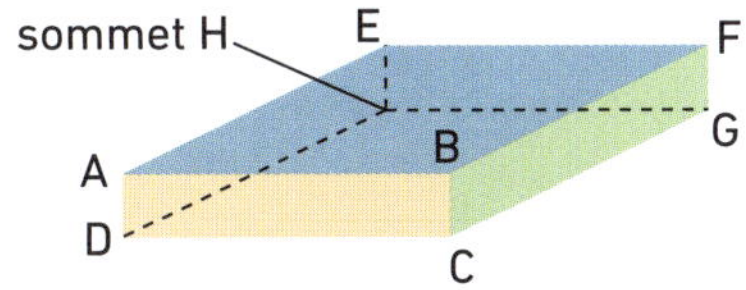

- Pour construire la face EFGH : Les arêtes [AB], [HG] et [EF] sont parallèles et de même longueur (AB = HG = EF = 6 cm).
Les arêtes [FG] et [EH] sont parallèles et de même longueur (FG = EH = 1 cm).
Donc la face EFGH est un rectangle de longueur 6 cm et de largeur 1 cm.
- Pour construire la face DCGH :
Les arêtes [AB], [DC] et [HG] sont parallèles et de même longueur (AB = DC = HG = 6 cm).
Les arêtes [AE], [CG] et [DH] sont parallèles et de même longueur (AE = CG = DH = 8 cm).
Donc la face DCGH est un rectangle de longueur 8 cm et de largeur 6 cm.

Fiche 40 Construire un patron d'un parallélépipède rectangle (p. 210)

Voici une solution possible.

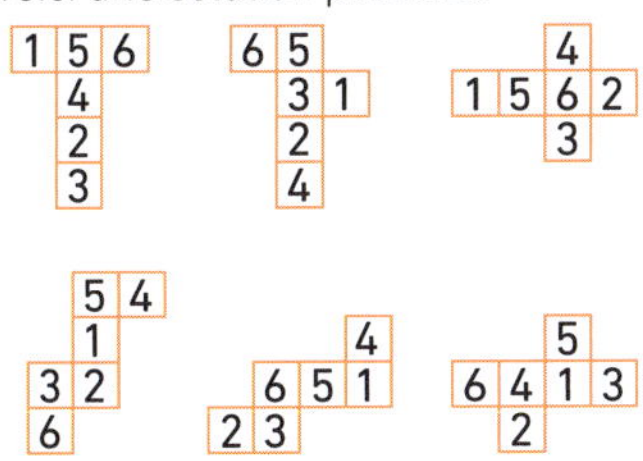

Fiche 41 Construire un patron d'un cylindre (p. 212)

Calcul du rayon de chacune des deux bases :
$r = AB \div 2 = 3 \div 2 = 1{,}5$, soit 1,5 cm.
Calcul de la longueur du rectangle :
$d \times \pi = 3 \times \pi \approx 9{,}4$, soit 9,4 cm.

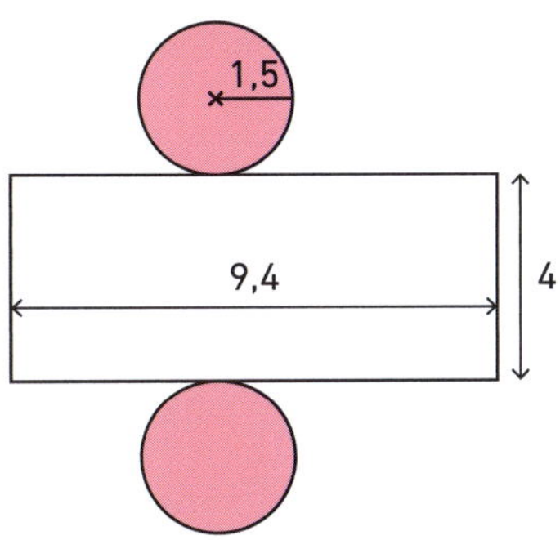

Fiche 42 Quiz express (p. 213)

1 Visualiser des parallélépipèdes rectangles

1. aucune ; 2. vue de dessus ; 3. vue de face ; 4. vue de droite.

2 Reconnaître des patrons

Réponses a. et b. Dans la figure **c**, deux faces opposées sont positionnées du même côté. La figure **d** n'a que cinq faces.

3 Reconnaître le patron d'un cylindre

Réponse a. La longueur du rectangle : 8 unités de longueur.
La longueur de chaque cercle : $3 \times \pi$ soit environ 9 unités de longueur.
Donc ce n'est pas le patron d'un cylindre, Naëlle a raison.

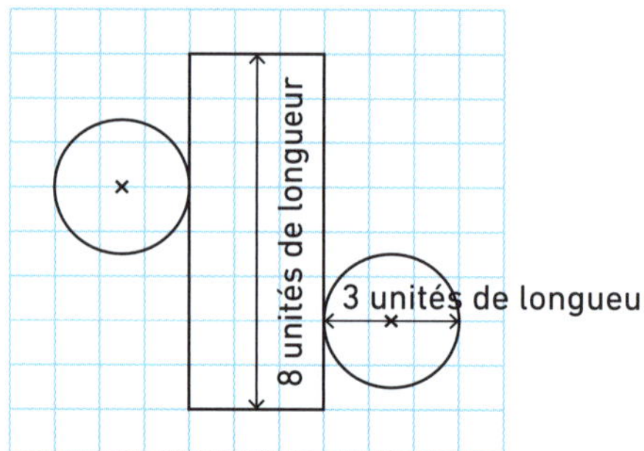

4 Construire le patron d'un cylindre

Réponse b. $8 \times \pi \approx 25$, soit 25 cm.

Fiche 43 Reconnaître et tracer la médiatrice d'un segment (p. 216)

L'école doit être construite là où les trois médiatrices se croisent.

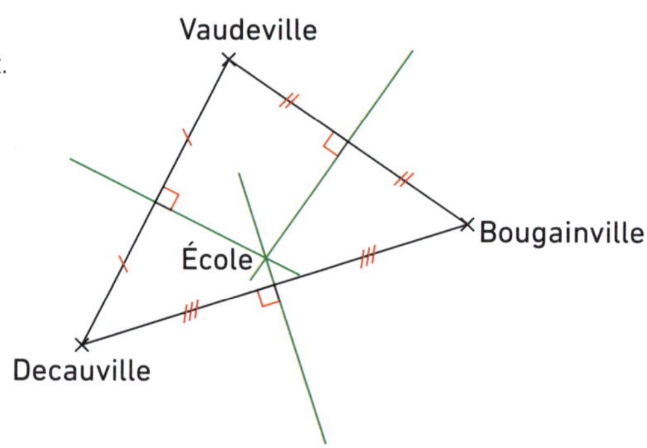

Fiche 44 Reconnaître et tracer les hauteurs d'un triangle (p. 218)

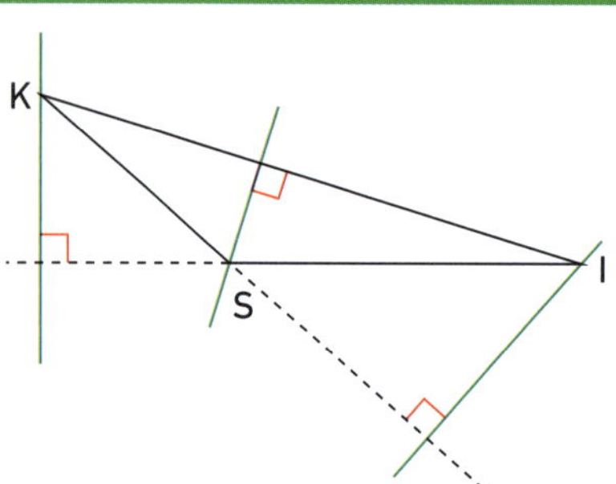

Fiche 45 Utiliser l'inégalité triangulaire (p. 220)

$1{,}8 + 3{,}2 = 5$
Les maisons de Paul, Julie et Éloïse forment un triangle (non plat), donc d'après l'inégalité triangulaire la maison d'Éloïse est à moins de 5 km de celle de Paul. Par conséquent, Julie a raison.

Fiche 46 Utiliser la somme des angles d'un triangle (p. 222)

Dans le triangle ABE équilatéral, $\hat{a} = \hat{b} = \hat{c} = 60°$.
Dans le triangle rectangle BED, $180° - (90° + 50°) = 40°$ donc $\hat{d} = 40°$.
Le triangle ABC est plat. $180° - (60° + 40°) = 80°$ donc $\hat{e} = 80°$.
Dans le triangle isocèle BCD, $\hat{f} = \hat{e} = 80°$ et $180° - 80° \times 2 = 20°$ donc $\hat{g} = 20°$.

Fiche 47 Quiz express (p. 223) ?

1 Reconnaître la médiatrice d'un segment

Réponse b. (d_1) et (d_3) ne passent pas par le milieu de [RT]. (d_4) n'est pas perpendiculaire à (RT).

2 Associer un segment à sa médiatrice

Réponses c. et d. Tracer chaque segment proposé, puis vérifier (avec les instruments au besoin) si la droite (d) semble ou non perpendiculaire au segment et si elle semble ou non passer par le milieu du segment.

3 Utiliser l'inégalité triangulaire

1. **Faux.** $50 + 17 < 72$
2. **Vrai.** $1 + 0{,}82 > 1{,}23$
3. **Vrai.** C'est un triangle plat : $4 + 5 = 9$.

4 Reconnaître une hauteur dans un triangle

Réponse c. (d_1) ne passe pas par un sommet du triangle.
(d_2) n'est pas perpendiculaire à un côté du triangle.
(d_4) n'est pas perpendiculaire à (PS).
(d_5) est perpendiculaire à (PS) mais ne passe pas par le sommet A.

5 Calculer des angles dans un triangle

1. **Vrai.** $180° - (38° + 71°) = 71°$. Le triangle a deux angles égaux donc il est isocèle.
2. **Faux.** $\hat{a} = 180° - (41{,}2° + 48{,}7°) = 90{,}1°$ donc $\hat{a} \neq 90°$.

Fiche 48 Construire des symétriques par rapport à un point (p. 226)

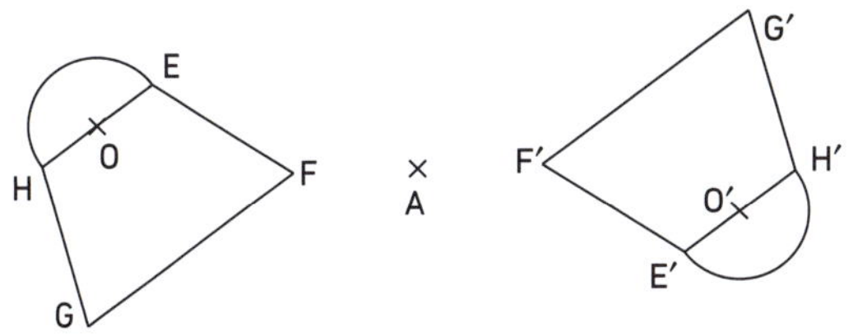

Fiche 49 Reconnaître des axes et des centres de symétrie (p. 228)

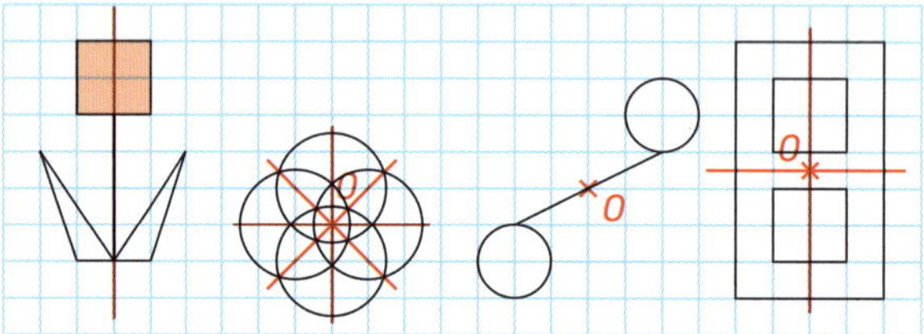

Figure 1 *Figure 2* *Figure 3* *Figure 4*

• *Figure 1* : un axe de symétrie.
• *Figure 2* : quatre axes et un centre de symétrie (le point d'intersection des axes de symétrie).
• *Figure 3* : un centre de symétrie.
• *Figure 4* : deux axes et un centre de symétrie (le point d'intersection des axes de symétrie).

Fiche 50 Utiliser les propriétés des parallèles et des angles (p. 230)

L'angle $\hat{a}$ et l'angle donné de 48° sont opposés par le sommet donc $\hat{a} = 48°$.
STU est un triangle isocèle en *S* : $\hat{b} = \widehat{TUS} = (180° - 48°) \div 2 = 66°$.
Un angle plat mesure 180° : $\hat{c} = 180° - \widehat{TUS} = 180° - 66° = 114°$.
Les droites (d_1) et (d_2) sont parallèles et sont coupées par la droite (SU), et les angles $\hat{c}$ et $\hat{d}$ sont correspondants donc $\hat{d} = \hat{c} = 114°$.

Fiche 51 Utiliser les propriétés du parallélogramme (p. 232)

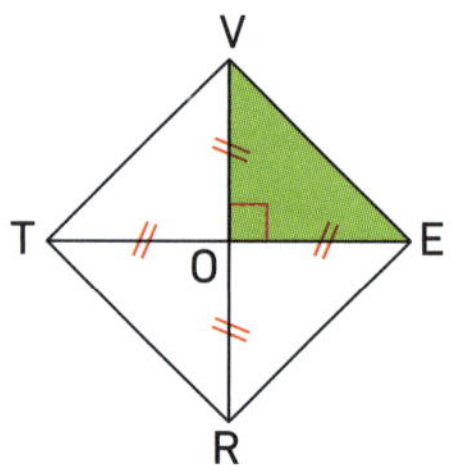

O est le milieu de [VR] et de [TE] (par symétrie).
Si un quadrilatère a ses diagonales qui se coupent en leur milieu, alors c'est un parallélogramme.
Donc VERT est un parallélogramme.
VR = TE et (VR) est perpendiculaire à (TE).
Si un parallélogramme a ses diagonales perpendiculaires et de même longueur, alors c'est un carré.
Donc VERT est un carré.

Fiche 52 Quiz express (p. 233)

1 Trouver le symétrique d'un point

1. **Vrai.**
2. **Faux.** PO ≠ OL.
3. **Faux.** N est le symétrique de M par rapport à L.
4. **Vrai.**
5. **Faux.** A, P et Q ne sont pas alignés.
6. **Vrai.**

2 Trouver des axes et centres de symétrie

1. **Vrai.** Toute droite passant par le centre du cercle est un axe de symétrie.
2. **Vrai.** Les hauteurs d'un triangle équilatéral sont ses axes de symétrie.
3. **Faux.** Aucun triangle n'a de centre de symétrie.
4. **Vrai.** Une droite est illimitée : tout point sur la droite est un centre de symétrie ; toute droite perpendiculaire à la droite est un axe de symétrie.
5. **Vrai.** La médiatrice du segment et la droite passant par les extrémités du segment sont les deux axes de symétrie du segment ; le milieu du segment est son centre de symétrie.
6. **Faux.** Un carré a quatre axes de symétrie et un centre de symétrie.

3 Utiliser les propriétés des parallèles et des angles

1. **Vrai.** Les deux angles sont alternes-internes (mais ils n'ont pas la même mesure car (AD) et (BC) ne sont pas parallèles).
2. **Vrai.** Les deux angles ont même mesure car ils sont opposés par le sommet.
3. **Vrai.** Les deux angles ont même mesure car ils sont alternes-internes, et (AB) et (DC) sont parallèles.
4. **Faux.** Les angles $\widehat{ACD}$ et $\widehat{JAI}$ sont correspondants.

4 Utiliser les propriétés du parallélogramme

1. **Vrai.** Le codage indique que les quatre côtés du quadrilatère ont la même longueur.
2. **Faux.** Les diagonales sont perpendiculaires mais le codage n'indique pas qu'elles se coupent en leur milieu.
3. **Faux.** AD = BC mais le codage n'indique pas que AB = CD.

Fiche 53 Écrire et exécuter un programme simple (p. 236)

1. et 2. On démarre avec un papillon réduit à 30 % et placé au point (– 180 ; 0) grâce aux instructions : « mettre à 30 % de la taille initiale » et « aller à x: –180 y: 0 ».

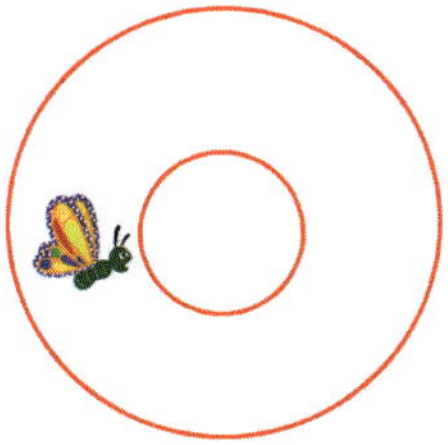

3. Voici les instructions à écrire pour faire circuler le papillon entre les deux cercles sans jamais les toucher.

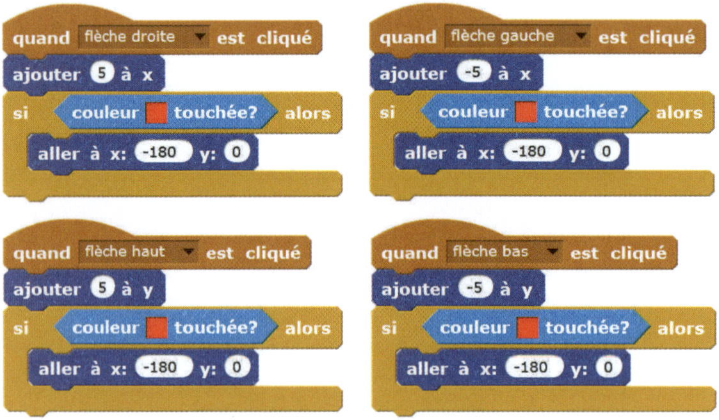

Fiche 54 Réaliser une figure pas à pas (p. 238)

Les angles d'un triangle équilatéral mesurent 60°. Ci-contre, la flèche rouge indique la direction prise par le stylo pour tracer le 2e côté du triangle : le stylo doit tourner de 120°. Voici les instructions à écrire pour tracer la figure demandée.

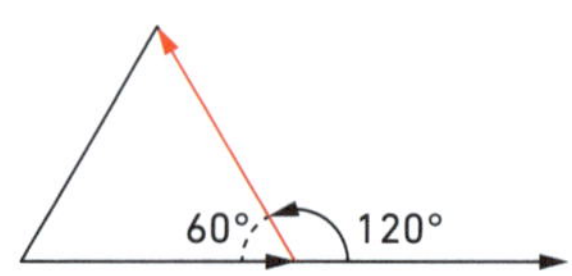

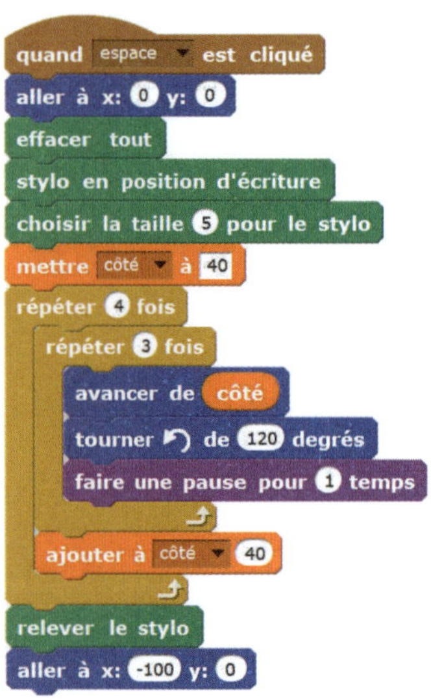

Mais qui était Élisabeth 1re ?
Allons la rencontrer

Let's go!

Anglais

Your Majesty !

SOMMAIRE

Anglais

Pour suivre ton avancement :

☒ *mets une croix dans la case quand tu as appris le cours*

entoure-la quand tu as fait les exercices

Le groupe nominal

Le verbe

La phrase

Le pluriel des noms

1

La plupart des noms forment leur pluriel avec la terminaison -s. Mais il y a quelques cas particuliers à connaître.

Le cours

1 Les pluriels réguliers

▶ En général, on forme le pluriel d'un nom **en lui ajoutant *-s***. Ce *s* final se prononce.

hat → hats   bottle → bottles   book → books   chair → chairs

▶ Pour faciliter la prononciation, **on ajoute *-es*** /ɪz/ aux noms qui se terminent par *-s*, *-x*, *-z*, *-sh* et *-ch* au singulier.

bus → buses • kiss → kisses
box → boxes • waltz → waltzes
lunch → lunches • wish → wishes

▶ Les noms qui se terminent par consonne + *-y* ont **un pluriel en *-ies***.

baby → babies • lady → ladies
(*mais* : boy → boys • play → plays)

2 Les pluriels irréguliers

▶ Certains noms en *-f* ou *-fe* ont **un pluriel en *-ves***.

wolf → wolves • leaf → leaves • knife → knives • wife → wives

▶ Certains noms en *-o* peuvent avoir **un pluriel en *-oes***.

tomato → tomatoes • potato → potatoes • hero → heroes
(*mais* : piano → pianos • memo → memos • kilo → kilos)

▶ Certains pluriels sont totalement irréguliers : il faut les connaître.

Pluriels irréguliers :
- man → **men**
- mouse → **mice**
- woman → **women**
- foot → **feet**
- child → **children**
- tooth → **teeth**

▶ Enfin, de très rares noms sont invariables au pluriel.

one fish → ten fish • one sheep → ten sheep

Je m'entraîne

1 Complète ces phrases par *a, an, Ø* ou *the*.

1. I saw .... beautiful dress in my favourite clothes shop yesterday.
2. Where is .... boy who broke the window?
3. Can you see .... orange pen on the desk?
4. I mustn't eat .... hamburgers every day.
5. It's impossible to finish this math lesson in just .... hour.
6. I don't like to wear .... uniform to go to school.

2 Complète par le démonstratif qui convient.

1. .... car is fantastic.

2. .... woman over there looks very happy.

3. .... are my two sisters, Lara and Sally.

4. .... books are very old.

3 Complète par le démonstratif qui convient.

1. .... pens are mine but .... ones over there are yours.
2. Please, take .... newspapers right here and put them in the living room.
3. Let me see! No, ... shoes are not mine.
4. .... drawing here is nicer than .... one on the wall.
5. Can you pass me .... magazines on your right?

COUP DE POUCE
Demande-toi si l'être ou l'objet désigné est proche ou lointain.

↗ CORRIGÉS p. 309

Some, any, no et leurs composés

3

Some, any, *et* no *sont des quantifieurs indéfinis.*
Ils expriment une quantité ou un nombre approximatif.

Le cours

1 *Some, any, no*

▶ *Some* et *any* signifient « du, de la, des ». *Some* s'emploie à la forme affirmative ou interrogative et *any* dans des phrases interrogatives.

I have some water for you. *J'ai de l'eau pour toi.*
Would you like some biscuits? *Voulez-vous des biscuits ?* [on sait qu'il y en a]
Is there any bread? *Y a-t-il du pain ?* [on ignore s'il y en a]

▶ ***No*** et ***not any*** signifient « ne… pas de ». Ils s'emploient dans des phrases négatives.

I haven't got any pets = I have no pets. *Je n'ai pas d'animaux domestiques.*

2 Les composés de *some, any* et *no*

Les composés de *some*, *any* et *no* suivent **les mêmes règles d'emploi.**

Composés	Exemples
something, anything *quelque chose*	I have something to tell you. *J'ai quelque chose à vous dire.* Have you got anything to say? *Avez-vous quelque chose à dire ?*
nothing, not... anything *rien... ne, ne... rien*	I can see nothing. = I can't see anything. *Je ne vois rien.*
somebody / someone, anybody / anyone *quelqu'un*	Somebody came to see you. *Quelqu'un est venu vous voir.* Can anyone tell me the time? *Quelqu'un peut-il me dire l'heure?*
nobody, no one, not... anyone *personne... ne, ne... personne*	There is nobody / no one. = There isn't anyone. *Il n'y a personne.*

À RETENIR

- **quantité positive (il y en a)** → *some*
- **quantité inconnue** → *any*
- **quantité nulle (il n'y en a pas)** → *no, not... any*

Je m'entraîne

1 Observe le dessin et complète ces phrases avec les adjectifs ci-dessous au comparatif.

curly • long • tall • modern • dirty

1. Ethan is .... Lily.
2. Lily's trousers are .... Ethan's trousers.
3. Lily's T-shirt is .... Ethan's T-shirt.
4. Ethan's hair is .... Lily's hair.
5. Lily's phone is .... Ethan's phone.

2 Complète ces phrases en formant les comparatifs de supériorité des adjectifs proposés.

1. My speech is .... (good) yours.
2. Her house is .... (big) Jeff's house.
3. Amanda and Lucy are .... (serious) David.
4. Are mice .... (intelligent) rabbits?
5. This flower smells .... (nice) that one.

3 Complète les phrases suivantes avec un superlatif.

1. Nobody is prettier than Sandra: she is ....
2. All my brothers and sisters are older than me: I'm ....
3. Beyonce only works with very good dancers: they are ....
4. Markus is bad at cooking. He is .... cook I've ever met!
5. There are great capitals in the world. But Paris is the ....!

4 Mot mystère !

Trouve dans la grille le comparatif des adjectifs en bleu et le superlatif des adjectifs en orange. Les lettres restantes te permettront de trouver le mot mystère.

SOFT
BIG
BAD
NICE
SIMPLE
OLD
CUTE
GOOD
BAD

N	S	O	F	T	E	R
B	I	G	G	E	R	T
W	M	C	S	W	E	S
O	P	B	E	O	D	E
R	L	I	E	R	L	T
S	E	N	G	S	O	U
T	R	E	R	E	T	C

Mot mystère : _ _ _ _ _ _ _

↗ CORRIGÉS p. 311

Quiz express 7

Vérifie que tu as bien retenu les points clés des **fiches 1 à 6**

Le groupe nominal

1 Le singulier et le pluriel fiche 1

Entoure la forme correcte.

1. Our English teacher gives us a lot of exercice / exercisies / exercises.
2. Yesterday I broke two dishs / dishes / dishies.
3. My little sister lost her first teeths / tooth / tooths yesterday.
4. In autumn, lots of trees have no leaves / leafs / leafes.
5. There are many woman / women / womans who work in this bank.
6. Cut the tomato / tomatos / tomatoes and put them in the salad.
7. She washis / washes / washs her hair every day.

2 Articles et démonstratifs fiche 2

Relie chaque phrase avec le déterminant qui convient.

1. ...... small boys usually like to play with cars. •	• a
2. Do you know ...... girl over there? •	• an
3. She offered me ...... beautiful present for my birthday. •	• the
4. ...... video game is really exciting to play. •	• Ø
5. I often have ...... apple after lunch. •	• this
6. Did you enjoy ...... movie we saw yesterday? •	• that

3 *Some, any, no* et leurs composés fiche 3

Choisis le quantifieur qui convient dans les phrases suivantes.

1. ❑ Some ❑ Any people like to drive fast.
2. I have ❑ anything ❑ something in my pocket.
3. I'm so sorry! There is ❑ no ❑ some milk today.
4. Do you want ❑ something ❑ any to drink?
5. Have you got ❑ anything ❑ any money?
6. ❑ Much ❑ Many families have computers in their homes.

4 *Many, much, a lot of* fiche 4

Associe les débuts et les fins de phrases pour composer des phrases complètes.

1. Did the teachers give you •
2. We've got a lot of apples •
3. Have you got •
4. I haven't got a •
5. There isn't •

• **a.** much flour left to make a cake.
• **b.** many exercises to do?
• **c.** many friends at school?
• **d.** but not many pears.
• **e.** lot of time to watch TV.

5 Reconnaître les différents pronoms fiche 5

Coche l'intrus dans chaque liste.

1. ❑ **a.** my ❑ **b.** yours ❑ **c.** his ❑ **d.** our
2. ❑ **a.** you ❑ **b.** I ❑ **c.** me ❑ **d.** she
3. ❑ **a.** mine ❑ **b.** hers ❑ **c.** theirs ❑ **d.** they
4. ❑ **a.** him ❑ **b.** we ❑ **c.** us ❑ **d.** them

6 Comparatifs et superlatifs fiche 6

Choisis la forme qui convient.

1. Lauren is as ❑ **tall** ❑ **taller** as Emma.
2. Hal is ❑ **stronger** ❑ **strongest** than Sam.
3. You are the ❑ **oldest** ❑ **older** in the class.
4. They were ❑ **gooder** ❑ **better** than us at this game.
5. The book was ❑ **more boring** ❑ **most boring** than the film.
6. Is your tea ❑ **hoter** ❑ **hotter** than mine?
7. Today, I'm the ❑ **most happy** ❑ **happiest** girl in the world.
8. Who is the ❑ **baddest** ❑ **worst** football player on your team?

ÉNIGME

Sauras-tu décrypter le dicton suivant ?

YAWA ROTCOD EHT SPEEK YAD A ELPPA NA

....

An apple a day keeps the doctor away.

↗ Reporte-toi aux CORRIGÉS p. 312 et calcule ton score.

Score : …/36

There is / there are
Les prépositions de lieu

***Pour dire que quelqu'un ou quelque chose existe (il y a), l'anglais utilise* there is *ou* there are.**

Le cours

1 There is / there are

▶ « **Il y a** » est une expression invariable en français.
En anglais, l'expression équivalente peut se mettre au singulier ou au pluriel, selon ce qui la suit.

Forme	Nom au singulier ou indénombrable	Nom au pluriel
affirm.	There is a man in your office.	There are many problems.
nég.	There isn't any coffee left. = There is no coffee left.	There aren't any apples. = There are no apples.
interr.	Is there an interesting film on TV? Is there any sugar on the table?	Are there many people? Are there any letters for me?

▶ Dans une énumération, c'est le nombre du **premier élément** qui détermine la forme utilisée.

> There is a boy, a girl and five teachers in the classroom.
> *Il y a un garçon, une fille et cinq professeurs dans la salle de classe.*
> There are five teachers, a boy and a girl in the classroom.
> *Il y a cinq professeurs, un garçon et une fille dans la salle de classe.*

2 Les prépositions de lieu

Pour **situer dans l'espace**, on utilise des prépositions.

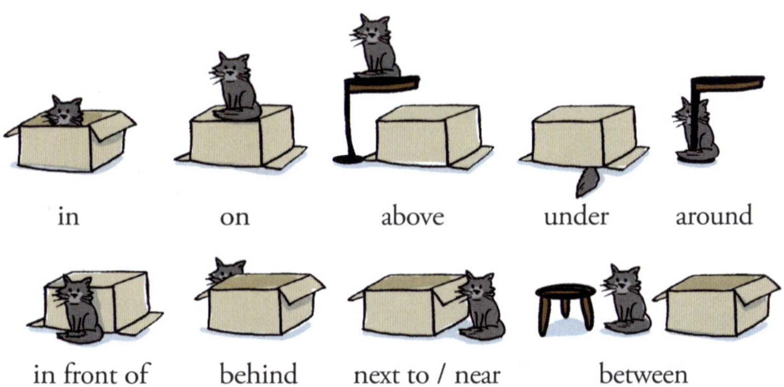

Je m'entraîne

1 Conjugue les verbes entre parenthèses au prétérit.

1. He .... (eat) all the candies.
2. They .... (watch) an excellent movie last night.
3. We .... (clean) the whole house last week.
4. We .... (decide) to go to the cinema yesterday afternoon.
5. I .... (wash) my hair yesterday morning.

COUP DE POUCE
Un des verbes est irrégulier.

2 Mets les phrases suivantes à la forme négative.

1. They saw their cousins for Thanksgiving.

....

2. We stopped talking immediately.

....

3. I painted the garage door last week.

....

3 Mets les phrases suivantes à la forme interrogative.

1. She had a great time. ....
2. We swam together. ....
3. They slept very well. ....

4 Coche la proposition qui convient.

1. Jay danced with Sue ❑ at the party last night ❑ very soon.
2. Bob and Sally went to the supermarket ❑ tomorrow ❑ to buy some milk.
3. I didn't want to go to school yesterday because I ❑ didn't ❑ don't feel well.

5 Trouve dans la grille suivante le prétérit de ces verbes :

drink • go • ride • see • sit • sleep • take • think • wash • write

Quel est le seul verbe régulier ?

....

T	H	O	U	G	H	T
W	A	S	H	E	D	O
W	R	O	T	E	B	O
E	U	D	R	A	N	K
N	N	D	O	A	S	E
T	M	S	D	S	A	W
W	S	L	E	P	T	B

↗ CORRIGÉS p. 314

Quiz express 13

Vérifie que tu as bien retenu les points clés des fiches 8 à 12

Le verbe (1)

1 Décrire et situer fiche 8

Coche la forme de *be* et la préposition qui conviennent.

1. There ❑ is ❑ are a man and a boy ❑ at ❑ to the door.
2. ❑ Is ❑ Are there any apples ❑ in ❑ on the basket?
3. There ❑ isn't ❑ aren't any women sitting ❑ inside ❑ into the restaurant.
4. Why ❑ are ❑ is there so many people ❑ outside ❑ out the theatre?
5. There ❑ is ❑ are a small dog sleeping ❑ under ❑ down the bed.
6. ❑ Is ❑ Are there a child playing ❑ behind ❑ between the desk?

2 *Be* et *have* fiche 9

Coche la forme correcte.

1. You ❑ was ❑ were very hungry.
2. They ❑ has ❑ had a beautiful car.
3. It ❑ is ❑ has very cold outside.
4. Jim ❑ hasn't got ❑ has any brothers or sisters.
5. Did you ❑ have ❑ had breakfast at 7 or 8 o'clock?
6. ❑ I am not ❑ I have not thirsty.

3 Le présent simple fiche 10

Barre les formes incorrectes.

1. He teach / teaches in this school.
2. She doesn't go / goes shopping every day.
3. Does / Do this coffee machine make / makes good coffee?
4. That baby crys / cries all the time.
5. Robert don't speaks / doesn't speak Spanish very well.
6. You ❑ brush ❑ brushes your teeth in the morning.

4 Présent simple ou présent en *be + V-ing* ? fiches 10 et 11

Coche la bonne réponse.

1. "Where are the girls?"
"In their bedroom. They ❑ do ❑ are doing their homework."
2. ❑ I think ❑ I'm thinking May loves Bill.
3. He ❑ is not understanding ❑ doesn't understand English at all.
4. They ❑ want ❑ are wanting to drink milk.
5. ❑ Is she watching ❑ Does she watch TV now?

5 Les verbes irréguliers fiche 12

Coche l'intrus dans chaque série.

1. ❑ a. see ❑ b. seem ❑ c. sit
2. ❑ a. watch ❑ b. decide ❑ c. leave
3. ❑ a. bake ❑ b. like ❑ c. take
4. ❑ a. cut ❑ b. be ❑ c. hurt
5. ❑ a. went ❑ b. wanted ❑ c. speak

6 Les marqueurs de temps fiches 10 à 12

Coche le ou les marqueurs de temps qui conviennent.

1. She wrote the e-mail ❑ yesterday ❑ this morning ❑ tomorrow.
2. Are you eating ❑ last week ❑ at this moment ❑ now?
3. He never goes to work ❑ on Sunday ❑ the day before yesterday ❑ after 6 p.m.
4. They arrived ❑ last week ❑ before 10 o'clock ❑ in a week.
5. They're practising the piano ❑ right now ❑ at this moment ❑ last night.

ÉNIGME

Remets ces anagrammes dans l'ordre pour reconstituer des participes passés. Attention, ce sont des verbes irréguliers !

EBTA TOGROF KENW HRAED GNSA

____ ______ ____ _____ ____

beat • forgot • knew • heard • sang

↗ Reporte-toi aux CORRIGÉS p. 314 et calcule ton score.

Score : .../33

Les modaux : *can, could, should, must*

14

Un modal est un auxiliaire que l'on associe à un autre verbe pour indiquer ce qu'on peut faire, ce qu'on doit faire ou ce qu'il est permis de faire.

Le cours

1 Caractéristiques

Les modaux présentent plusieurs particularités :
- ils sont **invariables** et ne se conjuguent pas ;
- ils sont suivis d'une **base verbale sans *to*** ;
- on ne peut en utiliser deux à la suite.

F. affirmative	F. négative	F. interrogative
You can drink.	You can't (cannot) drink.	Can you drink?
They could stay.	They couldn't (could not) stay.	Could they stay?
We should eat.	We shouldn't (should not) eat.	Should we eat?
She must go.	She mustn't (must not) go.	Must she go?

2 Emplois

Sens	Modaux	Exemples
capacité ou permission	can [présent], could [prétérit]	He can speak English. *Il sait parler anglais.* Can I use your phone? *Est-ce que je peux utiliser ton téléphone ?*
incapacité	can't, couldn't	I can't swim. *Je ne sais / peux pas nager.*
interdiction	can't, couldn't, mustn't	I can't park here. *Je n'ai pas le droit de me garer ici.* You mustn't go out alone. *Tu ne dois pas sortir seul(e).*
obligation	must	I must do my homework. *Je dois faire mes devoirs.*
conseil	should, shouldn't	You should work more. *Tu devrais travailler plus.* He shouldn't drink so much. *Il ne devrait pas boire autant.*

Je m'entraîne

1 Mets les phrases suivantes à la forme négative.

1. I can review the lesson with you today.

....

2. We should ask him to drive us to school.

....

3. They could answer all the questions.

....

4. She can go shopping with her friend.

....

2 Choisis pour chaque phrase la forme qui convient.

1. The little boy is sleeping, ❑ **you can't** ❑ **you mustn't** wake him up.
2. Julie is very cold, ❑ **she should** ❑ **she could** wear her anorak.
3. My tooth hurts, ❑ **I can't** ❑ **I must** go to the dentist's.
4. Our Mom is very tired, maybe ❑ **we shouldn't** ❑ **we could** help her.
5. He's getting a little bit fat and now, ❑ **he must** ❑ **he can** go on a diet.

3 Complète les phrases avec le modal qui convient.

1.  You .... / .... turn left.

2. 

You .... / .... drive too fast.

3.  You .... ride your bicycle here.

4.  You .... let people cross the road safely.

5.  You .... be careful: the floor is slippery [glissant]!

COUP DE POUCE
Pour les deux premières phrases, deux réponses sont possibles.

↗ CORRIGÉS p. 315

Parler de l'avenir 15

Il existe plusieurs façons de situer des événements et des actions dans l'avenir.

Le cours

1 *Will* + BV

▶ On utilise l'auxiliaire modal *will* + BV à toutes les personnes.

F. affirmative	F. négative	F. interrogative
I will eat	I will not eat	Will you eat?
I'll eat [forme contractée]	I won't eat [forme contractée]	Won't you eat?

▶ *Will* permet de :

– **se projeter** dans l'avenir ou exprimer une certitude au futur ;

We'll go shopping tomorrow. *Nous irons faire les courses demain.*
They won't see me next week. *Ils ne me verront pas la semaine prochaine.*
[les marqueurs temporels permettent de situer l'événement dans le futur]

– faire **une promesse** ou exprimer une volonté.

Promise me you'll come back! *Promets-moi que tu reviendras !*

2 *Be going to* + BV

▶ On peut exprimer le futur avec *be going to*, en conjuguant *be* à la personne qui convient (→ FICHE 9 ET MÉMO P. 306).

F. affirmative		F. négative		F. interrogative	
I'm You're She's	going to eat.	I'm not You're not She isn't	going to eat.	Am I Are you Is she	going to eat?

▶ *Be going to* sert à exprimer **une intention.**

I'm going to tidy my room. *Je vais ranger ma chambre.*
He's not going to buy us any flowers. *Il n'a pas l'intention de nous acheter de fleurs.*

À RETENIR

futur → prédiction, promesse → *will* + BV (= futur simple)

futur → intention → *be going to* + BV (= « aller » + infinitif)

Je m'entraîne

1 Le futur avec *will*

La mère de Bill lui a écrit une liste de consignes pour le lendemain. Formule quatre phrases au futur pour raconter sa journée à venir.

Morning
- *Make pancakes*
- *Do your homework*

Afternoon
- *Buy a present for your sister*
- *Don't forget to call Grandma!*

1. Tomorrow, Bill ....
2. ....
3. ....
4. ....

2 Caroline discute avec Asma de ce qu'elle pense faire ce week-end.

Asma: "Hey Caroline! What .... to do this weekend?"

Caroline: "On Saturday morning, I think I .... surf the web. Then, with my friend Sally, we .... go shopping at the mall. My father wanted me to cut the grass but I .... to do it!"

Asma: "You're right. You'll have more fun with Sally!"

3 Reformule les phrases suivantes en utilisant *be going to*.

1. He will speak to us. ....
2. You will finish your meal. ....
3. Mia will go out with Dan. ....
4. I'll feed the dog. ....

4 Remets ces mots dans l'ordre pour former une phrase.

1. won't / I / her / my / give / book

....

2. come / ? / going / Are / to / us / with / they / party / the

....

3. mark / our / papers / teacher / to / going / isn't / Our / to

....

↗ CORRIGÉS p. 315

Le nom verbal (*V-ing*) 16

***À partir d'un verbe, on peut construire une forme qui s'emploie comme un nom. C'est le nom verbal ou forme en* V-ing.**

Le cours

1 Formation

▶ Ajouter ***-ing*** à la fin d'un verbe permet de former un nom verbal.

sing → singing • watch → watching
enjoy → enjoying • laugh → laughing

▶ Attention aux **modifications orthographiques** :
– si la base verbale se termine par un *e*, celui-ci disparaît ;
– si la base verbale se termine par *-ie*, on remplace par *-y* ;
– pour les verbes d'une syllabe en consonne-voyelle-consonne, on double la consonne finale.

ride → riding
die → dying
dig → digging

2 Emplois

Le nom verbal permet de parler d'une activité. On le traduit le plus souvent en français par un infinitif. On le trouve notamment :

– en position de **sujet** ;

Swimming is a nice sport. *Nager est un sport agréable.*

– après les **verbes de goût** (*like*, *love*, *enjoy*, *hate*…) ;

He hates drinking sodas. *Il déteste boire des sodas.*

– après les verbes introduisant **une activité** (*start*, *begin*, *stop*, *go*…) ;

Stop talking! *Arrêtez de parler !*

– après une **préposition** (*of*, *for*, *before*, *about*…) ;

I'm tired of cooking. *J'en ai assez de cuisiner.*
Thank you for coming. *Merci d'être venu(e).*
How about going to the movies?
Pourquoi ne pas aller au cinéma?

– après ***no*** pour formuler une interdiction.

No parking. *Défense de stationner.*

La forme *V-ing* est également utilisée dans la structure *be* + *V-ing* (→ **FICHE 11**), pour décrire une action en train de se faire.

Je m'entraîne

1 Indique ce que Matt aime ou n'aime pas faire.

1. Matt likes ……………………………………………… and ……………………………………………………… .

2. He hates ……………………………………………… his room and ……………………………………………… the table.

2 Complète les phrases suivantes avec un nom verbal.

1. At Christmas, a lot of people go ……………………………… (shop).

2. Young people like to go ……………………………… (dance) on Saturday night.

3. There's a lot of snow. Let's go ……………………………… (ski).

4. My father always goes ……………………………… (fish) on Saturday morning.

3 Complète le dialogue.

Charlie: "Hi Paul! How about ……………………… (go) to the cinema tonight?"
Paul: "Good idea! And I'm tired of ……………………… (cook), let's eat at a restaurant!"
Charlie: "OK. What about ……………………… (try) that Indian one next to the cinema?"
Paul: "Great. Do you want to come with us, Matt?"
Matt: "No, I'd prefer to stay at home tonight. But thanks for ……………………… (invite) me."

4 Complète les phrases avec les verbes proposés.

drink • recite • do • chat • listen • eat

1. Stop ……………………………………………… ! We are in the classroom now.

2. Start ……………………………………………… your homework now, so you can relax at home after school.

3. Begin ……………………………………………… your poem.

4. Continue ……………………………………………… to the teacher. It will help you understand the lesson.

5. Look at the sign: "No ……………………………………………… or ……………………………………………… ". You can't bring any food in here!

↗ CORRIGÉS p. 315

L'impératif

17

L'impératif sert principalement à donner un ordre.
On peut aussi l'utiliser pour faire une proposition ou une suggestion.

Le cours

1 Formation

	Affirmation	Négation
2e pers. du singulier et du pluriel	BV (base verbale) • Come here! *Viens / Venez ici !* • Be good. *Sois / Soyez sage(s).*	Don't + BV • Don't shout! *Ne crie(z) pas !*
1re pers. du pluriel	Let's + BV • Let's go! *Allons-y !* • Let's dance! *Dansons !*	Let's not + BV • Let's not talk about it! *N'en parlons pas !*

2 Principaux emplois

▶ À la 2e personne, l'impératif sert le plus souvent à formuler **un ordre** ou **une interdiction.**

Listen to me! *Écoute(z)-moi !*
Stop talking! *Arrête(z) de parler !*
Don't write on the walls! *N'écris / N'écrivez pas sur les murs !*

▶ Il permet également de donner **une consigne** ou de faire **une proposition polie.**

Tick the right answer. *Coche(z) la bonne réponse.*
Make yourself at home! *Fais comme chez toi ! / Faites comme chez vous !*
Please, have a seat! *Asseyez-vous, je vous en prie !*

▶ À la 1re pers. du pluriel, l'impératif est utilisé pour faire **une suggestion.**

Let's take the bus, we will arrive faster!
Prenons le bus, nous arriverons plus vite.
Let's go to the mall!
Allons au centre commercial !

À RETENIR

Impératif → forme → *go • don't go • let's go • let's not go*
Impératif → emplois → ordre, interdiction, consigne, suggestion (*let's...*)

Je m'entraîne

1 Formule les ordres correspondant aux panneaux en utilisant les verbes proposés.

switch off • shout • smoke • wash

1.  ……………………………………

2.  ……………………………………

3.  ……………………………………

4.  ……………………………………

2 Reformule les phrases suivantes en utilisant l'impératif.

1. You must be quiet. ……………………………………
2. We should ask our teacher. ……………………………………
3. You mustn't be noisy. ……………………………………
4. We shouldn't use this old computer. ……………………………………
5. Why don't we invite our friends? ……………………………………
6. You must read the lesson but you mustn't copy it. ……………………………………

3 Remets les phrases dans l'ordre.

1. your / in / village / people / Help / poor / the ……………………………………
2. with / gentle / animals / Be / because / us / they / need ……………………………………
3. have / piece / of / cake / another / Please ……………………………………
4. get / Don't / stay / nervous / calm ……………………………………
5. and / Be / keep / happy / smiling ……………………………………

↗ CORRIGÉS p. 316

Quiz express 18

Vérifie que tu as bien retenu les points clés des **fiches 14 à 17**

Le verbe (2)

1 Les modaux (1) fiche 14

Relie les phrases au modal qui convient.

1. His leg is broken: he ..... walk.	•	• can
2. You ..... speak more softly. The baby's sleeping.	•	• can't
3. Your hair is dirty. You ..... wash it!	•	• must
4. He ..... drive so fast. It's very dangerous.	•	• mustn't
5. She ..... sing and dance extremely well.	•	• should
6. We ..... interrupt the teacher.	•	• shouldn't

2 Les modaux (2) fiche 14

Relie les deux colonnes pour former des phrases cohérentes.

1. You can do your homework...	•	• a. before you go out.
2. You must do your homework...	•	• b. it's really inappropriate.
3. He can't come to the party...	•	• c. it's just not true!
4. He must come to the party...	•	• d. later if you want.
5. You shouldn't say that, ...	•	• e. even if he isn't feeling well.
6. You can't say that, ...	•	• f. because he isn't feeling well.

3 Parler de l'avenir fiche 15

Coche la forme correcte.

1. She will definitely ❑ come ❑ coming to see us tomorrow.
2. Are you going to ❑ watch ❑ watching the movie tonight?
3. I ❑ 'm ❑ 'll play with you as soon as I can.
4. They're not ❑ going to ❑ will go to school next week.

5. Is it ❑ will ❑ going to snow?

6. You ❑ 're not going ❑ won't eat that. It's not good for you.

4 Base verbale ou *V-ing* ? fiche 16

Coche la bonne réponse.

1. Stop ❑ to make ❑ making so much noise.
2. ❑ Skiing ❑ To ski is fun.
3. He likes ❑ to eat ❑ to eating chocolate.
4. Thank you ❑ for helping ❑ to help me.
5. It's important ❑ to study ❑ studying regularly.
6. Do you enjoy ❑ to go ❑ going to the cinema?
7. It is forbidden ❑ to smoke ❑ smoking in hospitals.
8. How about ❑ to swim ❑ swimming now?

5 L'impératif fiche 17

Que diraient ces personnes à leur entourage ?

1. Un professeur à ses élèves •	• a. "Calm down, honey!"
2. Une personne à un ami à midi •	• b. "Have a seat!"
3. Un serveur à un client •	• c. "Let's not get angry!"
4. Une mère à son enfant turbulent •	• d. "Go play in your room!"
5. Un adolescent à ses frères et sœurs •	• e. "Read the text first!"
6. Un père à sa fille qui pleure •	• f. "Be nice now!"
7. Une journaliste à un homme politique énervé •	• g. "Let's get something to eat!"

ÉNIGME

Trouve la solution de ces devinettes.

1. I have five fingers but no bones.
What am I? ....

2. When you say my name, you break me.
What am I? ....

1. a glove ; 2. silence

↗ Reporte-toi aux CORRIGÉS p. 316 et calcule ton score.

Score : .../33

Les phrases interrogatives 19

Trois caractéristiques permettent de reconnaître la phrase interrogative : l'inversion du sujet et du verbe, le point d'interrogation à l'écrit et l'intonation à l'oral.

Le cours

1 Questions fermées

▶ Une question fermée (à laquelle on répond par *yes* ou *no*) commence toujours par un **auxiliaire conjugué + sujet**.

Are you tired? • Have you got any homework? • Can we go to the party?

▶ Lorsque la phrase affirmative ne comporte pas d'auxiliaire (*You like pizza*), c'est **l'auxiliaire *do*** (*does*, *did*) qui est utilisé pour former la question.

Does he learn Chinese? • Did they drink their milk?

▶ Une question fermée porte sur l'ensemble de la phrase. La réponse commence par *yes* ou *no*, suivi de quelques mots (→ FICHE 20).

"Are they nervous?"	"Yes, they are."	"No, they aren't."
"Can he help us?"	"Yes, he can."	"No, he can't."

2 Questions ouvertes

▶ Une question ouverte (à laquelle on répond par une phrase complète) commence par un **mot interrogatif** :

who? *qui ?*	when? *quand ?*	how? *comment ?*
what? *que ? quoi ?*	where? *où ?*	how much / many (+ N)?
whose (+ N)? *à qui ?*	why? *pourquoi ?*	*combien (de) ?*

▶ L'ordre de la phrase est le même que pour une question fermée : **auxiliaire + sujet** + compléments.

Why are you tired? • How much homework do you have?
When can we go to the party? • Whose bag is it?

▶ Le mot interrogatif appelle une réponse développée.

"Why is she crying?" "She's crying because she lost her money."

À RETENIR

Construire une question :

(mot interrogatif)	auxiliaire	sujet	verbe	(complément)?
What	*are*	*you*	*doing*	*tonight?*

4 Les *question tags* (2) fiche 20

Associe les phrases de gauche avec les *question tags* corrects.

1. The boys arrived late, •
2. Judy speaks Spanish, •
3. Sally and I had fun yesterday, •
4. The Simpsons have a big house, •
5. Your brother and you play the piano, •

• a. didn't we?
• b. don't they?
• c. didn't they?
• d. don't you?
• e. doesn't she?

5 Les pronoms relatifs fiche 21

Choisis le bon pronom relatif.

1. The woman ❑ which ❑ who is talking is my teacher.
2. The oranges ❑ who ❑ that you chose are simply delicious.
3. The boy ❑ that ❑ which played the piano was really excellent.
4. Where are the pens ❑ who ❑ which you bought yesterday?

ÉNIGME

Décrypte le titre d'un roman de Mark Twain, célèbre écrivain américain (1835-1910) en utilisant le code.
À toi de deviner les lettres qui ne sont pas données !

A = ♋　B = ♌　C = ♍　D = ♎　E = ♏

F = ♐　I = ♓　K = &　L = ●　R = ❐

T = ♦　U = ◆　Y = ⍓　V = ❖

♦ ♒ ♏　♋ ♎ ❖ ♏ ■ ♦ ◆ ❐ ♏ ♦

_ _ _　_ _ _ _ _ _ _ _ _ _

□ ♐　♒ ◆ ♍ & ● ♏ ♌ ♏ ❐ ❐ ⍓　♐ ♓ ■ ■

_ _　_ _ _ _ _ _ _ _ _ _ _　_ _ _ _

The Adventures of Huckleberry Finn

↗ Reporte-toi aux CORRIGÉS p. 318 et calcule ton score.

Score : .../25

MÉMO

1 Mémo de prononciation

L'alphabet phonétique

VOYELLES BRÈVES	
/ɪ/	big, pig, which, England
/e/	red, pen, said
/æ/	bad, cat, salad
/ɒ/	dog, top, sorry
/ʊ/	look, good, put
/ʌ/	mug, cut, luck, under
/ə/	America, about, colour

VOYELLES LONGUES	
/iː/	beach, seem, sea, believe
/aː/	father, car, glass
/ɔː/	sort, bought
/uː/	two, moon, rule
/ɜː/	hurt, certain

DIPHTONGUES	
/eɪ/	rail, cake
/aɪ/	my, tie, eye
/ɔɪ/	toy, royal
/əʊ/	mode, road
/aʊ/	cow, mouse
/ɪə/	here, dear
/eə/	there, care, hair
/ʊə/	tour, sure, poor

CONSONNES	
/θ/	thing, think
/ð/	this, brother
/z/	dogs, zero
/ʃ/	shut, shoes, sugar
/ʒ/	beige, pleasure
/tʃ/	child, teacher, peach
/dʒ/	June, job, jeans
/ŋ/	sing, English, tongue
/j/	yes, yesterday, university

Accentuation et intonation

syllabes accentuées	• Tous les mots de plusieurs syllabes comportent une **syllabe accentuée**. • Dans un dictionnaire, l'accent est signalé par ce signe : '.
mots accentués	• Le plus souvent, les mots **porteurs de sens** (noms, adjectifs, verbes) sont accentués. • Les **mots grammaticaux** (auxiliaires, déterminants) ne sont pas accentués.
intonation	• Les phrases affirmatives et les questions commençant par un mot interrogatif ont une intonation **descendante**. • Les *yes/no questions* ont une intonation **montante**.

2 Liste des verbes irréguliers courants

BASE VERBALE	PRÉTÉRIT	SENS
be	was, were	*être*
become	became	*devenir*
begin	began	*commencer*
break	broke	*casser*
bring	brought	*apporter*
build /ɪ/	built	*construire*
burn	burnt	*brûler*
buy	bought	*acheter*
choose /uː/	chose /əʊ/	*choisir*
come	came	*venir*
cost	cost	*coûter*
cut	cut	*couper*
do	did	*faire*
draw	drew	*dessiner / tirer*
dream /iː/	dreamt /e/	*rêver*
drink	drank	*boire*
drive	drove	*conduire*
eat	ate /eɪ/	*manger*
fall	fell	*tomber*
feel	felt	*ressentir*
fight	fought	*combattre*
find	found	*trouver*
forget	forgot	*oublier*
get	got	*obtenir*
give	gave	*donner*
go	went	*aller*

BASE VERBALE	PRÉTÉRIT	SENS
grow	grew	*pousser / grandir*
have	had	*avoir*
hear **/ɪə/**	heard **/ɜː/**	*entendre*
hit	hit	*frapper*
hold **/əʊ/**	held	*tenir*
hurt **/ɜː/**	hurt	*faire mal*
keep	kept	*garder*
know **/nəʊ/**	knew	*savoir / connaître*
lead **/iː/**	led	*mener*
learn	learnt	*apprendre*
leave	left	*quitter*
lose **/uː/**	lost **/ɒ/**	*perdre*
make	made	*faire*
mean **/iː/**	meant **/e/**	*vouloir dire*
meet **/iː/**	met **/e/**	*rencontrer*
pay	paid	*payer*
put	put	*poser*
read **/iː/**	read **/e/**	*lire*
ride	rode	*aller (à cheval…)*
ring	rang	*sonner*
run	ran	*courir*
say **/eɪ/**	said **/e/**	*dire*
see	saw	*voir*
sell	sold	*vendre*
send	sent	*envoyer*
shut	shut	*fermer*

BASE VERBALE	PRÉTÉRIT	SENS
sing	sang	*chanter*
sit	sat	*être assis(e)*
sleep **/iː/**	slept **/e/**	*dormir*
smell	smelt	*sentir (odeur)*
speak	spoke	*parler*
spend	spent	*passer / dépenser*
steal	stole	*voler, dérober*
swim	swam	*nager*
take	took	*prendre*
teach	taught	*enseigner*
tell	told	*dire / raconter*
think	thought	*penser*
understand	understood	*comprendre*
wake up	woke up	*se réveiller*
wear **/eə/**	wore	*porter (vêtement)*
win	won **/ʌ/**	*gagner*
write **/raɪt/**	wrote **/rəʊt/**	*écrire*

CORRIGÉS

Fiche 1 Le pluriel des noms (p. 261)

1 **1.** pianos • **2.** knives • **3.** babies • **4.** sheep

2 **1.** I don't want to eat **potatoes** for dinner.
2. I will have many **toys** for Christmas.
3. All **children** like to play.
4. That girl has many funny **hats**.
5. How many **watches** have you got?

3 **1.** brush • **2.** tooth • **3.** tomato • **4.** party

4 **1. a.** [pluriel en *-s* alors que les deux autres noms ont un pluriel en *-es*]
2. a. [pluriel en *-ies* alors que les deux autres noms ont un pluriel en *-s*]
3. c. [pluriel en *-s* alors que les deux autres noms ont un pluriel en *-ves*]

5 **1.** The **women**, over there, are very beautiful.
2. My white **mice** have funny whiskers.
3. The blue **dishes** are on the kitchen table.

Fiche 2 Articles et démonstratifs (p. 263)

1 **1.** I saw **a** beautiful dress in my favourite clothes shop yesterday.
2. Where is **the** boy who broke the window?
3. Can you see **an** orange pen on the desk?
4. I mustn't eat **Ø** hamburgers every day.
5. It's impossible to finish this math lesson in just **an** hour.
6. I don't like to wear **a** uniform to go to school.

2 **1. This** car is fantastic.
2. That woman over there looks very happy.
3. These are my two sisters, Lara and Sally.
4. These books are very old.

3 **1. These** pens are mine but **those** ones over there are yours.
2. Please, take **these** newspapers right here and put them in the living room.
3. Let me see! No, **these** shoes are not mine.
4. This drawing here is nicer than **that** one on the wall.
5. Can you pass me **those** magazines on your right?

Fiche 3 *Some, any, no* et leurs composés (p. 265)

1 **1.** I can give you **some** orange juice if you're thirsty.
2. Is there **any** meat on the menu?
3. Would you like **some** cheese in your sandwich?
4. There are **some** pupils taking a test in the classroom.
5. I haven't got **any** friends.
6. She won't lend me **any** money.

2 **1.** She has got **no** sisters.
2. There are **no** socks in the washing machine.
3. I have got **no** questions to ask.
4. There are **no** answers to your difficulties.
5. There is **no** water left.

3 **1. e** : I haven't got anything to wear for the party.
2. a : She doesn't want to say anything about Jeff's problem.
3. b : Would you like something delicious to eat?
4. c : There is something you must know.
5. d : Is there anything interesting on TV tonight?

Fiche 4 *Many, much, a lot of / lots of* (p. 267)

1 **1.** We don't have **many** eggs, and we don't have **much** sugar for the cake.
2. Hurry up! I don't have **much** time left to drive you to school.
3. Today is Sunday, and there aren't **many** people in the shops.
4. I've got **many** secrets to tell you.
5. There are **many** things to do here.

2

Dénombrables	Indénombrables
eggs, people, secrets, things	**sugar, time**

3 **1. How many** visitors were in the museum today?
2. How much tea do you want?
3. How many players do we need for this game?
4. How many pens have you got?
5. How many times must I tell you to stop running?

4 Yesterday, I went shopping for my mother's birthday. I wanted to buy her **a lot** of presents but I didn't have **much** money. So, I went to a flower shop to buy a bouquet. But there were **too many** flowers, it was difficult to choose!
I asked the florist **many** questions. Finally, I chose a big bouquet and asked her: "**How much** is this one, please?" and she answered : "22 dollars". I was very happy to go back home with a splendid bouquet, and mommy loved it!

Fiche 5 **Les pronoms personnels, les possessifs** (p. 269)

1 **1. He** is a very nice person.
2. You are good pupils.
3. They went to the cinema.
4. It is really fantastic.

2 **1.** My mom has a new dress and I just love **it**.
2. When I'm with my friend, Jane, I often play with **her**.
3. Bob is very timid. Stop looking at **him**.
4. The books are on the chair. Please, put **them** on the table.
5. Your small sister can't fall asleep. Why don't you read **her** a story?
6. Deborah and I are tired and we are not going to the party.
Do you want to stay at home with **us**?

3

Subject	Verb (to be)	Nationality
Sarah	is	**English**
Bobby and I	**are**	**American**
Hans	**is**	German
I	am	**Canadian**
Henrik and Lars	**are**	Swedish
Your dad and you	**are**	**French**

This is her flag.

This is **our** flag.

This is **his** flag.

This is **my** flag.

This is **their** flag.

This is **your** flag.

Fiche 6 Comparatifs et superlatifs (p. 271)

1 1. Ethan is **as tall as** Lily.
2. Lily's trousers are **longer than** Ethan's trousers.
3. Lily's T-shirt is **as dirty as** Ethan's T-shirt.
4. Ethan's hair is **curlier than** Lily's hair.
5. Lily's phone is **more modern than** Ethan's phone.

2 1. My speech is **better than** yours.
2. Her house is **bigger than** Jeff's house.
3. Amanda and Lucy are **more serious than** David.
4. Are mice **more intelligent than** rabbits?
5. This flower smells **nicer than** that one.

3 1. Nobody is prettier than Sandra: she is **the prettiest**.
2. All my brothers and sisters are older than me: I'm **the youngest**.
3. Beyonce only works with very good dancers: they are **the best**.
4. Markus is bad at cooking. He is **the worst** cook I've ever met!
5. There are great capitals in the world. But Paris is **the greatest**!

4

N	S	O	F	T	E	R
B	I	G	G	E	R	T
W	M	C	S	W	E	S
O	P	B	E	O	D	E
R	L	I	E	R	L	T
S	E	N	G	S	O	U
T	R	E	R	E	T	C

Mot mystère : SINGER

Fiche 7 QUIZ express : Le groupe nominal (p. 273)

1 Le singulier et le pluriel

1. Our English teacher gives us a lot of **exercises**.
2. Yesterday I broke two **dishes**.
3. My little sister lost her first **tooth** yesterday.
4. In autumn, lots of trees have no **leaves**.
5. There are many **women** who work in this bank.
6. Cut the **tomatoes** and put them in the salad.
7. She **washes** her hair every day.

2 Articles et démonstratifs

1. **Ø** Small boys usually like to play with cars.
2. Do you know **that** girl over there?
3. She offered me **a** beautiful present for my birthday.
4. **This** video game is really exciting to play.
5. I often have **an** apple after lunch.
6. Did you enjoy **the** movie we saw yesterday?

3 *Some, any, no* et leurs composés

1. **Some** people like to drive fast.
2. I have **something** in my pocket.
3. I'm so sorry! There is **no** milk today.
4. Do you want **something** to drink?
5. Have you got **any** money?
6. **Many** families don't have computers in their homes.

4 *Many, much, a lot of*

1. b : Did the teachers give you many exercises to do? • **2. d** : We've got a lot of apples but not many pears. • **3. c** : Have you got many friends at school? • **4. e** : I haven't got a lot of time to watch TV. • **5. a** : There isn't much flour left to make a cake.

5 Reconnaître les différents pronoms

1. b [pronom possessif, alors que les autres sont des déterminants possessifs]
2. c [pronom personnel complément, alors que les autres sont des pronoms personnels sujets]
3. d [pronom personnel, alors que les autres sont des pronoms possessifs]
4. b [pronom personnel sujet, alors que les autres sont des pronoms personnels compléments]

6 Comparatifs et superlatifs

1. Lauren is as **tall** as Emma.
2. Hal is **stronger** than Sam.
3. You are the **oldest** in the class.
4. They were **better** than us at this game.
5. The book was **more boring** than the film.
6. Is your tea **hotter** than mine?
7. Today, I'm the **happiest** girl in the world.
8. Who is the **worst** football player on your team?

Fiche 8 *There is / there are*. Les prépositions de lieu (p. 275)

1 **1. There is** a photo of my father in the newspaper.
2. There is a pair of sneakers under the bed.
3. There are no apples left for dessert.
4. There are many teenagers who play video games.
5. There is something on your desk.
6. There is a girl and a boy playing in the garden.
7. There are sandwiches, a soda and chips for your picnic.

2 **1. There aren't** many players in our basketball team.
2. There isn't any orange juice in your glass.
3. There isn't any chocolate left for my snack.
4. There aren't a lot of flowers in the garden.
5. There aren't many e-mails this morning.

3 **1. Is there** any butter for my toast?
2. Are there lots of science-fiction novels in your school library?
3. Are there any cookies in the jar?
4. Are there many bedrooms in your house?

4 The kitchen is a mess! There are dishes **in** the sink and **on** the table. But the dishwasher, **next to** the table, is full. The poster **above** the sink is about to fall off the wall. And there is trash all **around** the trashcan. But Kitty doesn't care: she is **under** the table, eating her food!

Fiche 9 *Be* et *have* (p. 277)

1 **1.** He **isn't** very nice. • **2.** She **wasn't** late. • **3.** They **weren't** happy. • **4.** I'**m not** bored.

2 **1. Did** we **have** a good time? • **2. Does** she **have** a headache? • **3. Did** they **have** a big house?

3 **1.** Laura adores to **have** a hot bath in the morning. • **2.** Michael **was** 12 years old yesterday. • **3.** You **are not** always right. • **4.** At noon, **I have** lunch. • **5.** They like to **have** long walks with their dog. • **6.** I would like to eat. **I am** so hungry!

4 Hello, I'**m** Sonia. I'**m** French. I'**m** 12 years old. I live with my parents and I'**ve got** one brother and a small sister. My brother **is** older than me. I'**m** quite tall; I'**ve got** brown eyes and my hair **is** very short. We'**ve** got one dog and my brother'**s** got a hamster in his room. My little sister **is** always scared when she sees the hamster out of the cage. We live in Paris. But my grandparents **have** a house in the South of France. We like to go there in the summer when it **is** hot.

Fiche 10 Le présent simple (p. 279)

1 **1.** Ron **goes** back home at 4 o'clock on Monday. • **2.** He **does** his homework once a week. • **3.** Our two cats **sleep** all the time. • **4.** She **watches** her favourite movies on TV after dinner.

2 **1.** They **don't like** eating chocolate. • **2.** He **doesn't understand** the math lesson. • **3.** She **doesn't talk** to her teacher after class.

3 **1. Do** her parents **work** a lot? • **2. Does** she **teach** English in our school? • **3. Does** the neighbour **cut** his grass on Sunday?

4 **1.** My mother often goes shopping on Saturday. • **2.** Why do they rarely listen to music? • **3.** Does he usually make his bed in the morning? • **4.** I never chat with my classmate during the lesson.

5 **1. e** : My uncle doesn't eat a lot because he's on a diet. • **2. b** : Babies cry when they're hungry. • **3. a** : Mrs Haley loves her new house. • **4. c** : Adult students go to university. • **5. d** : Teachers try to be very patient with their pupils.

Fiche 11 Le présent en *be* + *V-ing* (p. 281)

1 **1.** James and Ron **are going** to the party. • **2.** I'**m listening** to you. • **3.** She'**s studying** very hard for her test. • **4.** I love this picture of my family: everybody **is smiling**.

2 **1.** The plane **isn't** landing at 6 o'clock. • **2.** Mrs Jones **isn't** carrying a heavy bag. • **3.** The children **aren't** having lunch.

3 **1. Are** they **having** a good time? • **2. Is** the dog **playing** with the ball in the garden? • **3. Is** Peter **washing** his hair now?

4 1. The woman on the right **is reading**. • 2. Next to her, a man **is sleeping** on the sofa. • 3. A kid **is sitting / playing** on the floor. • 4. Outside, some children **are playing** football.

5 1. Every Sunday, **I go** to the cinema. • 2. Listen! The girls **are singing**. • 3. This exercise is too difficult, **I don't understand** it. • 4. Jenny is in her room and **she's studying**.

Fiche 12 Le prétérit simple (p. 283)

1 1. He **ate** all the candies. • 2. They **watched** an excellent movie last night. • 3. We **cleaned** the whole house last week. • 4. We **decided** to go to the cinema yesterday afternoon. • 5. I **washed** my hair yesterday morning.

2 1. They **didn't see** their cousins for Thanksgiving. • 2. We **didn't stop** talking immediately. • 3. I **didn't paint** the garage door last week.

3 1. **Did** she **have** a great time? • 2. **Did** we **swim** together? • 3. **Did** they **sleep** very well?

4 1. Jay danced with Sue **at the party last night**.
2. Bob and Sally went to the supermarket **to buy some milk**.
3. I didn't want to go to school yesterday because I **didn't** feel well.

5 drink → **drank** ; go → **went** ;
ride → **rode** ; see → **saw** ; sit → **sat** ;
sleep → **slept** ; take → **took** ;
think → **thought** ; wash → **washed** ;
write → **wrote**.
Le seul verbe régulier est : **washed**.

T	H	O	U	G	H	T
W	A	S	H	E	D	O
W	R	O	T	E	B	O
E	U	D	R	A	N	K
N	N	D	O	A	S	E
T	M	S	D	S	A	W
W	S	L	E	P	T	B

Fiche 13 QUIZ express : Le verbe (1) (p. 285) ?

1 Décrire et situer

1. There **is** a man and a boy **at** the door.
2. **Are** there any apples **in** the basket?
3. There **aren't** any women sitting **inside** the restaurant.
4. Why **are** there so many people **outside** the theatre?
5. There **is** a small dog sleeping **under** the bed.
6. **Is** there a child playing **behind** the desk?

2 *Be* et *have*

1. You **were** very hungry.
2. They **had** a beautiful car.
3. It **is** very cold outside.
4. Jim **hasn't got** any brothers or sisters.
5. Did you **have** breakfast at 7 or 8 o'clock?
6. **I am not** thirsty.

3 Le présent simple

1. He ~~teach~~ / **teaches** in this school.
2. She doesn't **go** /~~goes~~ shopping every day.
3. **Does** / ~~Do~~ this coffee machine **make** / ~~makes~~ good coffee?
4. That baby ~~crys~~ / **cries** all the time.
5. Robert ~~don't speaks~~ / **doesn't speak** Spanish very well.
6. You **brush** your teeth in the morning.

4 Présent simple ou présent en *be* + *V-ing* ?

1. "Where are the girls?" "In their bedroom. They **are doing** their homework."
2. **I think** May loves Bill.
3. He **doesn't understand** English at all.
4. They **want** to drink milk.
5. **Is she watching** TV now?

5 Les verbes irréguliers

1. b [seul verbe régulier] • **2. c** [seul verbe irrégulier] • **3. c** [seul verbe irrégulier] • **4. b** [*cut* et *hurt* ne changent pas au prétérit]
5. c [seule forme qui n'est pas au prétérit]

6 Les marqueurs de temps

1. She wrote the e-mail **yesterday** / **this morning**.
2. Are you eating **at this moment** / **now**?
3. He never goes to work **on Sunday** / **after 6 p.m.**
4. They arrived **last week** / **before 10 o'clock**.
5. They're practising the piano **right now** / **at this moment**.

Fiche 14 Les modaux : *can, could, should, must* (p. 287)

1
1. I **can't** review the lesson with you today.
2. We **shouldn't** ask him to drive us to school.
3. They **couldn't** answer all the questions.
4. She **can't** go shopping with her friend.

2
1. The little boy is sleeping, **you mustn't** wake him up.
2. Julie is very cold, **she should** wear her anorak.
3. My tooth hurts, **I must** go to the dentist's.
4. Our Mom is very tired, maybe **we could** help her.
5. He's getting a little bit fat and now, **he must** go on a diet.

3
1. You **can't** / **mustn't** turn left.
2. You **can't** / **mustn't** drive too fast.
3. You **can** ride your bicycle here.
4. You **must** let people cross the road safely.
5. You **should** be careful: the floor is slippery!

Fiche 15 Parler de l'avenir (p. 289)

1
1. Tomorrow, Bill will make pancakes.
2. He will do his homework.
3. He will buy a present for his sister.
4. He won't forget to call Grandma.

2 Asma: "Hey Caroline! What **are you going** to do this weekend?"
Caroline: "On Saturday morning, I think I'**m going to** surf the web. Then, with my friend Sally, we'**ll** go shopping at the mall. My father wanted me to cut the grass but I'**m not going** to do it!"

3
1. He'**s going to** speak to us.
2. You'**re going to** finish your meal.
3. Mia'**s going to** go out with Dan.
4. I'**m going to** feed the dog.

4
1. I won't give her my book.
2. Are they going to come with us to the party?
3. Our teacher isn't going to mark our papers.

Fiche 16 Le nom verbal (*V-ing*) (p. 291)

1
1. Matt likes **swimming** and **running**.
2. He hates **tidying** his room and **setting** the table.

2 **1.** At Christmas, a lot of people go **shopping**.
2. Young people like to go **dancing** on Saturday night.
3. There's a lot of snow. Let's go **skiing**.
4. My father always goes **fishing** on Saturday morning.

3 Charlie: "Hi Paul! How about **going** to the cinema tonight?"
Paul: "Good idea! And I'm tired of **cooking**, let's eat at a restaurant!"
Charlie: "OK. What about **trying** that Indian one next to the cinema?"
Paul: "Great. Do you want to come with us, Matt?"
Matt: "No, I'd prefer to stay at home tonight. But thanks for **inviting** me."

4 **1.** Stop **chatting**! We are in the classroom now.
2. Start **doing** your homework now, so you can relax at home after school.
3. Begin **reciting** your poem.
4. Continue **listening** to the teacher. It will help you understand the lesson.
5. Look at the sign: "No **eating** or **drinking**". You can't bring any food in here!

Fiche 17 L'impératif (p. 293)

1 **1.** Don't **smoke**.
2. **Wash** your hands.
3. **Switch off** your cell phone.
4. Don't **shout**.

2 **1.** Be quiet!
2. Let's ask our teacher.
3. Don't be noisy!
4. Let's not use this old computer.
5. Let's invite our friends.
6. Read the lesson but don't copy it.

3 **1.** Help the poor people in your village.
2. Be gentle with animals because they need us.
3. Please, have another piece of cake.
4. Don't get nervous, stay calm.
5. Be happy and keep smiling.

Fiche 18 QUIZ express : Le verbe (2) (p. 295) ?

1 Les modaux (1)

1. His leg is broken: he **can't** walk.
2. You **must** speak more softly. The baby's sleeping.
3. Your hair is dirty. You **should** wash it!
4. He **shouldn't** drive so fast. It's very dangerous.
5. She **can** sing and dance extremely well.
6. We **mustn't** interrupt the teacher.

2 Les modaux (2)

1. d : You can do your homework later if you want.
2. a : You must do your homework before you go out.
3. f : He can't come to the party because he isn't feeling well.
4. e : He must come to the party even if he isn't feeling well.
5. b : You shouldn't say that, it's really inappropriate.
6. c : You can't say that, it's just not true!

3 Parler de l'avenir

1. She will definitely **come** to see us tomorrow.
2. Are you going to **watch** the movie tonight?
3. **I'll** play with you as soon as I can.
4. They're not **going to** go to school next week.
5. Is it **going to** snow?
6. You **won't** eat that. It's not good for you.

4 Base verbale ou *V-ing* ?

1. Stop **making** so much noise.
2. **Skiing** is fun.
3. He likes **to eat** chocolate.
4. Thank you **for helping** me.
5. It's important **to study** regularly.
6. Do you enjoy **going** to the cinema?
7. It is forbidden **to smoke** in hospitals.
8. How about **swimming** now?

5 L'impératif

1. e ; 2. g ; 3. b ; 4. f ; 5. d ; 6. a ; 7. c

Fiche 19 Les phrases interrogatives (p. 297)

1 1. **Is** Jeremy absent today?
2. **Does** she live near your house?
3. **Can** you babysit for me tonight?
4. **Did** he go to Paris last week?
5. **Are** they going to invite us?
6. **Will** they have dinner with us?

2 1. **Whose** pen is it?
2. **Where** did you go yesterday?
3. **When** will they leave?
4. **Why** do you look so sad?
5. **How** is he going to travel?

3 1. Why is she always late?
2. When are you going to come to my house?
3. Do you enjoy playing tennis with your father?
4. Can we meet in an hour?
5. How many books must you read?

4 "Who is this boy?" • "How old is he?" • "Where does he live?" • "How many brothers and sisters has he got?" • "What's his favourite colour?"

Fiche 20 *Tags* et réponses brèves (p. 299)

1 1. Eva is so nice, **isn't she?**
2. The babies were very calm, **weren't they?**
3. David and Ryan aren't studying, **are they?**
4. I'm so smart, **aren't I?** [c'est une exception : *amn't I* n'existe pas]

2 1. James speaks Spanish, **doesn't he?**
2. They want our help, **don't they?**
3. I'm very happy, **aren't I?**
4. He can have his lunch now, **can't he?**

3 1. You can't drive, **can you?**
2. He shouldn't eat so much, **should he?**
3. She won't call you, **will she?**
4. Harry doesn't read science fiction books, **does he?**
5. She's got three brothers, **hasn't she?** [*have* est auxiliaire]
6. She has two sisters, **doesn't she?** [ici et dans la phrase suivante, *have* est un verbe : on forme donc le *tag* avec *do*]
7. You have a new computer, **don't you?**
8. You've got long hair, **haven't you?**

4 1. Were you at the party? Yes, **I was** / **we were**.
2. Has she got many toys? No, **she hasn't**.
3. Will they make cakes? Yes, **they will**.
4. Should he really play video games now? No, **he shouldn't**.
5. Were they angry? No, **they weren't**.
6. Must they go home now? Yes, **they must**.

Fiche 21 Les propositions subordonnées (p. 301)

1 **1. d** : The car that you are going to buy is expensive.
2. b : The cinema where you saw the film is modern.
3. e : The pizza which I ate at the Italian restaurant was delicious.
4. c : The man who wanted to see you was Mr Jones.
5. f : The policeman who arrested the criminal did a good job.
6. a : The cakes that you make are always fantastic.

2 **1.** The two girls **who** are watching TV are my sisters.
2. The park **where** you usually play is closed in winter.
3. The vegetables **that** are on the table are fresh.
4. The film **which** I saw was really good.
5. The boy **who** / **that** wrote on the tables is Sam.

3 **1.** If I want to get a good mark, I must revise this lesson **before** I take the exam.
2. Try to concentrate **when** you answer the questions!
3. Small children try to be nice **before** Father Christmas comes.
4. **Before** you go out, don't forget to put your boots on. It is snowing!
5. I feel very nervous **when** he drives very fast.
6. We promise to wash the dishes **after** we finish our breakfast.

4 **1.** What do you want to do when you **are** older?
2. We went to bed after we **finished** your meal.
3. My father would like to buy some roses for my Mom before she **gets** home.
4. I prepared a nice dinner before they **arrived**.

Fiche 22 QUIZ express : La phrase (p. 303) ?

1 La phrase interrogative
1. **Are you** / ~~Do you be~~ anxious?
2. Did he ~~wrote~~ / **write**?
3. ~~Does she must~~ / **Must she** take the bus?
4. Does he **exercise** / ~~exercises~~ often?
5. Did they **play** / ~~played~~?
6. Will he **finish** / ~~finished~~ soon?

2 Les mots interrogatifs
1. b ; **2. b** ; **3. a** ; **4. b** ; **5. b**

3 Les *questions tags* (1)
1. They're listening to us, **aren't they?**
2. Your baby sister can't walk yet, **can she?**
3. There isn't any coffee in your mug, **is there?**
4. We should decide where to go, **shouldn't we?**
5. He wasn't late at school, **was he?**

4 Les *questions tags* (2)
1. c : The boys arrived late, didn't they?
2. e : Judy speaks Spanish, doesn't she?
3. a : Sally and I had fun yesterday, didn't we?
4. b : The Simpsons have a big house, don't they?
5. d : Your brother and you play the piano, don't you?

5 Les pronoms relatifs
1. The woman **who** is talking is my teacher.
2. The oranges **that** you chose are simply delicious.
3. The boy **that** played the piano was really excellent.
4. Where are the pens **which** you bought yesterday?

Table des illustrations

90	ph © image of the MMA / The Metropolitan Museum of Art, Dist. RMN-Grand Palais
92	ph © MEPL / Bridgeman Images
93	© Comenius-Film GmbH / DR – Coll. Prod DB
105	ph © BnF, Paris
108	Coll. Grob / Kharbine-Tapabor
109	ph © Walt Disney Pictures / The Kobal Collection / Marks, Elliott / Aurimages
112	ph © Josse / Leemage / Bridgeman
114 -h	© Agence idé
114 -b	ph © Charlie Varley / Sipa Press
288 -h	ph © laudiseno / 123RF
288 -mh	ph © jojoo64 / 123RF
288 -m	ph © mygrafics / 123RF
288 -mb	ph © jojoo64 / 123RF
288 -b	ph © upixel123 / 123RF
294 -h	ph © nezezon / 123RF
294 -mh	ph © rclassenlayouts / 123RF
294 -mb	ph © arcady31 / 123RF
294 -b	ph © candyman / 123RF

PAPIER À BASE DE
FIBRES CERTIFIÉES

Hatier s'engage pour
l'environnement en réduisant
l'empreinte carbone de ses livres.
Celle de cet exemplaire est de :
1.6 kg éq. CO_2
Rendez-vous sur
www.hatier-durable.fr

Achevé d'imprimer en Espagne par Macrolibros
Dépôt légal 08691-3/01 - Juin 2022